三国创世英雄记

张大可 —— 著

中国出版集团
研究出版社

图书在版编目(CIP)数据

三国创世英雄记/张大可著. --
北京：研究出版社，2024.7
ISBN 978-7-5199-1567-4

Ⅰ.①三… Ⅱ.①张… Ⅲ.①《三国演义》-人物形象-人物研究 Ⅳ.①I207.413

中国版本图书馆CIP数据核字(2023)第180231号

出 品 人：陈建军
出版统筹：丁 波
责任编辑：安玉霞

三国创世英雄记
SANGUO CHUANGSHI YINGXIOGN JI
张大可 著
研究出版社 出版发行
（100006 北京市东城区灯市口大街100号华腾商务楼）
北京中科印刷有限公司印刷 新华书店经销
2024年7月第1版 2024年7月第1次印刷
开本：880mm×1230mm 1/32 印张：12
字数：270千字
ISBN 978-7-5199-1567-4 定价：59.00元
电话（010）64217619 64217652（发行部）

版权所有·侵权必究
凡购买本社图书，如有印制质量问题，我社负责调换。

目录

开卷语 话说三国创世英雄 - VI

第一章 时势造就三分英雄 - 1
  时势造英雄 - 3
  人谋规划三分 - 5
  智谋与人格魅力流光溢彩的时代 - 10

第二章 东汉末年的军阀 - 13
  东汉豪强集团的分化 - 15
  董卓：改朝换代的清道夫 - 20
  中原十年大混战 - 26
  吕布：反复无常遭人弃 - 32
  公孙瓒：间接影响官渡之战，关乎汉末时局 - 38
  刘表：不思进取被鲸吞 - 44

第三章 袁绍：鹰扬河朔，为曹操开路 - 55
  出身显宦 - 57
  鹰扬河朔 - 58
  官渡覆败 - 62
  诸子相残 - 68
  袁绍也是英雄 - 69

第四章　曹操：治世之能臣，乱世之奸雄 - 73

宦官家世的资本与恶名 - 75
出身不能选择，道路由自己 - 76
青年时代的汉家忠臣人设 - 78
八大文治武功 - 79
与孙权、刘备棋逢对手 - 95
为何历来不受欢迎 - 97
三国时代最顶尖的英雄 - 99

第五章　曹操智囊团 - 103

用尽手段创建智囊团 - 105
首席谋士荀彧七出奇计 - 108
郭嘉善择明主 - 113
程昱料事如神 - 117
贾诩算无遗策 - 120
曹操智囊团的功效 - 124

第六章　曹魏名臣武将 - 129

任峻推广屯田 - 131
钟繇辅曹镇关中 - 134
张辽扬威合肥 - 138
张郃街亭破蜀兵 - 142
徐晃长驱直入解樊围 - 146

第七章　刘备：起于草根的仁义英雄 - 155

　　没落帝胄，并非"皇叔" - 157
　　因黄巾起运，屡败屡战 - 159
　　联孙抗曹三分势成 - 163
　　入据益州，仁义哥也是狼 - 167
　　北并汉中，一生理想实现了一半 - 168
　　夷陵战败，一生重大失误 - 170
　　史家扬刘抑曹，缘于人品魅力 - 171

第八章　诸葛亮：以综合素质占一流的大才 - 175

　　三顾草庐 - 181
　　对策隆中 - 183
　　出使江东 - 185
　　七擒孟获 - 187
　　六次北伐，死中求活 - 189
　　《三国演义》中的第一主角 - 192

第九章　蜀汉"五虎将" - 197

　　关羽忠义名贯千秋 - 199
　　张飞爱君子不恤小人 - 203
　　赵云最有头脑的"五虎将" - 208
　　马超来归刘璋请降 - 213
　　黄忠老将常为先锋 - 219

第十章 孙权：三分天下的导演者 - 227

- 年少承父兄之业 - 229
- 迅速稳定危局 - 230
- 善于识人用人 - 233
- 江淮抗曹 - 237
- 生子当如孙仲谋 - 240
- 能屈能伸 - 241
- 早年晚年判若两人 - 244

第十一章 孙吴五儒将之周瑜 - 251

- 风流帅哥，交对朋友娶好妻 - 253
- 赤壁之战的正牌主角 - 256
- 周瑜是被诸葛三气身亡的吗？ - 258
- 史家的周瑜与小说家的周瑜 - 260

第十二章 孙吴五儒将之鲁肃、吕蒙 - 267

- 鲁肃三奇策奠定孙吴立国基石 - 269
- 鲁肃单刀赴会责关羽 - 273
- 吕蒙智取荆州 - 276

第十三章 孙吴五儒将之陆逊、陆抗 - 287

  青年脱颖 - 289

  夷陵败蜀 - 290

  石亭大捷 - 293

  出将入相 - 295

  虎子陆抗 - 297

  五儒将为何未能佐孙吴统一天下 - 298

第十四章 三国对峙策略权谋与人物 - 305

  邓芝使吴重结盟好 - 307

  魏与吴蜀联盟的对峙战略 - 310

  姜维北伐,加速蜀亡 - 319

  满宠守合肥 - 324

  诸葛恪用兵淮南 - 327

  吴魏争淮南,双败又双赢 - 333

  渔翁得利,司马懿奠定西晋基业 - 337

第十五章 一统三国人物 - 347

  钟会建策西征 - 349

  邓艾破成都 - 353

  杜预策谋灭吴 - 361

  王濬楼船万里平金陵 - 366

开卷语

话说三国创世英雄

时势造英雄，英雄造时势。本书就来说一说创世的三国英雄，故题名："三国创世英雄记"。

三国鼎立是一个特殊的战乱时代，也是人才辈出、英雄创世的时代。说它特殊，有两个方面：第一，三国鼎立，既不同于春秋战国时代的列国纷争，又不同于秦汉以后历代改朝换代的群雄割据走向统一，而是在汉末战乱中形成魏蜀吴三国鼎立。在中国历史上，列国纷争与南北对峙，都不止一次地出现过，而由纷乱形成三国鼎立，只有这一次，可称之为三国鼎立之谜。第二，汉末群雄割据，军阀分为世族与庶族（也称寒族）两大类。袁绍、袁术、刘焉、刘表等世族出身的大军阀，凭借世资，初起时势力都很强大，但一个个都失败了；而曹操、刘备、孙权三位创业之主都是寒族出身，初起势力寡弱，但他们都成功了，可称之为创业成功之谜。

这两个谜底叠加起来就是一个发人深思、值得探索的话题：历史何以要三分？一个历史时代的形成与演变，有着诸多因素，而三国鼎立，恰恰是一种人谋的规划，因此，人谋是三国鼎立形成的主要原因。汉末军阀大混战，袁绍鹰扬河朔，曹操统一北方，先后都出现过统一的势头，可是三大战役改变了航向，五次荆州争夺形成了三分地理均势，葛鲁外交与吴蜀结盟形成南北均势与政治平衡，这些都是人谋。汉末战乱造就了许多英雄，这是时势造英雄；反过来，人谋规划三分，这是英雄造时势。三国鼎立，是时势造英雄与英雄造时势交织交叉的产物，因此，三国时代是人才辈出与英雄创世的时代。三国人物有着鲜明的性格特征。曹操、刘备、孙权三位创业之主，各有着不同的战略策略与用人风格，他们在争战过程和生存发展中具体地展示出来，精彩纷呈。三方的谋臣武将，各施抱负，他们找到了自己的位置，不失时机地建功立名。三国时期的风云变幻，就是由这些英雄人物创造出来的。

《三国创世英雄记》，换成通俗的话，就是三国创世英雄排行榜。"记"指记载、记述，是文雅的说法，把"记"字换成"排行榜"三个字，是讲故事的通俗说法。陈寿所写的《三国志》不作表、志，只作纪、传，目的就是只讲英雄创世故事，不讲一个时代的制度演变，实质就是一部三国时代创世英雄特别排行榜。

《水浒传》排行一百零八将，是一个简单的直线的一、二、三、四、五……的排行，陈寿《三国志》先排行三国魏蜀吴，他在《蜀书·先主传》中评论说："（先主刘备）机权干略，不逮魏武，是以基宇亦狭。"刘备与曹操相比,谁排第一?魏国版图比蜀国大,所以曹操第一,刘备第二。可是在三国中,吴国比蜀国大,为何三国排序是魏蜀吴,而不是魏吴蜀呢?这是暗示以蜀为亚统。陈寿由蜀转魏,到了西晋受诏修史,必须以晋为正统,晋承魏,因此在三国中应以魏为亚统,所以《三国志》只有魏国有纪,蜀、吴皆称传。

《三国志》对文臣武将的排序,谋臣在前武将在后,以《蜀书》为例:《诸葛亮传》在蜀国五虎将"关张马黄赵"之前,而五虎将是以当时各人的地位与才能排序。不懂陈寿的排行榜,就读不透《三国志》。本书《三国创世英雄记》就是遵循陈寿的三国创世英雄的特别排行榜编排讲述的三国故事,用以凸显人谋规划三分的历史观。

传统史论说三国鼎立是历史规律,必然要产生,说诸葛亮是预见三分。笔者否定这种观点,认为三国鼎立不是必然产生,而是历史走向岔路口的偶然事件,其主因就是人谋规划三分。规划能否实现由众多因素促成,一人可独领风骚而不能一人定乾坤。千金之裘非一狐之腋,楼台亭榭非一木速成,立国创世不是孤家寡人所能成就,而是靠众智、集众力。陈寿《三国志》只有三十三万多字,写了魏蜀吴三方共三百六十多位英雄,在二十四史中居于独特地位。本书选择的三国英雄十分之一,讲述了三十四位英雄人物故事,弘扬《三国志》的历史观,与广大读者分享,特为之交代。

三国英雄的人格魅力,非常生动鲜明。武将,能征惯战,超群绝伦;智士,谋略盖世,算无遗策。文武双全的英雄也比比皆是。曹操、刘备、孙权,都是人杰枭雄,能文能武。可以说三国时代是英雄用武的时代,也是智慧发展和智谋斗争的时代，本书题名"三国创世英雄记"，就是再现三国英雄人物成长经历及其智慧谋略。全书十五章，共评说三国时代顶级英雄34人，涉及政治、经济、军事、策谋、外交各色人物，他们的人生经历、拼搏奋斗、坎坷处世、成功经验，是中华民族宝贵的文化遗产，可为我们的人生修养提供借鉴，提供参照。笔者积淀多年来对三国历史的研究，出版了多种学术论著与通俗读物，颇受广大读者关注。研究出版社编辑安玉霞建议，选择笔者学术论著《三国史研究》改题《人谋三国》、笔者通俗读物《话说三国》改题《三国创世英雄记》，配套发行。改题是为了凸显笔者独家观点，三国形成的历史本因是人谋规划三分；配套发行是由于《人谋三国》为高校师生以及深入探索三国历史的成人读者欣赏，《三国创世英雄记》为中小学青少年读者讲三国故事。两书通过解读三国人物，感悟人生智慧，与广大读者分享、切磋、交朋友。安玉霞为两书责编，认真校读，精心设计，特别是为《三国创世英雄记》补充插图，使该书增彩，特此致谢。

以上为开卷语，并代凡例。

作　者
2024年6月

第一章

时势造就三分英雄

引言

每一个社会时代都需要有自己的伟大人物,如果没这样的人物,它就要创造出这样的人物来。

——18世纪法国哲学家爱尔维修

时势造英雄

"时势造英雄",更通俗的说法叫"乱世出英雄"。因为,激烈抗争的社会是锤炼人才的大熔炉,所以,大英雄、大豪杰往往产生于乱世。例如春秋战国、秦汉之际、隋唐之际、五代十国、明清之际都产生了人才辈出的众多英雄人物。三国英杰,产生在东汉末的大动乱和三国鼎立纷争之世,顺乎自然,合乎情理,这一客观情势,也是古今中外的通则。

有乱世,就有治世和盛世。乱世分裂,社会大动荡;治世和盛世天下合一,社会秩序井然。历史的发展,总是乱世时间短,治世时间长,因为人们不喜欢战乱,总是希望持久和平,中华民族爱好和平,早在春秋纷争时代就有世界大同的梦想。但历史的发展总是一治一乱,《三国演义》开篇曰:"话说天下大势,分久必合,合久必分。"时势,包括治世和乱世。"时势造英雄"也包括盛世人才,单说"乱世出英雄"是不全面的。但是乱世英雄与盛世人才,两者历史条件不同。乱世最顶尖的人才是政治领袖和军事天才,讲斗争、讲智慧、讲谋略,所积累的经验与教训是历史哲学,是思想与思维,人人可受到启发和运用。盛世人才,文治为先,多产生文人学士和科技精英,所积累的知识是专业技术,传于后世也是专业知识,不是人人可得而运用。治世人才,不仅类型不同,而且数量也不如乱世集中,所以"时势造英雄",一般是指"乱世出英雄"。

英雄人物为什么多产生在激烈抗争的社会环境之中?因为动荡社会把个人的运动融于群体之中,个人生存于不同的社会团体,个人的智慧和成就,就是顺应时代潮流的结晶;反过来说,在严酷的激烈抗争社会中,个人必须努力拼搏,顺乎潮流,才能取得生存和发展。乱世纷争,到处有山头,到处拉拢人才,个人行动自由,合则留,不合则去,英雄有用武之地,潜力得到最大发挥。而太平盛世则不然,实践在有限的范围与群体之中。因此,就个人而言,盛世人才,不乏才干,但缺乏"胆识",大多碌碌无为。盛世社会,井然有序,国家制度,已成定格,网络规矩,压抑人才。因为盛世统治者地位巩固,要的是"率由旧章",循祖宗之法,不需要英雄出世。这时只要守成,保持稳定,庸才可以居高位。不思进取,不思改革,被视为当然。动乱之世,全社会的人都被推到风口浪尖,仅仅为了生存也需要顽强拼搏,所以一个人的"胆识"与才干与日俱增,先进者出人头地,庸碌者被淘汰出局。这就是"乱世"提供了人才成长的客观条件和诸多机遇。在乱世,社会呼唤英雄,"君择臣,臣亦择君",人人都在寻找光明出路,在激烈的风浪中搏击,优胜劣汰,幸存者自然是佼佼者。三国英雄人物就是在大动乱中胜出的佼佼者。不仅三国的创业之主曹操、刘备、孙权是命世大才，而且三国的臣僚，哪一方都是谋臣如雨，猛将如云。军阀混战中的董卓、袁绍、吕布、刘表也是人中之杰。本书遴选这些人中豪杰，书写他们的善恶功过，以供评说，以供谈资。本书正说，主要依据《三国志》，也可为读《三国演义》提供一个参考。

人谋规划三分

三国鼎立形成的历史原因是极其复杂的，就根本性的历史原因来说，东汉末年军阀混战所形成的三分人才均势和三分地理均势是两个最重要的因素。汉末战乱形成的"人才三分"是"时势造英雄"；如何平乱世，人谋规划了三分之局，则是"英雄造时势"。两者相辅相成，互为因果，而总趋势，则是前者为因，后者为果。即三国鼎立是人谋所结之果。也就是说，人谋在三国鼎立形成中起了决定性的作用。

东汉末人才三分，历史转向岔路口

三分的奠定，首先是军阀混战使汉末人才分散，形成了曹、孙、刘三个坚强的领导集团。反过来说，正是汉末人才三分，使历史转向了岔路口。

东汉末军阀混战，为何人才三分，这有着复杂的历史原因，是一系列偶然事变的分合所形成的必然之势。在乱世之中，局势未明朗之时，际遇交合带有较大的偶然性。但是人往高处走，水往低处流，天下扰攘，君择臣，臣亦择君，又是必然之势。荀彧、郭嘉、董昭，初投袁绍，后归曹操。鲁肃与刘晔友善，最初欲依巢湖郑宝，而后两人分道扬镳。诸葛瑾、诸葛亮，同胞兄弟，一个辅孙权，一个佐刘备。所以，东汉末年的人才形成三分而未若江河之归大海，有客观的原因，也有主观的原因。

客观原因，一是汉朝还没有完全失去其继续存在的合理性，刘姓皇帝仍是一面旗帜。两汉儒学昌盛，它所宣传的君权正统观念深入人心，士大夫多尚气节，袁绍在反对董卓废立时就说："汉朝统治天下四百年，恩泽深厚，赢得全天下人民的拥护。如今皇帝虽然年幼，但没有什么不良行为，董公想要废掉合法的嫡长子，换立一个庶出兄弟，恐怕满朝公卿是不会答应的。"二是东汉世家大族正处于上升时期，多名节之士。尤其是两次党锢之祸，士大夫反对宦官专政，赢得了天下人的归心。这两个客观因素，对曹操有得有失。他挟天子以令诸侯，在政治上占了优势，四方人才多归往之，这是得。但曹操出身于宦官集团的庶族，初起时不敌袁绍，不仅使得一部分北方士人流归了袁绍，如沮授、田丰、审配等；而且延迟了他统一北方的时日，眼看孙权坐大、刘备寄居荆州而不能及早消灭，这是失。关东军讨董卓，孙坚力战第一，义动天下，也赢得了一部分人才的归心。张昭、周瑜、程普、黄盖等倾心辅佐孙氏兄弟，这是孙吴之得，反之则是曹操之失。刘备以帝室之胄，"受左将军之命，躬膺天子之宠任，而又承密诏以首事，先主于是乎始得乘权而正告天下以兴师"（王夫之语，《读通鉴论》

卷九），露布衣带诏讨曹，使曹操蒙受"托名汉相，其实汉贼"（周瑜语，见《三国志·周瑜传》）的恶名，刘备则以正统自居。诸葛亮辅刘备，不仅仅是报三顾之恩，而且也是扶持正统。这是刘备之得，亦是曹操之失。

主观原因，一是曹操的对手刘备、孙权都是人中之杰，总揽英雄有很大的号召力。正因为有了曹操、刘备、孙权三位领袖型人杰，才凝聚了人才的三分。二是曹操品德不济，奸险诈伪，暴虐无比，使得一部分智士远离了他，像诸葛亮等人宁肯归隐待时，也决不北投曹操。陈宫、张邈之叛，就是鄙薄曹操的为人。曹操傲慢，把蜀中使者张松推给了刘备，这是最大之失。曹操不仁爱士民，多次屠城，滥杀无辜，并在征战中颁布了"围而后降者杀无赦"的反动军令，所以他始终未能获得"天命攸归"的舆论。曹操兵围汉献帝，失人臣礼，始终带着"汉贼"的帽子打天下。曹操的这些弱点为孙、刘所利用。因此，曹操不能像汉高祖、汉光武那样囊括天下英雄，也就不能统一天下，只好做了个半壁河山的"周文王"而遗恨九泉。

三大战役改变历史航向

三方英雄，各有命世之才，斗智斗力，任何一方稍有闪失，机遇就会转移到另一方。曹操冒进赤壁，推动了葛鲁之谋的实施，促成了孙刘结盟，使自己栽了大跟斗。刘备一时气愤，怒伐孙吴，成就了陆逊奇功。袁绍盛时，也是一战之失而葬送了前程。总起来说，三国鼎立，是三大战役改变了历史的航向。所谓三大战役，即袁曹官渡之战、曹刘赤壁之战、吴蜀夷陵之战，是三国鼎立形成过程中的三大战役。三大战役的发生和胜败结局出人意料，特别是前两次大战，改变了历史统一的航向。

官渡之战，奠定了北方的统一，消除了一个争天下的强手。赤壁之战曹操受挫，孙刘之势渐强，于是奠定了三分之势。本来这两次战役都有统一天下的可能。袁绍鹰扬河朔，雄视天下，设若官渡之战袁胜曹败，袁绍君临天下的可能性是很大的。曹操统一北方，"奉辞伐罪，旌麾南指，刘琮束手"（《三国志·吴主传》裴注引《江表传》），若赤壁战胜，称孤道寡乃必然之势。但这两次战役都是强者败，弱者胜，出现了戏剧性的变化，从而改变了历史的天平，使偶然因素变成了必然之势。这里的"偶然"，是指曹操官渡告捷，孙刘赤壁战胜，带有"偶然性"；但已然胜利之后，使形势逆转，弱者成为强者，这就是"必然之势"。反过来说，叱咤风云的袁绍和曹操，不听谋臣劝谏，丧失了取胜之道，只是"偶然"的一招失计，造成了"失之毫厘，差以千里"的必然后果。

五次荆州争夺，形成地理均势

夷陵之战，终止了孙刘结盟东西夹击曹魏所取得的战略优势，结局蜀弱吴孤，但它确立了三分的地理均势，给三方五次争夺荆州画上了句号，鼎立之局不可逆转。

荆州形胜，兵家必争，曹操占领荆州，逼降孙权以统一天下；孙权占领荆州，要全据长江与曹操抗衡；对于刘备来说，荆州是立身之地，借此而居以待天下之变。荆州成了曹孙刘三家逐鹿中原的要冲，它的归属将影响历史步伐的节奏。三方军事斗争从建安十三年（公元208年）曹操南下起到蜀汉章武二年（公元222年）夷陵之战画上句号为止，前后十五年，发生过五次大战役，即五次争荆州。

第一回合，曹操南下，兵不血刃下荆州。

第二回合，赤壁之战，曹孙刘三分荆州，拉开了鼎立的序幕。

第三回合，孙刘两家争荆州江南三郡，联盟发生裂痕。

第四回合，孙权袭杀关羽，夺取荆州，联盟破裂。

第五回合，夷陵之战，荆州归吴，三分地理均势形成。

荆州争夺的五个回合，有三个回合发生在联盟内部，而且一次比一次升级，最终以吴胜蜀败荆州归吴而结束。设若夷陵之战胜败易主，局势难以预料，若果还是三足鼎立，则荆州争夺仍不会结束，不达均势则不停止。

兵家胜败，乃事理之常，为何三大战役，一战之得失改变了历史的航向呢？一是因为交战双方拼尽了全力大决战，可以说失败的一方输了老本，形势逆转无可挽回。再是，三大战役的发生，总是强势的一方在错误的时间发动了一场错误的战争，交战双方均为人杰，一方错误则给对方带来机遇，于是人谋起了至关重要的作用。

智谋与人格魅力流光溢彩的时代

东汉末年天下大乱之前，人口有 6000 万，西晋统一，全国人口才一千五六百万。也就是说，全社会 70%～80% 的人口均在战乱、饥饿与疾病中丧生，总计 4000 多万。当然，战乱之后的在籍人口有许多遗漏，但遗漏总是少得多。西晋统一，人口在籍与遗漏充其量 2000 多万，人口减员 2/3 应是事实。《三国志》记载了 441 位三国人物，平均 10 多万人的牺牲才产生一个英雄人物，何止是"一将功成万骨枯"！三国时代是"一将功成，十万枯骨"，时势产生三国英雄，社会却付出了沉重的代价。几百位三国英雄人物，他们不是百里挑一，千中选一，而是万里挑一，十万、百万中选一。正由于此，三国英雄的人生无比精彩，他们的人格魅力与智慧谋略，给人们留下了取之不尽、用之不竭的思想源泉，从中可以学到很多东西，受到很多启发，这就是三国故事经久不衰、三国人物最为人津津乐道的原因之一。

三国英雄的最大业绩是人谋规划三分，并实现了三国鼎立，在中国历史上演出了生动的活剧。陈寿撰《三国志》，只有纪传，而无表志，着重记载三国形成时期的人物，可以说是生动形象地体现了这一历史演变的主旋律。《三国志》记载的人的传记，最耀眼的是谋略人物而不是军事人物。三国人物传记的分合排列以类与时序相结合，重点突出的是政治谋略人物。如曹魏的"五子良将"张辽、乐进、于禁、张郃、徐晃按类为一传，他们排在程昱、郭嘉等谋士传之后。蜀汉的

"五虎将"关羽、张飞、马超、黄忠、赵云为合传,列在诸葛亮传之后。吴国以张昭、顾雍、诸葛瑾、步骘等政治人物合传居前,程普等十二员虎将合传在后,文武双全的周瑜、鲁肃、吕蒙等人合传在二者之间。陈寿论人,重在人物器识的发挥,不时做比较。如将刘备与曹操相较,认为刘备"机权干略,不逮魏武,是以基宇亦狭"。又将蜀汉的庞统、法正与曹操谋臣比较,认为庞统可与荀彧为伯仲,法正与程昱、郭嘉相俦俪。从陈寿所写《三国志》的重心和对人物传记的布局、品评来看,用意重在探索三国鼎立形成的历史原因和"人谋"的作用。三国人物的这一特点,给我们留下了宝贵的经验和财富;研究三国人物,可增长才智,吸取他们的教训、避免犯错误;运用三国谋略,可增加事业的成功概率。三国人物,可歌可泣;三国历史,应当敬畏。

第二章

东汉末年的军阀

引言

三国鼎立的前奏是东汉末年的军阀大混战，从初平元年（公元190年）关东诸侯起兵讨董卓起到建安十三年（公元208年）赤壁之战，是汉末军阀大混战的时期，全国大小军阀数十个，小股武装不计其数。本章着重评说董卓、吕布、公孙瓒、刘表四个军阀，以管窥豹。

东汉豪强集团的分化

建武元年（公元 25 年），汉光武帝刘秀建立东汉王朝，到延康元年（公元 220 年）汉献帝刘协被废，东汉灭亡，历经 12 个皇帝，近 200 年。初平元年（公元 190 年），关东诸侯起兵讨伐董卓，爆发了东汉末年的军阀大混战，群雄林立，东汉统治崩溃，实际上已名存实亡。

东汉豪强集团的兴起

两汉 400 年的统一，地主经济得到了高度的发展。东汉开国者刘秀就出身贵族官僚地主家庭，他是汉高祖刘邦的九世孙。东汉的开国功臣，如云台二十八将、三十二功臣、三百六十五功臣，大多出身"世吏二千石"，或为"乡闾著姓"，是一个以南阳豪强为基干的豪强集团。因此，东汉政权一建立，就显示出严重的兼并性和割据性，它维护豪强地主的利益，造成土地高度集中。如贵族地主济南王刘康，有田 800 顷，奴婢 1400 多人。官僚地主郑泰，有田 400 顷。东汉政治家仲长统对东汉末豪强地主经济势力的膨胀有着生动的描绘。他说，汉朝中兴以来，豪强富人，居住着几百间富丽堂皇的深宅大院，占据了大片肥沃的土地，役使着成千的奴婢和上万的长工。妖童美妾充满了内庭，女乐倡优排列于深堂。有的兼营商业，车船周游全国各地，囤积居奇，货物充满都邑。他们的奇物宝货堆满了巨室，马牛猪羊布满了山谷（《后汉书·仲长统传》）。

豪强地主不仅占有巨大的财富，而且在地方上有很大的势力，大都拥有自己的武装，有的多达两三万人。有一官半职的豪强要作威作福，没有官职的劣绅也武断于乡曲。豪强们的荣耀逸乐不亚于王侯，他们的势力显赫与郡守县令相匹敌。如果中央政权稳固，能够有效地控制豪强地主，地方经济愈发达，国家愈强大。反过来，如果中央政权削弱，国家对豪强控制失御，地方经济愈发达，愈要与中央闹独立。东汉末年就是这一种情况。

豪强集团中的世族与庶族

东汉豪强地主集团分为两个阶层。一是世代官僚地主，史称世族地主，又称世家大族。他们世代为高官，经学传世，在中央和地方都有着坚固的势力。如汝南（郡治在今河南省驻马店市平舆县北）袁氏四世五公，弘农（郡治在今河南省灵宝市东北）杨氏四世四公，颍川（郡治在今河南省禹州市）荀氏世为"冠冕"。他们的门生故吏遍天下，在政治上有很大的号召力。二是地方豪强地主，主要是大商贾兼并土地形成豪强，史称庶族地主。他们有大量的田产，奴婢以千计、万计，但在政治上受世族地主的压抑。曹操家族是沛国谯县（今安徽省亳州市）的大豪强，属于宦官集团的大官僚，其父曹嵩曾官至太尉，但仍是庶族地主，所以曹操在政治上的号召力不如世族地主的代表人物袁绍、袁术兄弟强，初起时不能与二袁匹敌。二袁利用他们的政治号召力，在东汉末最早萌动了觊觎汉室之心，成为祸首，这是他们在政治上失败的一个重要原因。曹操、孙权、刘备都是庶族地主的代表人物，都是从镇压黄巾起义起家，即从行伍起身。大乱初起时他们还想扶持汉室，建立功名；后来看到汉室不可复兴，仍然各自打着效忠汉室的旗号收揽人心，终于鼎立三分。此外，世族地主集团多谋士，庶族地主集团多武将。世族地主军阀排斥庶族地主，他们手下缺乏能征惯战之将，军队战斗力不强，在混战中极易被消灭。曹孙刘三家都以庶族地主和平民出身的战将为骨干，又广延世族智士，得到两个阶层豪强地主集团的支持，所以在混战中越战越强，刘备更是屡仆屡起。认识东汉末豪强地主集团的割据性，把握两个阶层的军阀具有重要的意义。

豪强集团的支持是军阀混战与割据的基础

东汉末年政治极端腐败，宦官专权，导致黄巾大起义，豪强地主纷纷组织武装，修筑坞壁，镇压黄巾，乘机扩展势力。初平元年（公元190年），关东兵起，天下大乱，豪强地主各拥兵自重，率族自保，有的则有计划地迁移，或择主而居，或占山为王。如颍川荀彧北依袁绍，后投曹操。右北平无终（今天津市蓟州区）人田畴则是一个占山

黄巾军起义

为王的典型豪强。北方乱起，他率宗族等数百人，入徐无山中，"营深险平敞地而居，躬耕以养父母。百姓归之，数年间至五千余家"。当时饱受战乱流离之苦的黎民被迫依附强宗，沦为部曲僮客，壮大了豪强的力量。田畴力量壮大后，制定了约束部众的 20 余条法纪，"法重者至死"，又制定了婚嫁之礼、学校授业之法。田畴还遣使与乌桓（又作"乌丸"）、鲜卑交通，使之致贡，俨然是一个独立王国。在全国各地林立着无数个像田畴这样的强宗豪右，他们就是东汉末军阀割据混战的社会基础。割据一方的州牧郡守，如果得不到这些地方豪强的支持，就很难立足。据有北方幽、冀、青、并四州的大军阀袁绍，招命田畴，又即授将军印，礼命五至，畴终不出。兴平元年（公元 194 年），陶谦让徐州给刘备，刘备不敢接受。后来得到下邳（今江苏省徐州市睢宁县西北）陈登支持，刘备才领徐州牧。但终因基础薄弱，刘备两次得徐州，两次丧失了徐州，在北方不能立足。后来他在荆州驻屯近十年，依靠荆州地主集团入川，又得到刘璋旧部、东州地主集团及益州地主集团的支持才建立了蜀汉。孙权得到江北大族张昭、周瑜支持，特别是得到江东地主集团顾、陆、朱、张四大姓以及全氏、贺氏等豪强的支持，才站稳江东。曹操是以颍川荀氏、沛国曹氏和夏侯氏地主集团为基干，广泛罗致北方地主集团的支持发展起来的。袁曹角逐，曹胜袁败，因素很多，但其中一个因素，就是像田畴这样的众多豪强弃袁投曹，在很大程度上改变了袁曹双方的力量对比，才使得曹操由劣势转变为优势，并在战胜之后，能够稳住局势，巩固对所占地区的统治。

第二章 东汉末年的军阀

董卓：改朝换代的清道夫

董卓是东汉末穷凶极恶的大军阀。昭宁元年（公元189年），他带兵入雒，专断朝政，擅废立，成为汉末军阀混战的导火线。

董卓拥兵自重

董卓（？—公元192年），字仲颖，陇西郡临洮县（今甘肃省定西市岷县）人。两汉时期的临洮县即今甘肃岷县，那时是一个防御羌人的边陲重镇，为陇西郡的南部都尉治。这一带山高水险，本是羌中之地。这里的人民，与羌人交接，骑马弯弓，养成了勇武剽悍的习性。董卓就是在这样的地理环境和社会习俗中成长起来的一个雄略人物。董卓又出身于一个武官家庭。他父亲董君雅是颍川纶氏（今河南省登封市西南）县尉。县尉领一县之兵。董卓生来力大体壮，有一副好身躯，粗猛有谋。史称他"膂力过人，双带两鞬，左右驰射，为羌胡所畏"。他青年时游历羌中，尽与羌豪相结，精通羌人之事，被羌人视为豪侠好汉。董卓成为大军阀，他的基干队伍就是以羌人为主体的凉州兵。

董卓是在东汉对西羌的部族战争中培植起来的军阀。董卓年少从军，他从一个行伍吏卒，升迁为中郎将、前将军，就是在羌汉战争中一台一阶升上来的。元和七年（公元184年），董卓为东中郎将，镇压山东黄巾军，兵败抵罪。中平二年（公元185年）又被起用为破虏将军,从张温西征韩遂,升为前将军,与皇甫嵩齐名。此时董卓已拥兵自重。中平六年(公元189年),灵帝征董卓为少府,要他交出兵权,董卓抗命不就。灵帝又改拜董卓为并州刺史,调离关中。董卓仍不交兵权,带领凉州兵驻屯河东观变。东汉朝廷无可奈何。

董卓入雒

光熹元年(公元189年),灵帝死,汉少帝刘辩即位,何太后临朝,外戚何进为大将军。当时多数的朝官名士,包括袁绍、袁术在内,还想挽救将倾的东汉大厦,他们与何进联盟诛宦官。出身宦官的庶族地主豪强代表人物曹操也加入了谋诛宦官的行列。宦官集团,极端孤立。何进不费吹灰之力就杀了蹇硕,夺得了对禁军的指挥权。但是代表皇权的何太后反对诛除宦官,何进召四方猛将豪杰入京,以兵谏胁迫太后。观望天下之变的野心家董卓,当然不会错过机会,他闻命星夜上路,带兵入雒(东汉时改洛阳为雒阳,在今河南省洛阳市东白马寺一带。曹魏建立之后,又将名称改为洛阳)。

何进召董卓入京,是玩火自焚的愚蠢行为,等于"倒持干戈,授人以柄",恰恰足以煽起董卓穷凶极恶大军阀的觊觎野心。结果宦官先发制人,杀了何进,袁绍、袁术合力消灭了宦官,却没有力量阻止董卓入京。东汉宦官政治就像一个癌症病人晚期一样,伴随着宦官的诛灭,东汉政权也就瓦解了。

冠绝一时的雄韬武略。董卓入雒,步骑不过三千人。当时京师官兵甚盛。司隶校尉袁绍拥有禁军的指挥权;其时曹操任典军校尉;后将军袁术控制了大将军何进的部曲；济北相鲍信又募来一支山东兵；执金吾丁原有骁将吕布。这些力量合起来十倍于董卓而有余。由于董卓三十余年的行伍生涯，身经百战，当时东汉朝廷里，没有一个将军是他的对手。董卓觉察自己势单力弱，但他十分狡诈地运用权谋虚张声势。他过四五天就将部众在夜里暗地拉出军营，天明"乃大陈旌鼓而还，以为西兵复至，雒中无知者"。董卓这一手竟然镇住了一时人杰袁绍、袁术、曹操等人，他们纷纷逃出京师，禁军及何进部曲统归于卓。董卓又离间丁原部曲，使吕布杀丁原而并其众，收吕布为义子。于是董卓势力大盛。

董卓废帝更立

董卓入雒所办的第一件事就是废帝更立，控制皇权。董卓废少帝刘辩为弘农王，随后又杀弘农王及何太后，拔掉了朝官和名士所凭借的旗帜。董卓立灵帝少子陈留王刘协为帝，这就是汉献帝。汉献帝时年九岁，被董卓玩弄于股掌之中。董卓挟天子以令诸侯，迁相国，封郿侯，带剑上殿，后来又拜太师位在百官之上，俨然是一个摄政王。

董卓西迁

军事上，董卓深固根本，牢牢地控制关西。董卓招抚了凉州的马腾、韩遂，又征召关中潜在的政敌皇甫嵩和京兆尹盖勋。皇甫嵩时为左将军，有雄兵三万屯驻右扶风（治今陕西省兴平市东南）。盖勋鼓动皇甫嵩与自己联兵反董卓。本来果断与决策两阵之间的兵谋，皇甫

董卓

第二章 东汉末年的军阀

嵩还比董卓计高一筹。但皇甫嵩雄略不敌董卓而听征，交出了兵权，到雒阳去做城门校尉。盖勋孤掌难鸣，也只好听征，到雒阳去就任越骑校尉。皇甫嵩到了雒阳，董卓将他逮捕下狱，迫使皇甫嵩屈服后又用为御史中丞。董卓控制了关中，所以关东兵起，他安然转移，西迁到长安。

祸国大盗

董卓废帝擅立，大权在握，野心日益暴露。他不思治国，一心谋篡逆，放纵部下以结党羽。东汉二百余年承平，京师贵戚宅第相望，金帛财产，家家殷积。董卓驱使士兵剽掳，淫掠妇女，谓之"搜牢"。何太后合葬灵帝文陵，董卓趁机掠取陵中随葬珍宝，又"奸乱公主，妻略宫人"，"以严刑胁众，睚眦之隙必报，人不自保"，国家法纪全被践踏。

初平元年（公元190年），关东兵起，董卓退出雒阳，胁迫献帝西迁长安，更加暴露了他的凶残性。他发掘了诸帝陵寝及公卿墓冢，收其珍宝。董卓还把雒阳及其附近二百里内居民，几百万口驱赶入关中，将房屋烧光，鸡犬杀尽。被驱赶的人民，沿途缺粮，更遭到军队的践踏和抢掠，死亡无算，积尸满路。史称"旧京空虚，数百里中无烟火"。东汉200年来政治、经济、文化中心的巍峨帝京，成了一片瓦砾场。

接着董卓又把关中弄得残破不堪。他大肆搜括，敲剥黎民，筑坞于郿县（今陕西省宝鸡市眉县东北），高厚七丈，与长安城等，号曰

"万岁坞",积贮了三十年的军粮,珍藏黄金二三万斤,银八九万斤,绵绮珠玉杂物奇玩,积如丘山。董卓得意扬扬自称:"事成,雄踞天下;不成,守此足以毕老。"由此,足以看出董卓把个人的荣辱,完全建立在千百万人的尸骨上。

初平三年(公元192年)四月,司徒王允用美人计收买吕布诛杀了董卓。当时汉献帝染病痊愈,宴会群臣于未央殿。吕布怀揣诛卓诏书前往迎请董卓。吕布同乡骑都尉李肃率亲兵十余人化装为卫士守在掖门。董卓入宫,李肃等奋起杀董卓。董卓呼叫吕布保驾。吕布宣读诏书,刺死董卓。长安百姓奔走相告,士女出卖衣装首饰,沽酒相庆,"士卒皆称万岁,百姓歌舞于道"。一代穷凶极恶的祸国大盗,终于被钉在历史的耻辱柱上而遗臭万年。

董卓乱政的根源和启示

穷凶极恶的董卓和他的凉州兵团在汉末登上历史舞台,给社会带来了一场浩劫,这并不是偶然的,而是东汉腐朽政治的必然产物。

董卓入雒,杀了太后,废了皇帝,另立新君,等于把神圣的皇权打落在地,遭到了世族地主的激烈反对。内有王允之谋,外有袁绍之逼,迫使董卓退出雒阳,最后上了断头台。董卓以极其野蛮的手段来对抗,这恰又加速了他的灭亡。不过东汉朝官却被董卓及其凉州兵杀灭殆尽。汉献帝回到雒阳,既无文臣,又无武将,成了一个空头皇帝。献帝到了许都以后,来投奔的世族名士也有几个效忠的,例如孔融就是一个,但寥寥可数,而涌到许都来的无论世族或庶族之士,大多是来恭贺权臣曹丞相的。不待曹丕篡权，汉家的国运早在董卓入京时已经终结。可以说董卓乱政替曹操集团挟制天子扫清了道路。也就是说董卓扮演了一个改朝换代的清道夫的角色。但他的清除方式却是社会的大破坏和开启了军阀混战，使历史的前进付出了沉重的代价。

中原十年大混战

东汉末年的军阀混战，从初平元年（公元190年）至建安四年（公元199年），是十年大混战时期，争战异常激烈，黄河两岸，淮河之北，整个中原大地化为战场，城邑村落变成废墟。

军阀混战的形成

初平元年（公元190年）正月，东郡太守桥瑁发起讨伐董卓的战争。他假传京师三公的手谕，草拟讨卓檄文，列数罪恶，布告各州牧郡守，同时起兵。后将军南阳（郡治在今河南省南阳市）太守袁术、长沙（郡治在今湖南省长沙县）太守孙坚、冀州牧韩馥、豫州刺史孔伷、兖州刺史刘岱、河内（郡治在今河南省焦作市武陟县西南）太守王匡、勃海（郡治在今河北省沧州市南皮县东北）太守袁绍、陈留（郡治在今河南省开封市东南）太守张邈、广陵（郡治在今江苏省扬州市西北）太守张超、东郡（郡治在今河南省濮阳市西南）太守桥瑁、山阳（郡治在今山东省济宁市金乡县西北）太守袁遗、济北（郡治在今山东省济南市长清区南）相鲍信共十二路诸侯起兵，各有数万兵马，一致推举袁绍为盟主。十二路诸侯都在关东中原，所以史称关东军，又称关东兵起。此外，长沙太守孙坚，率军北上讨董卓。曹操起兵陈留，与诸侯会合，称奋武将军。

关东军盟主袁绍与王匡屯驻河内，张邈、刘岱、鲍信、桥瑁、袁遗、曹操屯驻酸枣（郡治在今河南省新乡市延津县西南），袁术、孙坚屯驻鲁阳（今河南省平顶山市鲁阳县），孔伷屯驻颍川，韩馥屯驻邺城（今河北省邯郸市临漳县西南），为袁绍后援。关东军从北、东、南三面摆开了对京师雒阳夹击的态势。北面河内军以袁绍为主，东面酸枣军以张邈为主，南面诸军以袁术为主，孙坚听从袁术号令，为其先锋。关东联军十倍于董卓军，但各路诸侯，同床异梦，每天饮酒宴会，不图进取。曹操孤军深入攻向荥阳，在汴水遭到董卓将徐荣阻击，寡不敌众，大败而回。曹操到酸枣，指陈形势，献计说："袁绍引河内之军，攻占孟津，在雒阳背后切断董卓向西的退路，酸枣诸军，攻取成皋（今河南省荥阳市西北）、敖仓（今河南省荥阳市东北），控制轘辕关（今河南省登封市西北）、太谷关（今河南省洛阳市东南）的险要，深沟高垒，不与董卓决战。袁术率南阳之军，西入武关（今陕西省商洛市丹凤县东），据长安。这样一来，董卓就会困死雒阳，一战而定天下。"曹操当时尚有恢复汉室之心，所以提出如此建议，并亲冒矢石，奋勇先进。当时能左右局势的袁绍、袁术兄弟，却心怀二志，只做攻击姿态，逼使董卓西迁，不但不去挽救朝廷的败没，反而企图借董卓之手扫荡汉天子朝廷势力。袁氏兄弟，假讨董卓之名，行割据之实，各路诸侯也坐观形势，扩充势力。董卓从容撤出雒阳，浩劫两京。汉献帝西迁，中原无主，各路诸侯立即展开了火并。首先，刘岱杀桥瑁，夺了东郡。袁绍用计，引诱幽州公孙瓒南下攻击冀州，逼使韩馥让出冀州，袁绍自领冀州牧。作为盟主的袁绍，抢夺别人的地盘，关东军联盟不复存在，中原大地，军阀混战就这样形成了。

逐鹿中原的军阀集团

《后汉书》立传的有九大军阀：董卓、刘虞、公孙瓒、陶谦、袁绍、刘表、刘焉、袁术、吕布。这九大军阀按各自所代表的阶级倾向划分，世族地主集团有五：袁绍、袁术、刘表、刘焉、刘虞；寒族地主集团有四：董卓、公孙瓒、吕布、陶谦。《三国志》立传的军阀较多，除上述九人外，增加了十二个军阀人物，立专传的有九人：臧洪、张杨、公孙度、张燕、张绣、张鲁、刘繇；立附传的有五人：李傕、郭汜附《董卓传》，袁谭、袁尚附《袁绍传》，张邈附《吕布传》。此外，未立传的军阀代表人物有韩遂、马腾、张超等，裴松之注做了补充。《三国志》及裴注所增加的十五个军阀人物，除刘繇为世族，张燕、张鲁为农民首领外，其余十二人全属寒族地主集团。

上述共二十四个军阀代表人物，是就全国范围说的。其中割据周边州郡的有七人：韩遂、马腾、刘焉、张鲁、刘繇、公孙度、刘虞。韩遂、马腾割据雍凉，建安二十年（公元215年）为曹操所灭。刘焉据益州，两传至刘璋，建安十九年（公元214年）为刘备所并。

张鲁据汉中（今陕西省汉中市），建安二十年（公元215年）为曹操所并。刘虞据幽州，初平四年（公元193年）被公孙瓒兼并。刘繇据扬州，兴平二年（公元195年）为袁术所遣孙策讨灭。公孙度据辽东，三传至公孙渊，魏景初二年（公元238年）为曹魏所遣大将司马懿讨灭。这些周边军阀，没有力量参与中原逐鹿，只是趁乱割据地盘，为一方土皇帝。祸首董卓，前节已述。逐鹿中原的主要有下列九大集团，依由北往南的地域态势，分布如下：公孙瓒据幽州；袁绍据冀州；袁术初据南阳，后走寿春（今安徽省淮南市寿县）；张杨据河内；臧洪据东郡；陶谦据徐州；吕布夺兖不能守，逐走刘备得徐州；张绣依附刘表，屯驻穰城（今河南省邓州市）；刘表据荆州。公孙瓒、吕布、刘表，本章各立专节，袁绍另立专章，这里将其余五军阀略述如次。

袁术集团

袁术是袁绍的异母兄弟，因嫡出而蔑视袁绍，兄弟二人不和。袁术反董卓而出奔荆州鲁阳，时为后将军。袁术志大才疏，本无所作为。长沙太守孙坚领兵北上讨董卓，杀荆州刺史王叡和南阳太守张咨，因借袁术名望而拥为军主，袁术才得以据有南阳。初平三年（公元192年）初，袁术使孙坚攻刘表，孙坚战殁。袁术在南阳遭到曹操、刘表夹击不能立足。初平四年（公元193年），袁术转兵东向杀扬州刺史陈温据有淮南。袁术统治暴戾，穷极奢侈，大肆搜刮，弄得民穷财尽，军人乏粮。建安二年（公元197年），袁术称帝于寿春，众叛亲离，又遭吕布、曹操攻击，由是破败。建安四年（公元 199 年）春，袁术穷迫欲北上青州依袁谭，曹操遣刘备及将军朱灵在徐州截击，术不得过，还走寿春，六月病死，部曲星散。

张杨集团

张杨也是丁原部将，与吕布同僚，驻屯河内。河内北依太行山，南濒黄河，西控虎牢关，是中原的战略要地。张杨初依袁绍，袁绍得冀州，使张杨守河内。张杨后投董卓，董卓败亡复依袁绍。建安三年（公元 198 年），张杨声援吕布，曹操借机把手伸向河内，收买张杨部将杨丑杀张杨以河内附曹操。张杨另一部将眭固杀杨丑，仍以河内附袁绍。四年（公元 199 年）春，袁绍在幽州与公孙瓒进行主力决战，曹操挥兵进河内，杀了眭固，袁、曹公开破裂，从而成为官渡之战的导火线。

臧洪集团

臧洪字子源，广陵射阳（今江苏省扬州市宝应县东北）人，为广陵太守张超功曹。初平元年（公元 190 年），臧洪说张超起兵讨董卓，张超依从其计，与其兄陈留太守张邈引兵会于酸枣。关东诸侯设坛盟誓，共推臧洪为司仪。臧洪于是升坛操盘歃血为盟，慷慨陈词，激扬士众，声名远播。袁绍招致臧洪，使洪抚领青州，与公孙瓒所署青州刺史田楷连战两年，为袁绍夺得了青州。袁绍使其子袁谭领青州，徙臧洪为东郡太守。建安六年（公元 196 年），曹操击败吕布夺回兖州，围张超于陈留。臧洪从袁绍请兵救张超，袁绍不许。曹操于是破杀张超。张超兄张邈南走寿春求救于袁术，半道为其兵所杀，臧洪怒袁绍不救张超，以东郡叛绍。袁绍兴兵攻围年余，破杀臧洪。

陶谦集团

陶谦字恭祖，丹杨（今安徽省马鞍山市高淳县东北）人，为诸生，举茂才，历官卢（今山东省济南市长清区南）令、幽州刺史，征拜议郎。黄巾起义，朝廷以陶谦为徐州牧。关东兵起，曹操父曹嵩避难琅玡。初平三年（公元192年），曹操据有兖州，迎曹嵩赴兖。曹嵩曾为汉太尉，贪赃财物至巨，有辎重百余辆。陶谦遣都尉张闿将骑士200护送，闿等贪财物，杀曹嵩取其财，逃奔淮南。这是《三国志·武帝纪》裴松之注引《吴书》的记载。关于曹嵩之死，有几种说法。裴注又引《世语》记载，说陶谦密遣将杀曹嵩。《后汉书·陶谦传》记载，曹嵩为陶谦别将所杀，陶谦实不知情。曹操迁怒于陶谦，在初平四年（公元193年）至兴平元年（公元194年）全力征讨。曹军攻破彭城、傅阳、取虑、睢陵、夏丘五城，皆屠之。史载，曹操"凡杀男女数万人，鸡犬无余，泗水为之不流"。董卓乱两京时，中原及关中士民多流移徐州，至此遭曹兵蹂躏，大多被杀。徐土残破，陶谦忧死，平原相刘备领兵救陶谦，陶谦遗命让州牧于刘备。

张绣集团

张绣，武威祖厉（今甘肃省白银市会宁县西北）人，董卓部将张济之族侄。建安元年（公元 196 年），张济引众出关入荆州攻刘表，在穰城中流矢死。张绣领其众归附刘表，驻屯穰城，抗拒曹操。曹操连年攻绣不能下。官渡之战前夕，张绣从贾诩计，领众归附曹操。官渡之战，张绣力战有功，后从曹操破袁谭于南皮，征乌桓于柳城，功勋卓著。但曹丕因淯水之战（详本书第四章）张绣杀其兄曹昂，数辱张绣，绣自杀。

吕布：反复无常遭人弃

吕布骁勇，天生神力，无人可敌。他依仗自己武艺高强，聚集了一班人马割据兖州、徐州，成为与群雄角逐的劲敌，曹操、刘备都曾吃过他的大亏。可惜吕布有勇无谋，又见利忘义，为人所忌，天下不容，曾几何时，这个名噪一时的人物便被历史的风云席卷而去，留下的只有后人的责备与惋惜。

吕布（？—公元 198 年），字奉先，五原郡九原（今内蒙古自治区包头市西北）人。这里地处边塞，羌汉杂居，受游牧民族的影响，他很早便练就一身弓马骑射的硬功夫，而且膂力过人，手捉敌将，就像老鹰抓鸡一般。在他割据徐州时，有一次袁术派将军纪灵率步骑兵三万人攻打刘备，刘备此时人少力单，急忙向吕布求救。吕布担心刘备失败，袁术会乘胜北连泰山诸将，对自己形成包围圈，便极力撮合他们和解。他对纪灵说："玄德是我的拜把兄弟,他有难,我岂能见死不救?我这个人生来喜和不喜斗,这样吧,你们看我来射戟上的小枝,射中了就和,射不中随便你们去打。"说完便让一名军吏在军营门口立起一柄方天画戟,他在150步之外搭箭、拉弓,只见弓如秋月,箭似流星,不偏不倚,一举中的。看得人都惊呆了,连声称赞:"将军真是有天生神威啊!"袁、刘两家仇敌见此情形,只好各自收兵回营。这便是有名的"辕门射戟"的故事。

见利忘义失人主

吕布武艺出众,使他成为群雄争取的对象;而他见利忘义的本性又使他逐渐丧失人心,变成了孤家寡人。

早年他投靠并州刺史丁原,任主簿。丁原待他格外亲近,他为了报答丁原的知遇之恩,也着实卖了不少力气。汉灵帝死的那年,丁原带兵入雒阳,拜执金吾。董卓废少帝、立献帝,丁原坚决反对,董卓对他恨之入骨,本想立刻除掉,就是因为吕布在身边保镖,才未敢动手。后来董卓派人贿赂吕布,吕布经不住物质的引诱,居然杀了丁原,投靠董卓,认董卓为"义父"。董卓得到吕布,简直喜出望外,立刻任命他为骑都尉,不久又提升为中郎将,封都亭侯。

初平三年(公元192年),司徒王允欲诛董卓,找吕布商量,开始他还有点犹豫,但经过王允的再三诱导,吕布又倒向王允一边,做了王允的内应。在董卓入未央殿面见天子时,吕布亲自"手刃刺卓"。事后,他当上了奋武将军,假节、仪比三司,进封温侯,与王允"共秉朝政"。

吕布杀董卓，这是他一生中干的一件大好事，但究其原因，也并非完全出自为民除害的目的。主要是因为他在董卓面前"尝小失意"，董卓毫不客气地"拔手戟掷布"，使他暗怀怨恨。再加上他和董卓的侍婢私通，"恐事发觉，心不自安"，才与王允合谋。董卓死后，卓的部将李傕率兵攻长安，吕布等人抵挡不住，仅带领几百名骑兵逃出武关，从此便在各地到处奔波。先是投靠袁术。董卓当太师时曾杀死袁术的亲属50多人，吕布杀董卓，自以为有恩于袁术，袁术一定会像欢迎大恩人一样接待他，想不到却吃了闭门羹，"术恶其反覆，拒而不受"。于是又北投袁绍，袁绍接纳了他，和他一块儿袭击常山的张燕。吕布凭着他骑射的功夫，冲锋陷阵，打得张燕溃不成军。在胜利面前，吕布趾高气扬，不可一世，甚至认为"擅相署置，不足贵也"（《三国志·吕布传》裴注引《英雄记》）。他要求袁绍给自己增加军队，返回雒阳；他手下的兵将还在袁绍的地盘内大肆抢掠，袁绍憎恶极了，表面答应送他去雒阳，暗中却布置了人马，待到半夜时分突然袭击吕布的军帐，幸亏吕布预先有所察觉，提前离开，才幸免一死，逃到河内张杨处栖身。张杨与吕布原都是丁原的部属，两人同僚，一向交好，吕布得以寄人篱下。

袭夺兖州，反目刘备

兴平元年（公元194年），曹操东征徐州牧陶谦，曹操部属陈宫、张邈反叛，奉迎吕布占据了曹操的兖州，吕布做了兖州牧。不久，曹操带兵杀了回来，收复失地，吕布失败，投奔了刘备。经过这段朝秦暮楚、损兵折将之后，吕布本该醒悟过来，吸取教训。但江山易改，禀性难移，投奔刘备后，他的老毛病又复发了。刘备当时正任徐州牧，安置吕布驻屯小沛（今江苏省徐州市沛县）。吕布初见刘备，酌酒饮食，称兄道弟，极尽奉承之能事。而时隔不久，袁术为破坏吕刘联盟，答应给吕布20万斛军粮，兵器战具也将陆续运来。利欲熏心的吕布在袁术的诱惑下，果然调转枪头，趁袁术与刘备在淮上对阵之机，向刘备的后方下邳（今江苏省徐州市睢宁县西北）发动突然袭击，打得守将张飞措手不及，连刘备的老婆孩子也没保护住，成了吕布的俘虏。事后袁术又以未捉到刘备为借口，答应的条件不予兑现。吕布一怒之下又来了个180度大转变，"乃具车马迎备，以为豫州刺史，遣屯小沛。布自号徐州牧"（《后汉书·吕布传》），与刘备言归于好。

建安三年（公元198年），吕布又与刘备反目，倒向袁术，并派将军高顺进攻刘备的驻地小沛，刘备兵败，投奔曹操，刘备的老婆孩子第二次当了俘虏。曹操为救刘备亲自出征，把下邳团团围住。吕布向袁术求援，无奈袁术的援军刚出来就被曹军打败，他只好退保城池，不敢出兵。下邳被曹操围了整整三个月，又引沂水、泗水灌其城，吕布军心动摇，众叛亲离，他见大势已去，只好宣布投降，旋即被曹操处死。

勇而无谋，不听劝谏

曹操包围下邳，陈宫建议吕布率步兵、骑兵屯驻城外，自己率余

吕布

三国创世英雄记

众闭守城内。曹操若打吕布，陈宫就率军攻其背；若攻打城池，吕布就在城外援救，不过十天，曹军粮食吃光，势必退兵。在曹军远来疲惫的情况下，这个方案不失为上策。可惜吕布的妻子以"孤军远出，若一旦有变，妾岂得为将军妻"为理由，坚决不让吕布出城，吕布对妻子百依百顾，只好龟缩孤城，被动挨打。陈宫临死前还愤慨不平地说："这是你（指吕布）不接受我的意见才败到这个地步，若听我的话，结局什么样，还很难说呢！"

高顺也是一个勇于作战、长于思考的人。他"为人清白有威严，少言辞，将众整齐，每战必克"（《后汉书·吕布传》）。他对吕布的弱点看得很清楚，常常规劝吕布说："大凡亡国的君主，并不是没有英明智慧的忠臣，只是有忠臣而不被重用罢了。将军您的一言一行，不肯认真思考，突然之间就办错事，动不动就说错话，犯的错误简直数不过来了。"这是多么推心置腹的批评！任何人听了都不能没有触动；而吕布却"知其忠而不能从"（《后汉书·吕布传》），高顺的一番苦心付诸东流。主帅失误，兵将遭殃，陈宫和高顺都被曹操枭首，做了吕布的牺牲品。

曹操眼中的吕布

一个刚愎自用、勇而无谋的人是成不了大事业的。这种人只能供人驱使、利用。吕布问陈珪曹操如何评价他。陈珪说："曹操把你比作一只鹰，说对待你，'譬如养鹰，饥则为用，饱则扬去'。"这生动地说明，在曹操眼里，吕布不过是个鹰犬，只能严加控制，让它乖乖地听使唤；决不能满足它的欲望，让它轻易背叛主人。吕布对自己的弱点并未察觉，相反，还把自己估计得很高，认为是当今数一数二的英雄，除了曹操，别人都不在话下。直到被曹操擒获，他还毛遂自荐地说："您所忧虑的不就是我吕布吗？现在我投降了，其余的人都不值得担心。您带领步兵，让我来率领骑兵，那么统一天下就不成问题了。"这个末路英雄，死到临头，还幻想得到曹操重用，哪有一点自知之明！

陈寿在《吕布传》的评语中说："吕布有虓（xiāo）虎之勇，而无英奇之略，轻狡反覆，唯利是视。自古及今，未有若此不夷灭也。"这段话击中了吕布的要害，对于那些缺乏政治头脑、朝秦暮楚的人也是一个极好的忠告。

公孙瓒：间接影响官渡之战，关乎汉末时局

公孙瓒是东汉末割据幽州的一个大军阀。他顽悍乐杀，正面之敌有袁绍，背后有鲜卑、乌桓，腹背受敌而败亡。在军阀混战中，公孙瓒长期牵制了袁绍，致使袁绍不得南向渡河逐鹿中原。直到建安四年（公元199年），公孙瓒才被袁绍消灭，然此时袁军已被拖得精疲力尽，故而间接影响了官渡之战袁军一方的局势。所以公孙瓒是关乎汉末时

局的重要军阀之一。

出身寒门，注重名节

公孙瓒（？—199年），字伯珪，辽西令支（今河北省迁安市西）人。他虽然出生于二千石的名门望族，但因其母身世卑贱，故青年时只做了郡书佐（秘书）的小吏，很不得意。但他聪慧锐敏，又一表人才，因此得到辽西郡侯太守的赏识，做了侯门女婿。侯太守介绍公孙瓒到涿郡大名士卢植门下读经，在那里，公孙瓒结识了刘备。两人同窗，情同手足。这一渊源对于两人后来的经历，都有极大的影响。

公孙瓒学业完成后归郡做了郡吏。汉末清议盛行，士人注重名节。公孙瓒的顶头上司刘太守坐事下狱，在押送京师雒阳途中，公孙瓒亲自驾车护送。刘太守被判充军日南（今越南北部），公孙瓒具办酒食，在雒阳北芒山下为太守饯行，替他祭祀祖先，慷慨激昂，于是获得了好的名声，被举为孝廉，提升为辽东属国（治今辽宁省锦州市义县）长史，带兵御边。

白马义从，声震北疆

在征伐塞外少数民族时，公孙瓒常骑着浑身雪白的高头大马，身先士卒，奔驰于草原。他每战必胜，久而久之，乌桓、鲜卑都尝到了骑白马者的厉害，互相转告："若有骑白马者追来，一定赶快避开，否则性命难保。"既然乌桓、鲜卑害怕白马，公孙瓒为了加强对他们的威慑作用，专门精心挑选白马数千匹，由剽悍骑士组成一支战斗力极强的骑兵队伍，号曰"白马义从"。每次征战，一声令下，沉寂的塞外高原喊声震天，尘土飞扬，白压压一片铺天盖地而来。乌桓、鲜卑兵士闻风丧胆，逃之夭夭。公孙瓒威名于是大振。嗣后，公孙瓒又讨平了幽州张纯、张举勾结乌桓，自称天子的叛乱。公孙瓒被提升为降虏校尉，封都亭侯，兼领属国长史之职；后来更升至奋武将军，封蓟侯。这时朝廷派宗室刘虞为幽州牧，镇抚北疆。刘虞遣使与乌桓、鲜卑结和，乌桓杀张纯，并送首级于刘虞。朝廷拜刘虞为太尉（虚衔），封容丘侯；后又授大司马，进封襄贲侯。公孙瓒志在灭乌桓，而刘虞力主同乌桓结和，二人政见不合，于是成为仇敌。公孙瓒是刘虞下属，他只得咽下这口怨气，等待时机。

并灭刘虞，割据幽州

刘虞为政，"务存宽政，劝督农植"（《后汉书·刘虞传》）。他又在边地开互市，在境内整顿盐铁生产，一时幽州各民族呈现一派和睦太平景象，吸引青、徐二州许多流民迁入幽州。刘虞在民众中的声望日益大增，这更引起了公孙瓒的嫉恨。

初平四年（公元193年）冬，刘虞认为矛盾无法调和，箭在弦上，不得不发，他趁公孙瓒的部曲属下放散在外，势单力薄的机会，亲率各部兵众十万讨伐公孙瓒。刘虞军蜂拥而至，将公孙瓒的小城围得水泄不通。虽然州从事公孙纪事先已向公孙瓒通风报信，但为时已晚。公孙瓒见来势凶猛，知道凶多吉少，打算从城东掘地道逃走，可是，他很快发现了刘虞军的短处。原来久经沙场的公孙瓒发现刘虞兵马虽

第二章 东汉末年的军阀

多，但很多士兵未真正打过仗，加之指挥不力，似乌合之众。公孙瓒又发现刘虞过于迂腐，本来只要火攻，小城当即拿下，但刘虞命令不准焚烧，再三告诫："无伤余人，杀一伯珪而已"。公孙瓒当即征募勇士数百，命顺风势纵火，径直向刘虞军队冲杀。刘虞军本系临时拼凑，哪能抵挡得住！于是阵脚大乱，士兵纷纷溃逃，刘虞逃到居庸（今北京市延庆区），公孙瓒乘胜追击，攻破居庸，俘虏了刘虞和他的全家老小，然后班师回蓟，尽有幽州。适逢董卓死，天子遣使者段训前来宣诏。公孙瓒处死刘虞，上表请委段训为幽州刺史，自置并、青、冀州官职，由此，与已占领冀州的袁绍发生了尖锐的矛盾，并急剧上升。

界桥大战

初平三年（公元192年），公孙瓒在灭刘虞之前，乘战胜黄巾之威，进军磐河（今山东德州市陵城区），誓报袁绍杀其从弟公孙越之仇。公孙瓒上表朝廷，历数袁绍罪恶，列十大罪状，声称："绍之罪戾，虽南山之竹不能载。"（《三国志·公孙瓒传》裴注引《典略》）当时袁绍在冀州立脚未稳，惊恐不已，为了和解，他将所佩勃海太守印绶让与公孙瓒从弟公孙范。哪知公孙范到任后，却发动勃海兵助瓒。公孙瓒又任命部将严纲为冀州刺史，田楷为青州刺史，单经为兖州刺史。河北郡县纷纷响应。袁绍组织反攻，两军大战于界桥（今河北省邢台市威县北）南20里。瓒步兵3万余人为方阵，骑兵两翼各5000余骑，"白马义从"为中坚，亦分作两校，左射右，右射左，全军士气高昂，威风凛凛，旌旗盔甲，光照天地。公孙瓒见袁绍兵少，非常轻视，命大将严纲率军冲锋。袁绍令麹义引800弓手皆伏于藤牌下，纹丝不动。严纲鼓噪呐喊，冲将过去，距离绍军十多步时，麹义突然万弩同发，纲急转身，被斩于马下。瓒军伤亡数千，慌忙后退，绍军穷追不舍，一直追到界桥。公孙瓒喘息未定，马上集合残军试图反击，又被麹义打散。麹义一鼓作气，攻杀到公孙瓒军营，拔掉瓒军大旗，公孙瓒抱头鼠窜，幸被赵云相救，才突围而去。

困守易京，兵败自焚

　　界桥战后，公孙瓒全力经营幽州，并了刘虞，增强了实力，袁绍则讨伐黑山农民军，巩固了冀州，并把势力扩张到青州，除去了公孙瓒所署青州刺史田楷。这时，刘虞部下幽州从事鲜于辅等联结乌桓、鲜卑及州兵数万，从北线发起了进攻；袁绍又遣将北进，夹击公孙瓒。公孙瓒两面受敌，穷于应付，连战败北，退守易京（今河北省保定市雄县西北）。

　　建安四年（公元199年），袁绍加紧围攻易京，形势危急。公孙瓒遣其子求救于黑山张燕。张燕率30万大军，兵分三路，前来救应。公孙瓒以为稳操胜券，遣人送信与其子，约定"刻期兵至，举火为应"，打算里应外合，夹击袁军。谁知此信半路被袁军截获，机密泄漏。如期，城内公孙瓒见城外起火，以为救至，率兵将倾巢而出，喊声、鼓角声震耳欲聋。突然四周旌旗林立，伏兵四起。公孙瓒知大事不好，大惊失色，左右奋力砍杀，方得退守城中，军马已折其大半。公孙瓒坚固的中城和小城也被袁军"掘地为道，穿穴其楼下，稍稍施木柱之，度足达半，便烧所施之柱，楼辄倾倒"。公孙瓒自知穷途末路，大势已去，残忍地将家小全部缢死，然后引火自焚。割据幽州的军阀公孙瓒就这样败亡了。

史家评说公孙瓒

公孙瓒是在长期与乌桓、鲜卑作战中发展起来的军阀，他在平定幽冀张纯的叛乱中立下了功劳。他练兵有素，身经百战，在袁绍勃兴之时，公孙瓒是河北最大的军阀，曾经是北方幽州升起的一颗亮星，死后引起多位历史家的评说。陈寿评论"公孙瓒保易京，坐待夷灭"；范晔评论"伯珪疏犷，武才骄猛"，却未甚加贬斥。王夫之则斥之为"顽悍乐杀"（《读通鉴论》卷九）。这正是公孙瓒失败的根本原因。他恃才自傲，一点也不体恤百姓。他待人记仇忘恩，睚眦必报。他用尽心机把名望高的人置于死地，身无良辅谋臣。他虽读经书却不懂礼义，终是一个赳赳武夫。如此，他能抗衡袁绍数年，已经是晚死了，怎么能成大气候！

刘表：不思进取被鲸吞

刘表出身于皇室。东汉末年，他盘踞大江南北，在中原兵戈交锋、风云变幻的岁月里，处于举足轻重的地位。可惜，他由于缺乏远见，徘徊观望，不图进取，坐失良机，终于被曹操鲸吞覆灭。

汉末名士，得"八俊"贤名

刘表（公元142—208年），字景升，山阳高平（今山东省济宁市东南）人，西汉鲁恭王刘余的后代。东汉后期，宦官专政，正直的人遭受排挤，邪恶的势力甚嚣尘上。一些知名人士，出于对社会风气的不满，不与世俗同流合污，往往喜欢互起名号，标榜清高。一时间，社会上出现了许多大名士，什么"三君""八俊""八顾""八及""八厨"，等等。刘表身材魁伟，气度不凡，又是皇室同姓，颇能赢得人们的青睐，因此时人便把他和另外七位知名人士合称为"八俊"。"俊者，言人之英也。"（《后汉书·党锢列传序》）意思是号称"八俊"的人，都是人中的英杰。这些人经常在一起批评朝政，对宦官擅权尤为不满。宦官对他们也恨之入骨，便在汉灵帝建宁二年（公元169年）大兴党锢之祸，李膺、杜密、范滂等二百多人惨遭杀害。当时刘表也在被捕的名单之中，只因为事前得知消息，逃亡外地，才幸免于难。

单骑赴任，据有荆州

党禁解除后，刘表被大将军何进征召，做了何进手下的北军中候。初平元年（公元190年），荆州刺史王叡被长沙太守孙坚所杀，朝廷任命刘表为荆州刺史，当时江南"宗贼"蜂起，袁术又在鲁阳陈兵，虎视眈眈，长沙太守苏代、华容长贝羽等也都阻兵作乱。刘表初上任，

第二章 东汉末年的军阀

刘表

面临这种险恶的形势，苦于不能应付，便只身骑马到宜城（今湖北省宜城市），向南郡大族中庐人蒯越和襄阳人蔡瑁请教。蒯越，字异度，荆州豪族，颇有名气。蒯越见刘表求教，便献计诱杀"宗贼"头目，招抚部曲的策略。刘表举行宴会杀了55个宗帅头目，随后又击败他们的军队，把他们编入部曲之中。"宗贼"只剩下张虎、陈生还占据着襄阳，刘表又派蒯越与庞季两人前往劝降，张虎、陈生二人见大势已去，只好归附。至此江南"宗贼"都平定了，许多郡守县令见刘表如此强盛，纷纷扔下官印，逃之夭夭。荆州八郡完全被刘表控制，蒯越也因功做了刘表的大将。

荆州是南北交通的要冲，土地肥沃，百姓富足，建安三年（公元198年），刘表讨平长沙太守张羡作乱，拥有荆州全境，称荆州牧。从此刘表"南接五岭，北据汉川，地方数千里，带甲十余万"（《后汉书·刘表传》），成为长江中游地跨大江南北、实力雄厚的大军阀。

不图进取，坐以待毙

刘表平定荆州四境后，在"政绩"上也下了些功夫，他曾"起立学官，博求儒士"（《后汉书·刘表传》）。又延聘学者綦毋闿、宋忠等撰立《五经章句》，影响所及，关西、兖州、豫州一带的学者都慕名而来。刘表的文治武功使荆州一度出现了相对安定的局面。

在这有利的形势下，假如他能审时度势，利用矛盾，积极进取，统一北方的功劳说不定就有他一份。但后期的刘表逐渐丧失了早年的锐气，他满足于荆州这块暂时太平的天地，只想坐观虎斗，不在发展中求生存，结果一次又一次丧失了良机。

建安五年（公元 200 年），曹操与袁绍相持于官渡，袁绍曾派人向刘表求援，此时刘表如果全力支持袁绍，战局有可能改观，刘表的势力也会扩展到北方。但他临事不决，态度暧昧，应允支援袁绍，却是口惠而实不至，丧失了南北夹击曹操的大好机会。

建安十二年（公元 207 年），曹操杀了袁谭，占领冀州，为了追歼袁熙、袁尚，亲自率领大军北征乌桓。这对刘表来说，又是一次扩展实力的好机会。刘备建议他乘虚而入，袭击许都。曹操的部下们也都担心刘表会派刘备抄后路。但曹操的谋士郭嘉早把刘表的弱点看透了，他一针见血地说："表，坐谈客耳，自知才不足以御备，重任之则恐不能制，轻任之则备不为用，虽虚国远征，公无忧矣。"（《三国志·郭嘉传》）曹操也赞同这个看法，说"我攻吕布，表不为寇，官渡之役，不救袁绍，此自守之贼也，宜为后图"（《三国志·武帝纪》裴注引《魏书》），于是曹操放心大胆地远征乌桓。刘表果然没有接受刘备的建议，待到清醒过来时，曹操已挥戈南下，直奔荆州来了。

疑忌人才，子败家业

刘表不但遇事迟疑不决，对杰出的人才还心存疑忌。刘备本来与刘表有亲属关系，称刘表为兄长。初投荆州时，刘表还亲自到郊外迎接，待之以上宾之礼，并拨出一些军队，让他驻扎新野（今河南省南阳市新野县），看守荆州的北大门。可是当他看到荆州豪杰纷纷结交刘备时，又产生疑心，竟暗中提防刘备，当然更谈不上什么重用了。

刘表既然疑忌人才，自然也就不能广泛地发现人才。诸葛亮辅佐刘备前居住襄阳城西的隆中，他所结交的朋友崔州平、徐庶等也都居住荆州，对于刘表来说他们都是难得的人才，可惜他视而不见，听而不闻，让宝贵的人才白白埋没。只有刘备慧眼识英雄，一到新野便发现了他们，千方百计挖了去。

刘表曾规劝袁谭兄弟不要自相残杀，可是他在儿子继位问题上却又重蹈袁绍的覆辙。本来刘琦是长子，又非常"慈孝"，继承荆州刺史是理所当然的，但少子刘琮"娶其后妻蔡氏之侄，蔡氏遂爱琮而恶琦，毁誉之言日闻于表"（《后汉书·刘表传》）。而刘表又非常宠爱蔡氏，对蔡氏言听计从，因而便决定废嫡立庶。建安十三年（公元208年），曹操大举进攻荆州，刘表背上长疽早已瘫在床上，又吃这一惊吓，一命归天。刘琮承继了荆州牧，刘琦被排挤到外地，做了江夏太守。

刘琮刚一上台，身边的蒯越、韩嵩、傅巽等人便怂恿他归附曹操。在一片主和声中，刘琮无计可施，只好举州投降。后来，曹操又把他调离荆州，做了青州刺史。刘琦则跟随刘备南征，赤壁之战结束后病死江南。至此，刘表统治近20年的荆州，终于被曹氏所取代。

刘表、刘璋，替刘备奠基。刘表是汉末的一个大军阀，他能单枪匹马凭着一道诏书闯出了一片天下，割据荆州，也是一个英雄。刘表保境安民，在荆州辖区内大兴礼乐教化，安置四方流民，接纳贤士，创造了乱世中的一片桃源，对荆州地区的开发有着重大意义。可惜他不是一个雄略人物，外宽内忌，容不得人才，所以不敢与雄才如曹操者争衡，甚至不敢与袁术对抗，所以他成了座谈客，经营的荆州，适为得力者的前驱。益州刘璋，比起刘表还要等而下之，他是靠父亲刘焉留下的资本，连一个张鲁都敌不过。所以诸葛亮在《隆中对》中规划三分路线，劝刘备夺取荆益，"此天所以资将军也"。没有刘表、刘璋的守成，也就没有蜀汉政权。在这个意义上，刘表与刘璋的暗弱，恰为刘备积累了资储。

中原十年大混战后的态势

上述九大军阀，加上董卓，则逐鹿中原的共有十大军阀。曹操、刘备、孙权三家，是魏蜀吴三国的创业之主，非等闲军阀，不在这里评述。孙氏在江东发展，未参与中原逐鹿。曹操、刘备争逐中原。刘备在北方根基不厚，又无良辅，两次得徐州，两次失徐州，建安五年（公元200年）南依刘表，退出了中原之争。董卓败亡后，争逐中原的主要是五大集团：河北袁绍、公孙瓒，河南曹操、吕布，淮南袁术。张杨、臧洪、陶谦、张绣、刘表，以及张燕、张邈、张超等人，他们并无纵横天下之志，只是在军阀混战的洪流中被动卷入了逐鹿中原之争。公孙瓒、吕布、袁术、刘表等都曾风云一时，鼎盛时都有很大的力量，手下有谋臣武将，但他们都无远略，在争雄中，必然为强者所灭。曹操和袁绍是立于群雄之上的两个铁腕人物，他们都有纵横天下之志，都想取代汉室，各有一套图谋远略的规划。袁绍取河北，曹操图河南，两人同床异梦而又紧密携手，共图发展。在中原十年大混战中，两人背靠，一个向北，一个向南，不受夹击，因此各自取得了节节的胜利。

到了建安五年（公元 200 年），北方除关陇和辽东两个边隅地区外，八州之地为袁曹两大军事集团所分割。袁绍并河北青、冀、并、幽四州，曹操兼河南司、豫、兖、徐四州。两大集团旗鼓相当，军事上袁强曹弱，政治上曹操"挟天子以令诸侯"，优于袁绍。天无二日，人无二主，袁曹争雄必然地要爆发。这就是官渡之战，详本书第三章"关东义军盟主袁绍"，这里从略。

人物小档案

董卓

姓名：董卓，字仲颖
生年、属相：不详
卒年：汉献帝初平三年（公元 192 年）
享年：不详
谥号、继承人：无
最得意：受诏入雒
最痛心：死于义子吕布之手
最擅长：权诈

第二章 东汉末年的军阀

人物小档案

吕布

姓名：吕布，字奉先
生年、属相：不详
卒年：汉献帝建安三年（公元198年）
享年：不详
谥号、继承人：无
最得意：一夜得兖州
最失意：联姻袁术被离间
最不幸：为刘备所卖
最痛心：不听劝谏，命丧白门楼
最擅长：朝三暮四

刘表

姓名：刘表，字景升
生年：汉顺帝汉安元年（公元142年）
属相：马
卒年：汉献帝建安十三年（公元208年）
享年：67岁
谥号：无
继承人：刘琮
最得意：单骑赴任得荆州
最失意：荆州贤才云集不能用
最不幸：疏嫡亲幼，荆州不守
最痛心：犬子刘琮降曹
最擅长：坐谈

人物小档案

姓名：公孙瓒

生年、属相：不详

卒年：汉献帝建安四年（公元199年）

葬地：史失载

最得意：并灭刘虞，割据幽州

最失意：遭鲜卑、袁绍夹击，连战败北退守易京

最不幸：遣子求救，情报泄露，自掘坟墓

最痛心：自焚而死，满门被抄斩

最擅长：顽悍乐杀

相关阅读书目推荐

（1）范晔：《后汉书》卷七十二、卷七十三、卷七十四下有传。

（2）陈寿：《三国志》卷六、卷七、卷八有传。

（3）张大可：《三国人物新传》，华文出版社，2003年。

第三章

袁绍：鹰扬河朔，为曹操开路

引言

初平元年（公元190年），袁绍发难讨董卓，他振臂一呼，天下英雄云集响应，因而名噪一时。袁绍不仅凭借四世三公之资，而且本人有资貌威容，折节下士，士多归附。他为支撑汉室这一将倾的大厦，也曾不遗余力地做过一番贡献。诛宦官，抗董卓，横刀长揖出京门，这都是其英雄之举。袁绍灭公孙瓒以后，成为雄冠中原的军阀，拥有统一天下之势。然而，他外宽内忌，好谋而无断，有贤才而不能用，闻善言而不能纳，废嫡立庶，使诸子相斗，是一个量小无大器的人。袁绍统一河北，鹰扬河朔，只不过是替曹操开辟了道路。

出身显宦

四世三公

袁绍(公元158?—202年),字本初,汝南汝阳县(今河南省周口市西南)人。袁氏一门世代显贵。高祖袁安,曾祖袁敞,祖父袁汤,生父袁逢,都官至司徒、司空等职。叔父袁隗,两任司徒,后任太傅,与大将军何进参录尚书事。"四世居三公位,由是势倾天下"。袁绍就是在这个显宦家庭中成长起来的。

坐作声价

袁绍凭借世资,步入仕途,可说是平步青云。但是他不甘领受恩荫,而另有所图。东汉重孝行名节,袁绍便从此做起。他20岁时当了濮阳长,喜交名士,颇有清名。不久母亲死了,他服丧三年,然后又补行为父守丧三年。袁绍初生时,其父袁逢去世,他后来被过继给伯父袁成。这时袁绍补行父丧三年,显然是故作声价。六年礼毕隐居雒阳,不妄通宾客,非海内名士,不肯相见。又好游侠,与张孟卓(张邈）、伍德瑜（伍琼）等交游，不应辟命。袁绍的这些举动引起了中常侍赵忠的注意。赵忠对诸黄门说："袁本初坐作声价，好养死士，不知此儿终欲何作？"（《后汉书·袁绍传》）叔父司徒袁隗知道后责备袁绍："难道你想让袁氏灭门吗？"这样，袁绍才又出来做官。果然仕途亨通，从大将军府掾直线上升历侍御史、虎贲中郎将、中军校尉。

鹰扬河朔

袁绍一旦厕身于朝臣之间，便全力为维护皇帝的地位与权力而奋争。他巧妙地利用各个政治集团的矛盾，扩充自己的实力，迅速崛起，成为天下数一数二的政治集团，显示了非凡的政治才能。

诛灭宦官

灵帝死后，袁绍决心诛灭宦官。他派说客张津去游说何太后之兄大将军何进，要他对黄门、中常侍动手。此事正合何进之意，何进便找袁绍商量具体行动计划。不料事机泄露，中常侍、黄门前往何进处谢罪求饶。袁绍认为这是斩草除根的好机会，再三劝谕何进就此动手。何进缺乏举大事的决断和魄力，临事犹豫，不愿下手，到头来宦官抢先发动，何进被杀。而袁绍此时临危不乱，先是矫诏斩杀宦官所署司隶校尉樊陵、河南尹许相；接着，率领家兵百余人，捕杀中常侍赵忠；又关闭北宫门，"捕诸阉人，无少长皆杀之。或有无须而误死者，至自发露形体而后得免"，"死者二千多人"（《三国志·袁绍传》）。可见其决心之大，手段之果断决绝。中常侍段珪劫持少帝刘辩及帝弟陈留王刘协逃往小平津（今河南省洛阳市偃师区西北），袁绍穷追不舍。后护卫皇帝回京，立了大功。这一行动，大大提高了袁绍的政治地位。

抗命董卓

董卓率关西军进入雒阳，要废掉少帝刘辩，恐众心不服，便找袁绍来商量大事，为的是借助袁氏的影响以控制朝野内外。袁绍坚决反对废立之事，声言"今上富于春秋，未有不善宣于天下。若公违礼任情，废嫡立庶，恐众议未安"（《后汉书·袁绍传》）。袁绍这样做，一方面是恪守臣子之节义，另一方面是别有深意，昭示天下袁氏敢于抗强横，捍卫皇室。于是袁绍与董卓发生冲突，毅然横刀长揖出走京师。董卓立了九岁的刘协，这就是汉献帝。他颐指气使，但仍惧于袁氏势力，为利用袁绍，拜其为勃海太守，封邟乡侯。

关东义军盟主

初平元年（公元190年）春正月，关东十二路诸侯同时起兵，结为联军，共同推举袁绍为盟军领袖，口号是反对董卓废立皇帝。董卓因此而尽杀袁氏一族之在雒阳和长安者，太傅袁隗以下五十余人皆下狱死。董卓残忍地对待袁氏家族，反使袁绍更有号召力，"当是时，豪侠多附绍，皆思为之报，州郡蜂起，莫不假其名"。天下人都以袁绍为旗帜，把他看作是反对董卓擅自废立的领袖。袁绍凭借这种政治优势，不失时机地夺占地盘，扩充实力。

巧夺冀州

初平二年（公元 191 年），袁绍听纳逢纪之计，首先巧取冀州。冀州牧韩馥生性胆小怕事，虽然参加了关东盟军，却从中作梗，不满意袁绍为盟主。袁绍对此怀恨在心，照逢纪计策行事，写信给公孙瓒，要他领兵南下，威逼冀州。公孙瓒兵临城下时，袁绍派外甥高干同荀谌劝诱韩馥拱手交出冀州。袁绍兵不血刃就轻易得到了这个战略要地，"带甲百万，谷支十年"，进可争天下，退可守一隅，可以说是逐鹿中原最具战略意义的根据地。

冀州是农民起义军活跃的地区。袁绍残酷地镇压了农民起义军，黑山起义军领袖于毒及部下一万多人被杀害。他又相继镇压了左髭丈八、刘石、青牛角、黄龙、左校、郭大贤、李大目、于氐根等农民起义军，杀害数万人之多。同时大量收编投降的农民起义军，扩大了自己的地主武装。他又争取和招徕坞堡首领及地主自卫武装，充实自己图王称霸的实力。

鹰扬河朔

建安四年（公元 199 年），袁绍并灭公孙瓒，兼有青、幽、并、

袁绍

第三章 袁绍：鹰扬河朔，为曹操开路

冀四州之地，成为北方最大的割据者。至此，他已积聚了争天下的优势。首先，是政治资本。周毖等人说："袁氏树恩四世，门生故吏遍于天下。"（《三国志·袁绍传》）沮授说："将军累叶辅弼，世济忠义。"（《三国志·袁绍传》裴注引《献帝传》）荀谌说：袁氏"世布恩德，天下家受其惠"，"宽仁容众，为天下所附"（《后汉书·袁绍传》）。其次，袁绍比公孙瓒、袁术、吕布、刘表等人的智慧和谋略都要高一等。同时，他的宽仁待人也聚集了一批人才，不乏忠实而智勇双全的干将，文才如沮授、审配、王修、韩珩；武将如颜良、文丑。袁绍所据四州，农业发达，物产丰富，单冀州就可征发精兵三十万人，这是地利资本。另外，"抚有三郡乌丸，宠其名王而收其精骑"，既无后顾之忧，又可借为外援，专心南向以争天下。这些就是袁绍在官渡之战前的实力。正由于此，袁绍在并灭公孙瓒后，不顾士卒疲劳，不听田丰、沮授劝谏，迫不及待地要跨过黄河，入据中原。于是在建安五年（公元200年）发动了官渡之战。

官渡覆败

官渡之战是袁曹势力消长的转折点。当时袁强曹弱，而交战结果，袁败曹胜。曹操此役以少胜众，在中国战争史上写下了辉煌的一笔。

袁绍发动官渡之战

建安五年（公元 200 年）二月，袁绍发布讨伐曹操的檄文，列举曹操进兵河内、图谋不轨的罪状。此时袁绍刚刚结束与公孙瓒的数年激战，不顾士众疲劳，不听谋臣劝谏，立即发动兵伐许都之战，简选精兵十万，骑万匹，大举南向。曹操迎战，袁曹相遇于官渡，史称官渡之战。袁曹双方的有识之士，都预言袁绍必败，因为袁绍急于南向，不是时机。袁绍智勇双全的大将沮授认为，袁军连年征战，"百姓疲惫，仓库无积"；且曹操奉迎天子，建宫许都，袁军南向，"于义则违"，即师出无名。沮授建议，休整士卒，缮治器械派出少量游兵骚扰河南，造成"彼不得安，我取其逸"的战略，"如此可以不战而胜"，但袁绍听不进去。田丰进谏，他甚至把田丰投入监狱。是什么原因使得袁绍不取稳操胜券的战略而要立即与曹操决一雌雄呢？这还得从头说起。

袁绍重义不敌曹操奸诈

袁绍出身世家大族，经学传世，深受儒家熏陶，被礼义道德束缚手足，人际交往，多少讲些义气。曹操出身宦官庶族，从小就诡诈，成年后奉行法家思想，崇尚权谋诈计，"宁我负人，毋人负我"。从道德品性上看，袁绍是君子，曹操是小人，因此袁曹合作与相争，袁绍不是曹操对手。

袁绍与曹操，两人青年时情投意合，血气方刚，中平五年（公元 188 年）汉灵帝组建皇家新禁卫军团——西园八校尉，袁绍任中军校尉，曹操任典军校尉。后来，在政治斗争中两人相依，谋诛宦官，抗命董卓，均是一致行动。其后，中原十年大混战，从初平元年（公元190年）到建安四年（199年），为战胜群雄，袁曹两人再度携手并肩，划分势力范围，袁绍战河北，曹操战河南，两人背靠合力作战，扫灭群雄，获得了极大的成功。但天无二日，人无二王，袁曹两人都是雄猜者，随着势力的膨胀而外亲内疏，明争暗斗。由于袁绍还有点哥们儿义气，处处遭曹操暗算，公开破裂是迟早的事。

兴平元年（公元194年），曹操部将陈宫和陈留太守张邈反叛曹操，迎接吕布入主兖州。曹操向袁绍告急，袁绍派大将朱灵引兵救援。事后曹操招诱朱灵投归，挖了袁绍的墙脚。

机权干略又输一筹

袁绍手下大将臧洪，文武双全，替袁绍打下青州，袁绍让其子袁谭守青州，徙臧洪为东郡太守。兴平二年（公元195年），曹操击败吕布夺回兖州，围攻张超于陈留。张超是张邈之弟，也是臧洪故主。臧洪向袁绍请兵救张超，袁绍不许，曹操于是破杀张超。臧洪怒袁绍不救张超，以东郡叛绍，袁绍兴兵攻围臧洪一年有余，才破杀了臧洪，既使自己痛失一臂，又贻误了剿灭公孙瓒的时机，大为失计。兴平二年（公元195年），汉献帝逃出长安，到了曹阳（今河南省灵宝市东），距袁绍的根据地邺城很近。沮授提议迎接献帝，假其旗号"号令天下，以讨未复，以此争锋，谁能敌之"；郭图也要袁绍"挟天子而令诸侯，畜士马以讨不庭"。田丰同样也劝说袁绍迎天子。三位谋士提出的谋略是有政治远见的，但袁绍虑事迟缓，又有称帝野心，坚决不予采纳。郭图警告说，在这件事上不可优柔寡断，"若不早图，必有先人者也"。果然，曹操很快劫持了汉献帝，并且远远地迁到许县（今河南省许昌市东）。袁绍失了汉献帝，追悔莫及。曹操还以天子名义挟制袁绍，下诏书谴责袁绍不听号令，割据一方，使袁绍十分恼怒。

被激怒犯兵家之忌

建安四年（公元199年），曹操灭了吕布，没有了后顾之忧，立即掉转矛头指向袁绍。当时袁绍正与公孙瓒在幽州决战，难解难分。曹操策动河内太守张杨部将反叛，杀了依附袁绍的张杨。曹操进兵河内，声言救援袁绍，其实是举兵向北，欲一举端了袁绍的老窝邺城。幸好此时公孙瓒败亡，袁绍回军，才侥幸躲过了灭顶之灾。于是袁绍被激怒，袁曹公开破裂，袁绍自恃人多势大，能战胜曹操，所以他就迫不及待地向曹操兴师问罪，不听谋臣劝谏，不合时宜地发动了官渡（今河南省郑州市中牟县东北）之战，犯了兵家之大忌。

曹操进兵河内，占了地利和实利，挑起了袁曹的公开对立，而又把发动战争的责任转嫁到袁绍身上，确实是道高一尺，先赢一着。

曹操迎击袁绍的战略部署

袁绍仓促发动官渡之战，并未做好政治上和军事上的总动员。而曹操力弱，官渡决战早有预谋。曹操从建安四年（公元199）四月的渡河之战到建安五年（公元200）正月东征刘备，取得了一连串的胜利，巩固了东、西、南三面，堵塞了袁绍开辟第二战线的漏洞。渡河之战，即进兵河内，建立了河北前进基地。随后沿黄河两岸选择战略要地设防，并在官渡构筑工事，占据有利地势，以逸待劳，诱敌来犯。六月，曹操派刘备、朱灵东出徐州，截击北上的袁术，不让二袁结合。八月，曹操派琅玡（治今山东省临沂市北）相臧霸领精兵入青州，牵制袁绍，捍卫东方。同月，曹操亲自领兵指向黄河北岸重镇黎阳（今河南省鹤壁市浚县东北），留于禁屯河南重要渡口延津（今河南省新乡市延津县西北），又令东郡太守刘延在白马（今河南省滑县东）设防。建安五年正月，刘备在徐州举义旗，发布汉献帝衣带诏讨伐曹操，曹操立即亲自东征，刘备猝不及防，袁绍坐视不救，可以说曹操不费吹灰之力打败了刘备，稳定了东方。刘备北投袁绍，关羽投降了曹操。曹操然后迅速回军官渡，亲自坐镇，严阵以待袁军来犯。

与此同时，袁曹双方展开外交战。由于曹操"挟天子以令诸侯"，他派钟繇坐镇关中，使关西马腾、韩遂保持中立，南方诱降了张绣。袁绍使者四出，一无所获。袁绍不趁刘备起兵时快速进兵，丧失了唯一一次夹击曹操的战略机会。袁绍在政治上、军事上又输给了曹操。

袁绍全军覆没

建安五年（公元200）二月，袁绍违众举兵南伐与曹操决战。二月，大军开进黎阳。同时，派大将颜良渡过黄河，围白马，攻曹东郡太守刘延。曹操听从荀攸分兵声东击西之计，领兵自官渡北向延津，佯装去抄袁绍后方。袁绍中计，分兵增援延津。曹操便调头轻骑兼程直奔白马，颜良仓促应战，被杀，白马之围遂解。袁绍闻讯派兵追赶。曹操将辎重沿路弃置，诱袁军争抢，趁乱出击，大败袁军，斩袁绍军大将文丑。然后，胜利回师官渡。当时关羽在曹操军中，他奋力效命，斩颜良以报曹公。

袁绍败了两阵，不听谋士劝说，急于求战，进军至官渡，"依沙堆为屯，东西数十里"。曹军也分营对峙，交战失利后，坚壁不战。袁绍利用自己人力物力的优势，堆土山，居高用箭射击曹军。曹兵在营中往来都必须用盾牌护身。于是，曹操命工匠造"霹雳车"，发射石块打击袁军。袁军又暗中挖地道，企图通入曹营。曹军便在营内挖长沟，破坏袁军地道。两军如此兵来将挡，攻战一月多，不分高下。

袁绍大军屯官渡，战线过长，粮食从后方运来，粮秣供给不足。曹操看到袁军这一弱点，用荀攸计，趁袁绍运粮车快到官渡时，派徐晃截击，将袁军几千车军粮一火焚光。袁绍又重新从河北运粮一万多车屯于官渡大营北面的乌巢（在今河南省新乡市延津县东南）。

袁绍谋士许攸屡献良策，不为袁绍所用，反遭忌恨，因而弃袁投曹。曹操听说许攸来奔，高兴得连鞋子也顾不上穿就迎了出去。许攸受到器重，便把袁绍在乌巢屯粮的情报告诉曹操，建议偷袭乌巢，烧毁军粮。荀攸、贾诩也劝曹操依计行事。曹操当机立断，亲率步骑5000，乘夜赶到乌巢，攻寨烧粮。

袁绍得知曹操袭乌巢，执意只派少数人去援救，而以重兵去劫曹军大营。曹操得报后，并不急于回马大营，而是奋力击溃乌巢袁军，将积粮全部烧光。攻打曹营的袁军，在曹军的顽强抵抗下，未能获胜，又听说乌巢积粮被毁，无心恋战，此时，张郃、高览等大将受谋士排挤诬陷，气愤地投奔曹操，袁军军心动摇。曹操乘机发动全面攻势，袁军一败涂地。袁绍丢下大量辎重，率领残兵八百余人狼狈逃回河北。他的十万大军，全军覆没，八万多将士被俘投降，遭曹操残酷坑杀。

诸子相残

袁绍生年，史无明载，但从他弱冠二十为濮阳长，随后守丧六年，归隐雒阳，举为大将军掾的事迹推断，官渡之战袁绍四十二三岁，略与曹操相当，依相关材料推定，约生于永寿四年（公元 158 年），官渡败北，正步入不惑的盛壮之年。可是官渡战后只两年袁绍就吐血而死，这是因为官渡失败，注定了袁绍政治上的彻底覆灭。袁绍虽死，而祸犹未已。袁谭、袁尚兄弟不睦，互相攻杀，给曹操分化瓦解、各个击破提供了可乘之机。

袁绍有三个儿子，依次为谭、熙、尚，还有一个外甥高干。绍留小儿在身边，却把其他几个儿子放在外任，各据一州。长子袁谭为青州刺史，次子袁熙为幽州刺史，外甥高干为并州刺史，而留三子袁尚在冀州，偏爱之情益显，造成军中各有彼此，以谭、尚为首分裂为两派。审配、逢纪矫绍遗命，奉袁尚为冀州牧，郭图、辛评拥护袁谭以长争位。兄弟火并，曹操坐收渔人之利。建安九年（公元 204 年）曹操破冀州，逐袁尚；十年（公元205年）灭袁谭，平青州；十一年（公元206年）又灭高干，取并州。与此同时，幽州也发生变乱，袁尚、袁熙率残部逃入乌桓，幽、冀吏民追随者十余万户，有可能成为二袁东山再起的凭借。建安十二年（公元207年）曹操北征乌桓，迫使辽东太守公孙康斩二袁。至此袁氏家族便彻底覆灭了。

袁绍也是英雄

《后汉书·袁绍传》唐章怀太子李贤注引《献帝春秋》记载，袁绍病死，冀州的老百姓奔走相告，街头巷尾，到处是哭声，好像死了亲人一样。当时的老百姓把袁绍看作一个英雄，而且是不应当死的英雄，难道百姓们都错了吗？有人说这是史家的编造。曹操灭了袁谭，袁尚、袁熙兄弟二人逃奔乌桓，河北士民相随十余万，说明袁绍生前能宽仁待众以及对北边民族的和解政策起了一定的作用。但是袁曹相斗，袁绍失败了，曹操胜利了，这有多方面的原因。袁绍失败的主要原因有三：一是他个人的谋略智计、气质权术不是曹操对手；二是他外宽内忌，刚愎自用，不能容忍人才而取长补短，官渡之战形成以个人之智力对曹氏集团之群士，哪有不败之理；三是个人心胸狭窄，官渡败后，不思更张，反而变本加厉忌刻人才，冤杀田丰，气愤忧死。袁绍死后，又无良辅协调二子，被曹操所利用，于是袁绍集团不可避免地覆亡了。

袁绍失败了，但他鹰扬河朔的业绩替曹操统一北方开辟了道路，仍不失为汉末的一个英雄人物。

人物小档案

袁绍

姓名：袁绍，字本初
生年：不详
属相：不详
卒年：汉献帝建安七年（公元202年）
享年：不详
谥号：无
父亲：袁成（过继），袁逢（生父）
继承人：袁尚
最得意：关东兵盟主
最失意：遭曹操暗算
最不幸：诸子相残
最痛心：官渡覆败
最擅长：作秀自矜

相关阅读书目推荐

1. 范晔：《后汉书》卷七十四有传。
2. 陈寿：《三国志》卷六有传。
3. 方诗铭：《三国人物散论》，上海古籍出版社，2000年。
4. 张大可：《三国史研究》《三国史》，华文出版社，2003年。

第四章

曹操：治世之能臣，乱世之奸雄

引言

汉、魏之际，群雄角逐，曹操始以"兴义兵，诛暴乱"为旗帜，继而"挟天子以令诸侯"，用武力翦灭了一个又一个强敌；同时推行一系列有效的经济和政治措施，巩固地盘，历经三十多年征战艰辛，一统北方，开创了魏国基业。他以雄才大略、赫赫功绩，作为杰出的政治家、军事家、文学家，名垂青史。

宦官家世的资本与恶名

曹操（公元155—220年），字孟德，小名阿瞒。沛国谯县（今安徽亳州）人。祖父曹腾，以宦官历仕安、顺、质、桓四帝，官至中常侍、大长秋，封费亭侯。父亲曹嵩，是曹腾养子，出自夏侯氏，《曹瞒传》和《魏晋世语》都说曹嵩是夏侯惇之叔父。陈寿讳云"莫能审其生出本末"。建安五年（公元200年）官渡之战时，袁绍发布的讨操檄文就称曹嵩为"乞匄携养"，诋毁曹操为"赘阉遗丑"。曹氏宗亲，依靠宦官，声势煊赫。曹嵩历任司隶校尉、大司农、大鸿胪，官至三公之首的太尉。曹腾兄曹褒任颍川太守，曹褒子曹炽官侍中、长水校尉，曹炽子曹纯家资羡富，"僮仆人客以百数"。曹腾的另两个侄儿曹鼎、曹瑜也是高官。曹鼎任尚书令，曹瑜为卫将军、封侯。曹鼎之侄曹洪，汉末有家兵千余人，是一个大豪强。

一个人的出身，意味着他继承了这个家族的政治资源，包括政治地位、政治势力、政治观念。曹操出身于大宦官豪强集团，这一家族背景带给曹操的是一把双刃剑。大宦官大豪强的政治资本，使曹操具有得天独厚的起跑优势。曹操的基本军事力量是招纳强宗豪右的地主武装。他所倚重的亲兵将领如曹洪、曹仁、夏侯惇、许褚等都是谯县一带与曹家有宗族、亲戚、同乡关系的大地主。先后归附曹操的任峻、李乾、李典等都是豪强。曹操依靠这些宗亲部曲和豪强家兵，在镇压黄巾起义过程中不断壮大自己。但是，另一方面，曹操背负了家族投靠为宦官养子的恶名，对他的事业发展很不利。"乞匄携养""赘阉遗丑"，成了被讨伐的口实，就是生动的证明。

出身不能选择，道路由自己

曹操年少机敏，天资聪颖过人。他深深懂得，出身不能选择，道路由自己，他出身宦官家族，却走着反宦官的道路登上政治舞台，用今天的话来说，曹操背叛了家庭，他要依靠自身的努力来洗刷先天遗留的恶名，赢得世族的称赞，挤入名士行列。东汉中期以后，宦官成为年幼皇帝向太后、外戚手中夺回权力的依靠和亲信，于是宦官借幼弱皇帝的权力而登上专政的政治舞台。由于宦官是"刑余之人"，生理所受的缺陷，遭到官僚士大夫的蔑视，同时也使自己产生自卑心理。所以宦官当政，自然地要对轻视他们的士大夫进行报复打击，国家政权成为宦官发泄私欲、打击报复的工具，因而宦官专政成了最腐败的黑暗政治。东汉末，宦官专政达到顶峰，桓灵二帝连续发动钩党之狱，造成全国性的大冤狱。"自是正直废放,邪枉炽结",张让、赵忠等十常侍,封侯贵宠,父兄子弟布列州郡,暴虐百姓直接激起了黄巾大起义。

宦官集团是汉政府一切腐朽势力的集中代表,在农民起义的打击之下是一个行将没落的阶层。曹操反对宦官集团,是符合历史潮流的。曹操要在政治上崭露头角,必须厕身于世族名士的行列。所以他矫情饰志,力争赢得世族地主集团的支持。梁国(治今河南省商丘市)桥玄、南阳何颙都十分器重他。桥玄官至太尉,称曹操为"命世之才",并以妻子相托,又介绍他认识主持月旦评[1]的大名士许劭。许劭品评曹操是"治世之能臣,乱世之奸雄"。这两句评语既概括了曹操的能干,又道出了他的野心。由是曹操声名大振,他得到了世族地主集团的信任。光熹元年(公元189年)大将军何进与袁绍谋诛宦官,曹操参决机要。袁绍杀灭宦官以后,董卓入京,擅废立,京都大乱。社会矛盾的焦点由反对宦官专政转向反对董卓专权。曹操与袁绍、袁术等逃出雒阳,谋讨董卓。曹操陈留起兵,虽然势单力弱,汴水之战一败涂地,但这是顺应人心的正义之举,对于洗刷"赘阉遗丑"的污点有重大意义,也是应当肯定的。

1　月旦评:东汉末年由许劭兄弟主持对当代人物或诗文字画等品评、褒贬的一项活动,常在每月初一发表,故称"月旦评"或"月旦品"。——编者注

青年时代的汉家忠臣人设

熹平四年（公元175）至中平六年（189年），曹操20—35岁，此时是曹操树立形象、拼命厕身于世族名士行列的青年时期，"好作政教"，"平心选举"，是一个能吏、清吏。这正如曹操在建安十五年（公元210年）所下的《明志令》说的那样，"欲为一郡守，好作政教，以建立名誉，使世士明知之"。

熹平三年（公元174年），曹操20岁，被举孝廉为郎，因受父祖荫庇，历任雒阳北部尉、顿丘（今河南省濮阳市清丰县西南）令、议郎。曹操在雒阳北部尉任上，造"五色棒"悬于四门，有犯禁者，不避豪右，皆棒杀之。曹操曾棒杀夜行的灵帝宠臣小黄门蹇硕的叔父，京师肃然。从此，京城中无人敢犯禁令。

熹平六年（公元177年）曹操调任顿丘令，不久入朝为议郎。为议郎时，他曾上书灵帝，为"党锢"中被杀害的大将军窦武、太傅陈蕃鸣不平。

光和七年（公元184年）黄巾农民起义爆发，曹操任骑都尉，随皇甫嵩、朱儁领兵镇压颍川的农民军，因军功升济南（治今山东省济南市）相。济南国辖十余县，县吏多阿附权贵，贪赃渎职，鱼肉百姓。曹操上奏朝廷，罢免了八个县的贪官污吏。同时，"禁绝淫祀"，取缔不合礼制规定的祭祀，捣毁祠庙，于是，济南地区政治清明，社会安定。

中平四年（公元 187 年），朝廷任曹操为东郡太守。曹操不愿迎合权贵，并多次触犯豪强，引起权贵们的嫉恨。他怕因此遭祸累及全家，托病不去就职，便归乡里隐居。第二年，朝廷成立西园新军，征曹操为典军校尉。能够成为皇室核心部队的大将，这使曹操重新燃起政治热情，他又去雒阳赴任了。

青年时代的曹操，还是一个汉家忠臣，他树立形象，为政一任，造福一方，确实是一个清吏、廉吏。曹操走出了"赘阉遗丑"的家庭阴影，得到了世族的青睐。曹操在西园新军典军校尉任上，与世族名士中军校尉袁绍结盟，二人联手谋诛宦官。

八大文治武功

初平元年（公元 190 年），曹操在陈留起兵讨董卓，在风云突变的汉末乱世中纵横驰骋 30 年。他"挟天子以令诸侯"，统一了北方，是奠定三国鼎立的第一人物。曹操功绩，举其大端，有以下八项。

陈留起兵讨董卓

董卓入京，拉拢曹操，任命他做骁骑校尉。曹操拒绝合作，逃出雒阳，到陈留去募兵反董卓。

陈留郡太守张邈是曹操的密友，陈留人卫兹也出财相助。曹操在

曹操

三国创世英雄记

己吾（今河南省商丘市宁陵县西南）募得 5000 兵员，正式建立了自己的武装。当时曹操还可以多招募一些，他害怕树大招风，成为祸根，就自我限制。中平六年（公元 189 年）末，曹操在己吾正式起兵，竖起反董卓的大旗。次年初，关东兵起，曹操带领这支队伍到酸枣与诸侯相会，担任代理奋武将军。

曹操在前往酸枣途中，路过中牟县（今河南省郑州市中牟县东），该县主簿任峻率领自己的宗族、宾客及家兵数百人前来投附。济北相鲍信与其弟鲍韬也自愿投效曹操。鲍信对曹操说："你的谋略盖世，找不出第二个人，能统率大众拨乱反正的，也只有你一个人。"曹操听了非常高兴，把鲍氏兄弟视为知己。

初平元年（公元 190 年）春，关东诸侯起兵讨董卓，董卓为了避开关东军的锋芒，毒死废帝刘辩，大杀袁氏宗亲，然后挟持汉献帝迁都长安。而关东诸侯各怀异志，又畏惧董卓之兵，没有人倡议出击。曹操对诸将说："我们发动义兵诛除暴乱，各路大军已经会合，诸君还疑虑什么？如果董卓依仗王室，据守雒阳，东向以争天下，尽管他十分残暴，仍可以为害无穷。现在他焚烧宫室，劫迁天子，弄得举国震动，人心惶惶，天怒人怨，这正是消灭他的最好时机，可以一战而安定天下，切不可失去这个机会。"关东诸将不听，曹操率先行动，独力追击，在荥阳汴水岸边与董卓将徐荣交锋，激烈异常，表现了曹操的奋勇。由于寡不敌众，曹操全军覆没，自己也受了箭伤。曹操的大义精神被四处传扬，他虽然打了败仗，名声却响亮起来。

曹操回到酸枣，袁绍派人劝说曹操归附自己。来人对曹操说："现在袁公势力正盛，兵力最强，两个儿子成人，天下英雄，有谁是他的对手？"曹操用沉默表示回答，心里十分厌恶，并产生了消灭袁绍的想法。

袁绍又亲自召见曹操，提出一个问题，说："如果我们讨伐董卓不能成功，那么用什么办法来发展势力呢？"曹操反问袁绍："你的具体打算是什么？"袁绍回答说："我南依托黄河，北面占据燕、代，联络乌桓，然后南向以争天下，这样做可以成功了吧？"曹操接着说："如果单靠山川的险要，占据一块地盘来图发展，是很不够的。我要任用有才能的人打天下，用合乎时宜的办法来引导他们，这样大业一定能成功。"曹操依靠人谋智力取天下的主张，显然胜袁绍一筹。

立足兖州

董卓西迁，东方诸侯开始了混战。河北、山东的黄巾也乘势而起。曹操力量单薄，无力与各路诸侯相争，于是把矛头指向黄巾军。初平二年（公元191年），曹操进兵东郡，打败白绕率领的黑山黄巾军，壮大了自己的力量。袁绍推荐让曹操为东郡太守，曹操第一次有了自己的地盘。

初平三年（公元192年），青州黄巾军向兖州推进，杀刺史刘岱，一时州中无主。曹操故友鲍信及州吏万潜到东郡，迎请曹操到兖州主事。曹操到兖州后，驻兵于寿张（今山东省泰安市东平县西南）攻击农民军。农民军奋力抵抗，杀死鲍信，但损失过重，不得不向济北撤退。曹操纵兵穷追，黄巾军战败投降。曹操得降兵三十余万，男女百余万口。他选拔其中精锐，收编号为"青州兵"，发展壮大了自己的武装力量。

曹操在兖州还未喘过气，朝廷委派的兖州刺史金尚即来就任。曹操毫不客气，派兵迎击。金尚奔南阳，求救于袁术。袁术联合公孙瓒，向曹操和袁绍进攻。袁绍先击败公孙瓒，初平四年（公元193年）春，曹操也击败袁术，在兖州站稳了脚跟。到这年秋天，他挥戈徐州，准备向东发展势力。

徐州牧陶谦曾助公孙瓒威胁兖州，其部将张闿又将曹嵩杀死，并抢去大批财物。曹操以替父复仇为名攻入徐州，连下十多个城池，屠杀百姓数十万，直抵彭城（今江苏省徐州市）。由于军粮不济，于兴平元年（公元194年）春退兵回兖州。同年夏天，他又领兵征徐州，连得五城，"所过多所残戮"。进至下邳时，遭徐州军堵截。此时兖州发生反叛，曹操闻讯，急速撤军而回。

曹操征徐州，以荀彧、程昱留守兖州。陈留太守张邈对曹操任州牧，位居自己之上心中不悦。陈宫也因兖州名士边让被曹操借故杀害而心存疑惧。二人串通，利用自己在兖州的影响，趁曹操东征、内部空虚之机，举兵反曹，迎吕布来兖州做州牧。一时间，"郡县皆应"，仅鄄城（今山东省菏泽市鄄城县北）、范（今山东省梁山县西北）、东阿（今山东省聊城市阳谷县阿城镇）三地在曹操手中。曹操回军，同吕布战于濮阳，攻入城后，巷战不利，险些被吕布骑兵抓住。他骑马冲出火阵，手被烧伤。两军相持一百多天后，均因军粮用尽，各自退兵。曹操战场失利，兖州地盘大部丧失，军队乏食，处境艰难。

兴平二年（公元195年）春，曹操经过休整，着手收复兖州失地，战败吕布于定陶，接着又败吕布于巨野（今山东省菏泽市巨野县西南），杀死吕布大将薛兰。这时传来陶谦病死、刘备领徐州的消息。曹操打算趁刘备立脚未稳之际，先取徐州，再收拾吕布。荀彧不同意，以高祖保关中、光武帝保河内的历史例证，劝导曹操要深固根本，建立根据地。荀彧说："现在对吕布用兵已取得重大胜利，宜将剩勇追穷寇，一举打败他。如果分兵去攻徐州，兖州有失掉的危险。如果攻不下徐州，将军到哪里去立足呢？"曹操接受了荀彧的意见，全力进攻吕布，吕布连吃败仗，带着残兵败将逃向徐州投靠刘备。曹操分兵收复了兖州的郡县。

张邈跟着吕布逃向徐州，让他的弟弟张超带着家属退保雍丘（今河南省开封市杞县）。八月，曹操兵围雍丘。九月张邈到淮南去向袁术求救，半道被部下杀死。十二月，曹操攻破雍丘。张超自杀，曹操屠灭了张氏全族。至此，兖州平定，朝廷正式任命曹操为兖州牧。经过与吕布的一番争夺，曹操巩固了这块根据地，成为他逐鹿中原的一个根基。曹操集团就这样形成了。

迎献帝都许

董卓逼迫汉献帝到长安后，不久为王允、吕布所杀。董卓部将李傕、郭汜又拥兵作乱，杀死王允，赶跑吕布，控制了献帝和公卿大臣。这批凉州军将领把持朝政后争权夺利，相互厮杀。杨奉从中斡旋，几经周折，于建安元年（公元196年）七月又将献帝和公卿护送回雒阳。

汉室天下虽已如大厦将倾，但献帝作为国家最高权力的象征，仍有影响。谁能把皇帝控制在手，谁就有发号施令的主动权。当时不少人都看到这一点。谋士荀彧、程昱劝曹操迎献帝，取得政治上的优势。曹操欣然同意，马上派曹洪去雒阳护驾，表示忠心。

献帝到雒阳后，朝中当权人物杨奉、董承、韩暹等人仍有矛盾。曹操利用他们的矛盾，通过杨奉，得拜镇东将军，袭父爵为费亭侯。然后，领兵进京，赶跑韩暹。曹操在朝见献帝后，他被授节钺，任司隶校尉，录尚书事。

当时雒阳残破，守将各怀异心，不听从调令。董昭建议曹操将天子迁往许县，并献策稳住杨奉，使之不从中阻拦。曹操大喜，依计而行，迁献帝去许县。杨奉得知，领兵半道抢夺献帝，结果被打败。献帝到许县后，以曹操为大将军，封武平侯。曹操左右部属也得到封赏。

荀彧为侍中，守尚书令，掌管宫中机要，以控制中央大权。由于曹操自兼"录尚书事"，所以荀彧只为"守尚书令"，即代理尚书令，实际是执行曹操的旨意。从此，曹操取得了"挟天子以令诸侯"的有利地位，征伐异己，令出天子，名正言顺。

修耕植以蓄军资

用兵打仗，粮秣先筹，因此解决粮食问题，是逐鹿中原和巩固政权的经国大计。曹操陈留起兵之后，就经常苦恼粮食问题。他汴水失利，到扬州募兵，因粮食问题，新兵哗变。他东征陶谦，因粮食不足中途退兵。他与吕布争兖州，也一度因粮食不足，只好罢兵自守。这时程昱从自己所辖三县筹得三天军粮，里面还搀有人肉干。曹操到雒阳迎献帝，因粮食吃光，将士们险些饿死，幸亏新郑（今河南省新郑市）令杨沛拿出储存的桑葚干来充饥，才渡过危难。许多小军阀只知烧杀抢掠，不知存抚百姓，由于粮食缺乏而瓦解流离，无敌自破。袁绍军在河北，以桑葚为食。袁术在江淮，取食蒲蠃。刘备在广陵，饥饿困败，军吏士卒人相食。要生存就得生产粮食。兴平二年（公元195年），公孙瓒被袁绍击败，退守易京，"开置屯田"，得以与袁绍相持数年。地方豪强率宗族自保，也从事耕植。诸葛亮隐居隆中，躬耕自食。初平三年（公元192年），毛玠提出"修耕植，蓄军资"，是社会提出的迫切问题。随后东阿令枣祗组织军民生产，支援了曹操与吕布争夺兖州。但是靠一般手段，且耕且战，或鼓励自耕农民发展生产，都不能解决大规模军需的燃眉之急。只有大规模屯田，密集劳动耕植，才是解决粮食的有效方法。建安元年（公元196年），曹操定都许县，讨破汝南黄巾，获得数万人口和大量耕牛农具。曹操采纳枣祗与韩浩的建议，在许县试行屯田，任命枣祗为典农都尉主持其事，当年得谷数百万斛，获得成功。枣祗死后，任峻继任为典农中郎将，在所有州郡例置田官，招募流民，组织生产，推广屯田。其后，吴、蜀两国为了解决军粮，也都进行了屯田。屯田成了三国时期招抚流亡的主要形式。

曹操屯田，作为一项国家恢复经济的重大政策加以执行。曹操在《屯田令》中说："夫定国之术，在于强兵足食。秦人以急农兼天下，孝武以屯田定西域，此先代之良式也。"秦人，指秦孝公用商鞅变法，奖励耕战。孝武，指汉武帝屯田西域。良式，好的榜样。曹操以秦孝公、汉武帝为榜样，用屯田方式"修耕植以蓄军资"是一个有远见的战略措施。史称，曹操屯田，"征伐四方，无运粮之劳，遂兼灭群贼，克平天下"。后来曹操打败袁绍，追思枣祗之功，下令褒奖。由于枣祗已死，曹操封其子枣处中。由此可见，屯田对曹操事业的兴起和发展起了重要作用。建安十八年（公元 213 年），曹操在淮河两岸地区推广军屯，规模更大，生产效率也比民屯高。后来邓艾守淮南，用五万士兵在淮河两岸屯田，淮北两万，淮南三万。十二分休，即 20% 的人轮休守卫，四万人经常耕植，每年生产五百万斛军粮，六七年间，在淮上积粮达三千万斛，可供十万人五年之食（《三国志·邓艾传》）。

东平徐淮

建安元年（公元 196）至四年（199 年），曹操集团在河南发展。建安三年（公元 198 年）灭吕布平徐州，次年灭袁术并淮南，又降张绣，于是全据河南。

曹操在平定徐淮之前，曾数次南征张绣。曹操定都许下以后，占有河南兖豫两州，四围敌手，河北有袁绍，南边有荆州刘表，东边有徐州吕布，东南有淮南袁术，西边关中有马腾、韩遂。曹操分析形势，对四周强敌，采用拉拢分化，先弱后强，集中力量打击一敌，各个击破的方针发展力量。袁绍最强，但北有公孙瓒，也无暇南顾，曹操利用这一形势继续与袁绍保持同盟关系。东边吕布，曹操给刘备补充兵马，驻屯小沛，予以牵制。西边关中，曹操派侍中钟繇为司隶校尉，督关中诸将，以天子名义招抚马腾、韩遂，西边无事。这样，曹操专力南下征讨刘表。

刘表保境安民，本无远略之志，但曹操向北进兵，总担心刘表袭击背后，所以他要先打刘表，稳固后方。兴平二年（公元195年），驻屯弘农的凉州军阀张济因缺粮南下荆州就食，在攻打穰城时被冷箭射死。他的部众由其侄儿张绣率领，张绣接受刘表招抚，驻屯南阳看守荆州的北大门。曹操南下攻刘表，由于张绣挡在前面，曹操实际上就是与张绣作战。

建安二年（公元197年）正月，曹操南攻张绣，张绣不战而降。由于曹操纳张绣叔父张济之妻为妾，张绣又怀疑曹操要行刺自己，于是怨恨叛曹，突然对曹操发动攻击。曹军措手不及，死伤很大，曹操长子曹昂、侄子曹安民被杀，武猛校尉典韦据守营门，保护曹操，力战而死。曹操仓皇逃命，左臂受伤，几乎丧命。后张绣听从贾诩建言降曹，曹操不计前仇，重用张绣。张绣在以后的征战中立下不少战功。

建安二年（197年）曹操南征张绣后，又进讨袁术。袁术于这年正月在寿春（今安徽省淮南市寿县）称帝。曹操领兵征讨时，袁术经过与吕布交战，力量已被削弱；和曹军一交手便不堪一击，败退到淮水之南去了。曹操又回兵向东，攻徐州的吕布。

徐州在陶谦死后，由刘备任州牧。吕布被曹操逐出兖州后投奔刘备。不久，他借故袭夺徐州，赶走刘备，刘备只得投奔曹操。建安三年（公元198年）十月，曹军攻取彭城，进围下邳。吕布固守，曹操久攻不克，打算退军。荀攸、郭嘉劝他决泗河、沂河堤岸，引水灌城。依此计行，下邳城内外一片汪洋，曹操获得成功，吕布被迫投降。曹操在下邳城白门楼上处死吕布、陈宫，收降了张辽、臧霸等人。

吕布被灭，袁术在淮南独木难支。又因骄奢淫逸，府库空虚，士兵散走，众叛亲离。建安四年（公元199年）六月，袁术除去帝号，把玉玺送给袁绍，要求北上青州，往依袁谭。曹操派刘备在徐州阻击，袁术走投无路，在寿春吐血而死。

刘备在徐州阻击袁术后，公布汉献帝的衣带诏，占据徐州反抗曹操。曹操得知消息，于这年冬，置袁绍大军压境于不顾，从官渡前线亲率大军东征刘备。一些将领对此举不甚理解，曹操说："夫刘备，人杰也，今不击，必为后患。"刘备被击败，逃往河北投奔袁绍。

曹操在消灭吕布、降服张绣、赶跑刘备、击溃袁术之后，新得徐、扬二州，控制了黄、淮之间大片地区，既解除了后顾之忧，又增强了实力，便返回官渡，展开了和袁绍的决战。

治理河北

曹操在《秋胡行·登泰华山》的诗中表达了他的治世志向，写下如下诗句："不戚年往，忧世不治。"曹操在夺取青、冀、幽、并四州的过程中，陆续在经济、政治、军事等方面采取措施，安定河北，发展生产，巩固自己的胜利。

他在夺取冀州后，下令说："黄河以北百姓长期遭受袁氏蹂躏，特令免除今年的赋税。"同时颁布《抑兼并令》，打击豪强，抑制兼并，明文定出百姓今后交纳的田税和人头税的具体数目，申明"他不得擅兴发，郡国守相明检察之，无令强民有所隐藏，而弱民兼赋也"。

为了"兴仁义礼让之风"，使先王之道不废，他下达《修学令》，"令郡国各修文学，县满五百户置校官，选其乡之俊造者而教学之"。

曹操下令整饬冀州的社会风气。他在《整齐风俗令》中说："结党营私，为古代圣贤所痛恨。而冀州的风俗，父子分派，互相诽谤"，这种歪风邪气，必须根除。同时赦免那些追随袁氏做过坏事的人，允许他们改恶从善。还明令不准报私仇、禁止厚葬。

并州太原地区流行在冬至后有三天不生火、吃冷食的习俗，曹操下令废除。他说，北方寒冷，如此则"老少羸弱，将有不堪之患。令到，人不得寒食"，若犯令，将受罚（《明罚令》），雷厉风行地革除不良旧俗。

曹操还从军队中选拔一批有战功有才干的将士充任新得州郡的地方官。有人反对，说"军吏虽有功能，德行不足堪任郡国之选"。曹操以《论吏士行能令》批驳这种言论。他明确提出，"明君不官无功之臣，无赏不战之士；治平尚德行，有事赏功能"。在战乱时期，有战功、有能耐的人理当受赏封官。

他还进一步严明赏罚，颁发《封功臣令》，激励将士奋勇杀敌，并针对当时只赏不罚罪的情况，下达《败军抵罪令》。命令说："自我派将出征以来，只赏功而不罚罪，这不符合国家大法。现在命令：诸将出征，败军者抵罪，失利者免官爵。"

曹操的这一系列措施，收到显著效果，稳定了河北地区的统治秩序,缓和了阶级矛盾,社会生产得到恢复和发展。他看中了这块沃土,建安九年(公元204年)九月,自任冀州牧,把势力从兖、豫移到河北。从此他常住邺城,以为据点。邺城是魏郡治所,所以曹操进位称魏公、魏王,以及曹丕建国号魏,即本于此。

北征乌桓

乌桓,也写作乌丸,是居住在我国北方今辽宁西部、内蒙古东部和河北东北部一带的少数民族。东汉末乌桓族强大起来。中平四年(公元187年),中山太守张纯勾结乌桓辽西部大人丘力居扰乱幽州,公孙瓒就是在平定乌桓的战争中兴起的军阀。丘力居死后,他的儿子蹋顿继位,有武略,成了辽东属国、辽西郡、右北平郡三郡乌桓的大头领,史称三郡乌桓,比丘力居时更强大。乌桓仇恨公孙瓒,袁绍利用这一矛盾招抚乌桓,夹击公孙瓒。袁绍打败公孙瓒以后,假借汉献帝名义封蹋顿为乌桓单于,封辽东属国乌桓大人峭王苏仆延为左单于,封右北平乌桓大人汗鲁王乌延为右单于。袁绍死后,三郡乌桓继续为袁氏出力,所以袁尚、袁熙失败后才逃入乌桓,想借三郡乌桓的力量与曹操抗衡。乌桓成了幽冀地方世族官僚及袁氏集团残余势力的集结处。曹操要统一北方,必须进讨乌桓。

远征乌桓不是一件容易的事,运输是一个大问题。曹操组织人力开了两条渠道,一条从滹沱河凿渠入泒水,名平虏渠;一条从泃河口凿渠入潞河,通勃海,名泉州渠。这两条渠修成,既便利了军粮运输,又成了农业灌溉渠。但兴修时,动员了很大的人力。

建安十二年（公元 207 年）五月，曹操正式起兵出征乌桓。为了鼓励士气，曹操在二月下"封功臣令"，大封功臣二十余人为列侯，其余将士依次受到封赏。

曹操大军北进到河北易县（今河北省保定市雄县西北），郭嘉又献奇计，大军留下辎重，组织精锐轻骑兵，迅速推进。曹操计划取道无终（今天津市蓟州区），傍海进击乌桓。但大军来到无终后，正赶上连天大雨，大水暴涨，行军困难，而且这条路线有乌桓人设关防守。这样，曹军便被阻滞下来。曹操久仰隐耕于无终徐无山的田畴，派人去请田畴来商议军事。田畴是无终人，很熟悉这里的地形道路。田畴痛恨乌桓侵扰边境，所以很乐意为曹操筹划军事。田畴提出抄小道奇袭乌桓，掩其不备的方略，曹操非常赞成。他下令向后撤退，还在路旁立下木牌，写上"方今暑夏，道路不通，且待秋冬，再行进军"，用以迷惑敌人。曹操将部伍隐蔽前进，上了徐无山，越过卢龙塞（在今河北省喜峰口），跨过白檀（今河北承德市滦平县东北），经平冈（今河北省承德市平泉县东北），千里奔袭乌桓蹋顿所住的柳城（今辽宁省朝阳市西南）。这条路崎岖险阻，已中断了近 200 年，只有小路可走。蹋顿根本没有防备。曹操大军前进到白狼堆（今辽宁省朝阳市喀喇沁左翼蒙古族自治县以东的白鹿山），距柳城只有 200 里路，蹋顿才发现曹军从背后杀来，仓促应战。曹军先锋勇将张辽，前行至凡城（今辽宁省朝阳市附近）与乌桓遭遇。蹋顿率领的三郡乌桓与袁尚、袁熙的部众，共有数万骑兵，远远多于曹军，因为是突然应战，阵容不整，士气低落，一触即溃，蹋顿被乱兵杀死。曹操大队乘胜追击，到达柳城,汉民及乌桓军民归降者有 20 万人。

自此,袁氏势力被彻底消灭,三郡乌桓归附曹操。曹操精选乌桓骑兵编队供驱遣,号称"天下名骑",在以后的征战中所向无敌,建立了很大的战功。

曹操从柳城班师,从大道循勃海回军。曹操登上碣石山(在今河北省秦皇岛附近),鸟瞰大海,心潮起伏如海潮奔腾澎湃,即景赋诗,写下名篇《观沧海》。诗云:

> 东临碣石,以观沧海。
> 水何澹澹,山岛竦峙。
> 树木丛生,百草丰茂。
> 秋风萧瑟,洪波涌起。
> 日月之行,若出其中。
> 星汉灿烂,若出其里。
> 幸甚至哉,歌以咏志。

这首诗笔力遒劲,激昂慷慨地抒发了曹操取得胜利之后的满腹豪情。

进军关陇

建安十三年(公元 208 年)初,曹操回到邺城,准备南下翦灭孙、刘。七月出兵,荆州刘琮闻风而举州投降。刘备南逃,在当阳(今湖北省荆门市西南）溃败，奔夏口（今湖北省武汉市原汉水入长江处）。曹操占领江陵，收编荆州部队，沿江而下，要与孙、刘决一雌雄。不料在赤壁（今湖北省赤壁市）惨败，他领残兵败将从华容（今湖北省监利市西北）逃回江陵，留下曹仁、徐晃守卫，自己退回北方。不久江陵失守，曹军退守襄、樊。

赤壁之战后，孙、刘势力增强，曹操只得对他们采取守势，因而把兵力转向关陇、汉中，以便进窥巴蜀。

建安十六年（公元211年），曹操出兵关中。关中各路军阀以马超、韩遂为首，立即联合起来，屯据潼关，阻击曹军。

曹操把军队集结在一起，吸引住马、韩，两军夹潼关而阵。暗中却派徐晃、朱灵领兵北去，从蒲坂津（在今山西省运城市永济市蒲州镇）渡过黄河，在河西筑起营塞。然后，他把大军从潼关北调，与徐晃军会合，并占据有利地形，向南推进至渭水北，巧妙绕过天险潼关进入关中。马、韩只得弃关退兵，把防线设在渭水南的渭口（在今陕西省华阴市东北）一带。这时，曹操又设疑兵迷惑敌人，派兵偷渡渭水，并架起浮桥，夜里分兵去渭水南岸扎营。马超得知，连夜攻营。曹操设伏兵迎击，马超惨败。

这年九月，曹军全部渡过渭水。马超数次挑战，曹军坚壁不出，马、韩便请求割地，送人质求和。曹操用贾诩之言，佯作允许，背地却设计离间关中诸将的关系。他利用与韩遂父亲的旧情，始而和韩遂并马亲切交谈，继而送去涂改了的信，使马超等人怀疑韩遂，产生不和。计成之后，曹操约马超会战。交战时，曹操先以小股部队应付，然后用猛骑前后夹击。马、韩相疑，诸将不能协力同心，被曹军打败。马、韩逃向凉州，其他将领有的被杀，有的投降。韩遂后来被部下杀害。马超到凉州后无法立足，又去汉中，最后投降刘备。关中、凉州先后归入曹操辖地。

关中平定后，曹操曾向将士解释他的用兵谋略说，集兵潼关，是为了吸引敌人兵力，造成河西空虚，便于徐晃过河。徐晃过河后，又作为潼关之军渡河的掩护力量，敌人便奈何不得。曹军渡河后坚壁不出，麻痹敌人，然后以"迅雷不及掩耳"之势出击，因而获胜。的确，在渭南一战中，曹操处处掌握作战的主动权，表现了不凡的军事才干。

与孙权、刘备棋逢对手

曹操平定关中，解除了西顾之忧，建安十七年（公元212年）十月，领大军征伐孙权。行前，他去信软硬兼施，诱迫孙权降服，没有结果。次年正月，曹军至濡须口（在今安徽省芜湖市无为县东南），与东吴军交战，孙权即率七万大军迎战。曹军一部夜间乘船到一沙洲，孙权派军包围，三千多曹兵被杀，数千人落水而死。曹军受挫，不再轻易出战。

孙权几次挑战，曹操不理，孙权又两次亲自乘船观看曹操大营，曹操仍不敢出击。当他看到孙权军队整肃，禁不住发出"生子当如孙仲谋"之叹。两军相持一月多后，各自退军。这就是孙曹的第一次濡须之战。此后，曹操几次对孙权用兵都没有多少战果。

建安十九年（公元214年），刘备夺得益州。曹操视刘备为天下英雄，怕他进窥汉中，威胁关中，决定先对汉中下手。于次年调遣十万大军攻汉中张鲁。张鲁出降，曹操势力伸向巴中一带（今四川嘉陵江、渠江上游地区）。

刘备受到侵扰，派兵出击。张飞战败张郃，曹军退到南郑（今陕西省汉中市）。曹操调夏侯渊镇守汉中，自己抽身回中原。

建安二十二年（公元217年），刘备进军汉中，曹操领军至长安声援。刘备进展顺利，斩大将夏侯渊，汉中曹军危急。曹操领兵从长安出斜谷，赴汉中，与刘备对阵。两军相持，曹操不能夺回汉中。汉中成了"食之无味，弃之可惜"的鸡肋。不得已，曹操于建安二十四年（公元219年）五月放弃汉中，还雒阳，把战线收缩到陈仓（今陕西省宝鸡市东）一带。

此时，关羽向襄、樊发起进攻，曹操利用孙、刘间的矛盾，解除了樊城之围。建安二十五年（公元220年）正月，曹操领兵从摩陂（在今河南省平顶山市郏县东南）回到雒阳，不几天就病逝了，终年六十六岁。后被追尊为太祖武皇帝。

曹操临死前一月，孙权上书劝他当皇帝，他的部属听说后，以陈群、夏侯惇为首也纷纷进言，劝他顺天应民，代汉称帝。曹操却回答说："若天命在吾，吾为周文王矣。"曹操文武兼资，因遭逢孙、刘人杰只好饮恨做周文王。孙刘交恶，曹操认识到即使当皇帝的条件已具备，时机已成熟，因自己来日不多，也不当了，而让自己的儿子去当。果然，不到一年，其子曹丕代汉称帝，建国号魏。中国历史正式进入了三国对峙时期。

为何历来不受欢迎

曹操名声如雷贯耳，"说曹操，曹操到"，这是人人皆知的一句家常俗语。北宋苏东坡在其笔记《志林》里就记载了当时街巷小儿听说书，听到曹操打败仗就兴高采烈，听到刘备打败仗就伤心落泪。可见曹操历来就不受人民喜欢。在历代的戏剧舞台上，曹操是以一个奸险诈伪的反面人物形象出现的，这都是作为一代奸雄的曹操自己写下的历史。曹操有大功于历史，也有大过于历史，是一个典型的双重性人物，这就是他只能做一个周文王，而不能效法汉高祖、汉光武一统天下的重要原因。这一节就来说一说曹操的"奸雄"一面。

自建安元年（公元196年）曹操迎献帝都许后，初任司空，即开始控制朝政。其后，任丞相，封魏公，进爵魏王，一步步把持国家的军政大权、刑罚赏庆完全掌握在手中。他的长子曹昂在征战中战死，于是立次子曹丕为王太子，诸子封侯，定邺城为王都，设置相国御史大夫、尚书令、侍中等一整套官吏。在名义上他比皇帝低一级，而这一切设置在形式上又和皇帝没有区别了。

曹操"挟天子以令诸侯",把皇帝当傀儡,不能不遭到刘氏皇室势力的反抗,但每一次反抗都被他毫不留情地镇压下去了。国舅董承等人受献帝衣带密诏,诛杀曹操。曹操发觉后,杀董承等人,并"夷三族"。董承之女为皇妃,有身孕,献帝再三请求免死,结果也遭残杀。伏皇后"与父完书,言曹操残逼(董妃)之状,令密图之"(《资治通鉴》卷六十七)。后来事情败露,伏后及所生二皇子均被处死,并累及兄弟宗族一百多人被杀。

为什么曹操要牢牢把国家大权抓在手里呢?在《让县自明本志令》中他曾表白说:"我身为丞相,作为臣子,地位的尊贵达到了顶点,已超过了我的愿望。假如国家没有我,真不知会有多少人称帝,多少人称王啊!我是没有称帝野心的。我想放弃兵权,学前贤,表忠心,而实际又不可能。因为放弃兵权,就会被人谋害,己败则国家倾危,所以不能因慕虚名而遭受实祸。我大权在握,既是替子孙打算,也是为国家着想。"

曹操的这番话,道出了当时的实情,他不集大权于一身,就会遭杀身之祸,国家也将陷入更长久的分裂混战。曹操说他没有"不逊之志",则是出于当时政治斗争的需要。"帝自都许以来,守位而已,左右侍卫莫非曹氏之人者。"(《资治通鉴》卷六十七)曹操把持朝政,为儿子代汉创造了一切条件,他实难逃"篡汉"之责。

作为一代奸雄的曹操,他的奸险诈伪,独步千古,加之残忍好杀,历史注定了他是一个反面教材。曹操之奸,即指他"挟天子以令诸侯",史称他"托名汉相,其实汉贼"(《三国志·周瑜传》)。曹操之险,是指他心性险恶，翻脸不认人，如杀吕伯奢，逼死荀彧之类。曹操之诈，是指他巧设机关，害人之命，饰己之伪，如割发代首，棒杀宠姬等。曹操之伪，是指他说的是一套，做的又是一套，如下《明志令》掩其代汉之奸心。曹操的奸险诈伪，独步当时，空前绝后。曹操对于敌人旧怨，往往以法诛之，而对之垂涕嗟痛，掩人耳目。如此变诈酷虐，别人做不出，也想不出，唯曹操能之。

三国时代最顶尖的英雄

"说曹操，曹操到"，这句话表现了老百姓心目中的曹操，人人都在评价曹操，似乎是三分赞许，七分幽默，背后论人，不褒也不贬。曹操是英雄，也是奸雄；曹操能干，可也狡黠。曹操文武兼资，他比所有的对手都要胜出一筹，毋庸置疑是三国时代最顶尖的英雄人物。

曹操生当战乱之世，一生主要在战场上度过。他亲自参加了大小近五十次战役，征战足迹遍及大半个中国。他很会用兵打仗，"行军用师，大较依孙、吴之法。而因事设奇，谲敌制胜，变化如神"。在战争中，他不仅能充分发挥自己的军事才干，还善于采纳众人之谋，正确分析敌我形势，制定战略战术，变被动为主动，以弱胜强，取得了官渡之战、柳城之战、渭南之战等很多战役的胜利，不愧为我国历史上杰出的军事家。

在从政和征战过程中，曹操抑制豪强，移风易俗，澄清吏治，革除弊政，推行了一系列有益于社会的措施，不失为我国封建社会一位杰出的政治家。

曹操"外定武功，内兴文学"（《三国志·荀彧传》裴注引《彧别传》）。他"登高必赋"，开一代诗风，是我国历史上著名的诗人。

但是，曹操为人奸诈、残暴，在汉魏群雄中是十分突出的。无论在镇压农民军中，还是在对待政敌时，他无一不施以狡诈、凶残的手段。曹操奸险诈伪，独步当时，因而，他又给后世留下了骂名。可以这样说，曹操在历史上既扮演了"英雄"，又扮演了"权奸"的角色，是一个对历史有贡献的两重性人物，评价曹操应功罪兼书，而不是翻案。时人的"治世之能臣，乱世之奸雄"，可谓确评。

人物小档案

曹操

姓名：曹操，字孟德
生年：汉桓帝永寿元年（公元155年）
属相：羊
卒年：汉献帝建安二十五年（公元220年）
享年：66岁
庙号：魏太祖
谥号：魏武帝
父亲：曹嵩
继承人：魏文帝曹丕
最得意：挟天子以令诸侯
最失意：恨曹植不武，未能继位
最不幸：父亲曹嵩遭贼杀
最痛心：赤壁战败
最擅长：权奸

相关阅读书目推荐

（1）陈寿：《三国志》卷一有传。
（2）生活·读书·新知三联书店编辑部：《曹操论集》，生活·读书·新知三联书店，1960年。
（3）张亚新：《曹操大传》，中国文学出版社，1995年。
（4）张作耀：《曹操评传》，南京大学出版社，2001年。
（5）张大可：《三国史研究》《三国史》，华文出版社，2003年。

第四章 曹操：治世之能臣，乱世之奸雄

第五章

曹操智囊团

引言

智囊主要是指参决谋议的骨干谋士。荀彧、荀攸、贾诩、钟繇、程昱、郭嘉、董昭、刘晔、蒋济等九人是曹操的骨干谋士，华歆、王朗、毛玠、何夔、徐奕、陈群、赵俨、袁涣、凉茂、司马朗、梁习等为重要谋士，司马懿是后起之秀。再扩大范围智囊包括各级行政要员，武将不在智囊范围内。本章着重评说曹操四大智囊荀彧、郭嘉、程昱、贾诩。

用尽手段创建智囊团

广植掾属，储备人才

建安元年（公元196年），曹操迎献帝都许，为司空。建安十三年（公元208年），曹操为丞相。因此他的掾属前期称司空掾，后期称丞相掾。曹操的骨干谋士团在官渡之战以前形成，许多人还不识曹操真面目，想依靠曹操兴复汉室，如荀彧就是一个典型代表。官渡之战以后，随着曹操事业的发展，智囊团不断扩大，成为一支庞大的人才队伍，他们直接报效曹操，心中已无汉室，成为曹氏代汉的政治基础。因此，了解曹操的智囊团，很有意义。建安十八年（公元213年），曹操进爵魏公，建立魏国，曹操更加大规模地广植掾属，网罗人才。曹操智囊团，魏国建立以前三十五人，魏国建立以后发展到九十三人。

征召人才，多管齐下

曹操用多种方法聚集人才，创建智囊团，主要有五个方面：

其一，征辟。这是两汉选举的正常途径。袁涣、张范、凉茂、国渊、田畴、邴原、毛玠、徐奕、何夔、邢颙、鲍勋、华歆、王朗、程昱、刘晔、蒋济等，皆征辟署职。

其二，投效。天下纷乱，"智能之士思得明君"，主动投效曹操的都是识高一筹的天下奇才。在官渡之战以前，曹操寡弱之时，荀彧、郭嘉、桓阶、贾诩等人投效，具有典型意义。荀彧、郭嘉二人为天下奇才，他们都从鼎盛的袁绍营垒中出来，更有典型意义。曹操得到这些智士的效力，怎能不兴旺！

其三，推荐。荀彧知人，他对曹操智囊团的创建有重要作用。荀彧前后所荐，多命世大才，有荀攸、钟繇、陈群、司马懿、郗虑、华歆、王朗、杜袭、辛毗、赵俨、戏志才、郭嘉、杜畿，皆一代风流，终为卿相者以十数。

其四，纳降。许攸，袁绍谋士，贪财，绍不能满足，审配又收治其妻子。官渡之战正在难解难分之时，许攸投降曹操，带来袁绍的部署机密，献奇计袭破袁绍军，使曹操赢得了官渡大捷。陈琳，袁绍记室；牵招，袁绍从事，均招降所得。

其五，强征。曹操征辟阮瑀，瑀逃入山中。曹操派人烧山，得到阮瑀，辟为司空军谋祭酒，与陈琳共管记室。曹操辟司马懿，懿不就征，曹操再辟为文学掾，敕命使者，如果司马懿推辞，就抓起来。强征士人，是古代司空见惯的手法，不是曹操首创。当然，这是迫不得已的下策。也有的士人以故意拒征来抬高身价，强征，也就半推半就了，司马懿、阮瑀大都属于此等人。

上述五个方面的来源，以征辟、投效、推荐三者为最主要形式。

曹操少小机敏，有权术，文武双全，有胆识才略，又挟天子号令诸侯，政治上占了制高点，所以能广招人才。曹操可以用天子名义挖对方的墙脚。例如华歆、王朗本在孙策麾下，曹操以朝廷名义征召，孙策不敢违抗。曹操还利用傀儡皇帝控制拥汉派的朝官和名士。例如孔融，他在政治上反对曹操，但手无寸柄，反为曹操所用。曹操利用孔融的声望，征为将作大匠，迁少府、太中大夫，以安辑人心，曹操力量壮大后，借故诛杀。所以张承说："今曹公挟天子以令天下，虽敌百万之众可也。"

人尽其才，收揽人心

曹操用人"唯才是举"，建安十五年（公元210年）下求贤令，明确提出天下未定，用人唯才，不必求廉。戏志才、郭嘉有不好的名声，杜畿简傲少文，曹操不拘一格信用，终各显名。人尽其才，众心稳固。随着曹操军事上取得一个又一个胜利，智囊团像滚雪球一样越来越大。曹操还占地理优势，中原文化发达，"汝、颍固多奇士"，荀彧、荀攸、郭嘉、戏志才、钟繇、杜袭、陈群、赵俨、辛毗等都是颍川智士。曹操在中原取得胜利，也就自然赢得人才优势。

在曹操的智囊团中，应当特别提出的是荀彧、郭嘉、程昱、贾诩四大谋士，因为他们作为曹操智囊在统一北方的过程中，建立了殊勋，既替曹氏奠定了基业，也成就了自己的英名。下面一一评说。

首席谋士荀彧七出奇计

荀彧（公元163—212年），字文若，颍川颍阴（今河南省许昌市）人，是曹操智囊团的领袖，三国时第一流的政治家和谋略家。他比曹操小八岁，投奔曹操既没带过兵，也没打过仗，但曹操却能慧眼识英雄，引为军师，让他参决机要，喻之为汉高祖刘邦的张良。荀彧亦感知遇，不仅勤于政事，出谋善划，还替曹操推荐了大批人才，如荀攸、钟繇、戏志才、郭嘉等。但是他反对曹操谋篡汉室，被曹操逼迫而死。真是成也萧何，败也萧何，具有超人智慧的荀彧，在乱世中维护正统，终于成为一个悲剧人物。

避乱择主

颍川荀氏是一个世家大族。荀彧祖父荀淑，曾任朗陵（在今河南省驻马店市确山县西）令，在汉顺帝、桓帝之时，有名当世。荀彧父荀绲，济南相；叔父荀爽，官至司空。荀绲、荀爽兄弟共八人，皆是名士，也称八龙。绲、爽两人最贤明。荀彧生活在这样一个大家庭中，书香门第的熏陶，使他有很高的文化素养，在少年时就受到南阳名士何颙的赏识，称他有"王佐之才"而远近闻名。

荀彧二十七岁时举孝廉，拜守宫令。这一年正是中平六年（公元189年），董卓入京，京师大乱。荀彧看到自己的故乡颍川处于四战之地，便赶紧回到故乡。后来，袁绍把韩馥赶下了台，把荀彧奉为上宾。但荀彧经过一段观察，看出袁绍只是布衣之雄，"终不能成大事"，毅然离开了袁绍，投奔了曹操。这时曹操在兖州，正在网罗人才，思贤若渴，见了荀彧只恨相见甚晚。曹操欣然说，"我的子房来了"，立即任用他为司马，这一年荀彧二十九岁，时为初平二年（公元191年）。

七出奇计

曹操倚重荀彧，视为心腹和左右手，荀彧视曹操为明主，尽心辅佐，知无不言，言无不尽。他们两人经常纵论时局，制定战略。单是《三国志·荀彧传》中就记载了七次大的献策，均被曹操采纳，使曹军连获大胜。

第一次，兴平元年（公元194年）陶谦死后，曹操打算再次兴兵东征，夺取徐州。荀彧说："前两次讨伐徐州，杀戮过多，徐州人民切齿痛恨，必定坚决抵抗，一时攻打不下，吕布将在背后作难，我们将腹背受敌。当前的首要任务，是先灭吕布，后平徐州。"曹操允诺，专力攻打吕布，收复了兖州。

第二次，建安元年（公元196年），汉献帝东还雒阳，荀彧建议曹操迎献帝都许，挟天子以令诸侯，这是一着高棋。从此，曹操在政治上居高临下，天下无敌。

第三次，曹操迎献帝都许后，袁绍不服，写信恐吓曹操。这使得曹操又气又恼，想与袁绍决一死战，又恐敌不过，十分焦心，举动都有些失常。荀彧深知曹操内心，劝谏说，应先灭吕布，后平河北。荀彧还把曹、袁两方做了一番对比，指出袁绍外强中干，外宽内忌，优

荀彧

柔寡断，军法不严，曹操恰与之相反，明达不拘，刚毅果断，信赏必罚。曹操在度、谋、武、德四个方面都胜过袁绍，不愁抗不过袁绍，更要紧的是等待时机。曹操豁然开朗。

第四次，建安五年（公元200年）袁曹官渡之战，两军相持半年之久，处于僵持状态。曹军乏粮，使得曹操丧失了信心，打算退军。荀彧写信给曹操应当用奇兵打破僵局。要他坚持，并料定袁绍军中不久会发生内讧，果然不出荀彧所料，不久，袁绍谋士许攸投奔曹操。曹操奇袭乌巢袁军屯粮，赢得了官渡之战的胜利。

第五次，官渡之战以后，曹操欲南下袭刘表。荀彧认为刘表是坐守之贼，不足为虑，劝曹操一鼓作气扫荡河北，统一了北方。

第六次，建安九年（公元204年）曹操打破邺城，领冀州牧，听从趋炎附势之徒的建议，准备恢复古代九州制度，扩大冀州地域，使天下臣服。荀彧进谏，当前的首要任务是乘胜平定河北，然后南下讨刘表，待到天下安定，再议古制也不晚。"曹操因之改变了主意。

第七次，建安十三年（公元208年），曹操南下荆州，问计于荀彧。荀彧说："显出宛、叶，间行轻进。"就是大造声势，从宛（今河南省南阳市）、叶（今河南省平顶山市叶县西南）进兵；而实际上，用奇兵从空虚之处迅速插入，迫降荆州。曹操从其计，果然兵不血刃下荆州。

以上七计，仅举其大要。荀彧从初平二年（公元191年）到建安十七年（公元212年），前后二十二年在曹操营垒中出谋划策，主持政务，举荐贤才，所立功勋，卓越无比。曹操曾高度评价荀彧的

功劳，说："天下之定，彧之功也。"（本传裴注《彧别传》）

荀彧之死

荀彧替曹操出谋献策，二人共事二十余年，亲密无间。两人结成了儿女亲家。曹操女安阳公主是荀彧长子荀恽的妻子。但是荀彧与曹操思想意趣有很大差异。荀彧出身世族，他佐曹操征伐，是希望这位曹丞相兴复汉室。曹操则是蓄谋异志。随着曹操逼宫步骤的加紧，两人逐渐产生了裂痕，甚至矛盾公开化。建安十七年（公元212年），曹操讽喻董昭等建言进爵为魏公，加九锡。荀彧表示了不同意见，他认为曹操"本兴义兵以匡朝宁国，秉忠贞之诚，守退让之实；君子爱人以德，不宜如此"。曹操很不满意。正好曹操出征，打破荀彧留守京师的惯例，这次特地要荀彧出京劳军。荀彧觉得十分意外，感到了曹操对他的不信任。荀彧怀着不安的心情出京，到了寿春，曹操又不让他到前线濡须去劳军。荀彧恐慌，不知所措，忧愁而死，一说荀彧是被逼迫仰药而死。荀彧死后不久，曹操就进爵为魏公。荀彧之死，没有改变曹操进逼汉室的野心。但是，荀彧不同于孔融。孔融旗帜鲜明地反对曹操；而荀彧却是曹操的首席谋士，因此荀彧之死给曹操代汉带来很大的心理影响。所以曹操只好做周文王，而让其子曹丕来登基了。

郭嘉善择明主

郭嘉（公元170—207年），字奉孝，是曹操最得力的谋士之一。对于郭嘉的功劳，曹操曾由衷地评赞道："平定天下，谋功为高。"

弃袁投曹

郭嘉是颍川阳翟（今河南省禹州市）人。年少时郭嘉就胸有大志，并且很有远见。他见天下将要大乱，自二十岁左右便隐居匿迹以待时日，同时秘密地与英俊之士结交往来，虽然并不为一般人所知，但见识高超的人对郭嘉的优异才干都十分赞叹，非常看重他。

郭嘉最初入仕，曾北上归附当时实力最强的袁绍。袁绍对郭嘉很敬重，并给以礼遇。但郭嘉与袁绍相处了数十日后，见袁绍不善用人，优柔寡断，绝非能消除战乱、统一天下的人，便毅然离袁绍而去。这时，曹操正由于心腹谋士戏志才之死而深感"莫可与计事者"，荀彧就向曹操推荐了郭嘉。曹操召见郭嘉并与他议论天下大事，询问攻打心腹之敌袁绍，有无胜利把握。郭嘉胸有成竹，侃侃而谈，从道义、用人、执法、用兵、决策等十个方面，把曹操与袁绍做了充分的分析和对比，认为曹操有十胜而袁绍有十败。郭嘉断言，虽然袁曹双方实力对比暂时是悬殊的，但就像刘邦与项羽争斗的结果一样，最后失败的必将是"虽兵强"却失道寡助的袁绍。曹操听后大笑，嘴里虽谦虚了几句，但内心却十分折服郭嘉的精辟议论。曹操说："使孤成大业

郭嘉

者，必此人也。"郭嘉对曹操也倾心折服，他高兴地对人说："真吾主也。"

屡出奇计

郭嘉足智多谋，屡出奇计，替曹操规划灭吕布、破刘备、斗二袁、讨乌桓，为统一北方做出了重大的贡献。建安三年（公元198年），曹操灭吕布，郭嘉与荀攸参决谋议，已如前述。吕布灭后，又是郭嘉献策，曹操进兵河内，建立了对抗袁绍的河上基地。建安四年十二月（公元200年1月），曹操亲率大军屯驻官渡迎击即将南下的袁绍。这时刘备在徐州杀了曹操的徐州刺史车胄，屯兵于小沛（今江苏省徐州市沛县）反曹，宣布了汉献帝的衣带诏。曹操避免两线作战，打算趁袁绍大军还未南下之时，迅速出兵击败刘备，但又担心袁绍从背后杀来，犹豫不决。曹操问计于郭嘉。郭嘉分析说："绍性迟而多疑，来必不速。备新起，众心未附，急击之必败。此存亡之机，不可失也。"（《三国志·郭嘉传》裴注引《傅子》）曹操拍手称"善"，坚定了信心。建安五年（公元200年）正月，曹操亲率大军从官渡出发东征刘备，出其不意一举击败刘备，获其妻子，生擒关羽。刘备全军覆没，曹操稳固了后方。正如郭嘉所料，曹操胜利回军官渡，袁绍才慢腾腾地杀来。

计灭二袁

官渡战后，曹操乘胜进兵河北，连战皆捷。建安七年（公元202年），袁绍病死，诸将劝曹操大举进兵，企图一口吞掉袁谭、袁尚。

郭嘉力排众议，独建奇谋。他分析二袁之间的矛盾，认为二袁兄弟各拥重兵，各有谋臣，二人争为冀州牧而互不相容，急则相助，缓则相争，"不如南向荆州摆出要讨伐刘表的样子，等待二袁相争，可以一举平定"。曹操采纳了郭嘉的建议，亲率大军南进至西平（今河南省驻马店西平县西），二袁果然为争冀州大打出手，袁谭被袁尚击败。袁谭派辛毗向曹操乞降。曹操抓住战机立即北进，各个击破，灭了袁谭，袁尚败逃走入乌桓。曹军轻而易举取得了冀州，郭嘉被封为洧阳亭侯。

力主远征乌桓

袁尚逃入乌桓是曹操南下的隐患。曹操打算乘胜追击袁尚，讨平乌桓，诸将不从，怕刘表派刘备袭击许昌，曹操再一次沉吟难决，问计于郭嘉。郭嘉认为刘表平庸无能，不敢把重兵交给刘备北犯，主公即使倾全国之力远征，也不必忧虑。郭嘉对曹操说："虽虚国远征，公无忧矣。"曹操这才宽心地北征乌桓。建安十二年（公元207年），曹操远征乌桓，战事的发展，完全如郭嘉所料，曹军大获全胜，斩了乌桓大君长蹋顿，胡、汉降者二十余万口。袁尚兄弟逃往辽东被公孙康所杀。袁氏残余势力被彻底清除，曹操统一了北方。

病死途中

郭嘉随曹操平定乌桓，从柳城返军回中原。半路上郭嘉不幸患病，病情迅速转重，曹操不断派人去探视，"问疾者交错"。不久，郭嘉病死。曹操亲自到灵堂去吊丧，悲痛万分。后来，曹操用诗一般精练的语句道出了自己无限哀伤和惋惜："哀哉奉孝！痛哉奉孝！惜哉奉孝！"

郭嘉的不幸早死，对曹操的统一大业无疑是一个重大的损失。建安十三年（公元208年），曹操南征荆州，在赤壁遭孙刘联军火攻后，大败而回。曹操无限感慨地说："郭奉孝在，必不使孤至此。"

程昱料事如神

程昱（公元141—220年），字仲德，东郡东阿（今山东省聊城市阳谷县阿城镇）人，史称"世之奇士"。他在曹操势力发展的关键时刻，曾起过关键作用。

护根本，保有兖州三城

在曹操初起，处于生死存亡的关头，程昱护根本，保有兖州三城而被曹操视为腹心。初平三年（公元192年），程昱就追随曹操为寿张（今山东省泰安市东平县西南）令，他是继荀彧之后最早投归曹操的谋士。程昱的最大功绩是佐助荀彧在曹操危急时刻，保住了兖州三城。兴平元年（公元194年），曹操二次东征徐州陶谦倾巢出动，兖州空虚，遇到吕布偷袭，因张邈、陈宫等内应，兖州郡县纷纷响应，只有鄄城（今山东省菏泽市鄄城县北）、东阿、范（今山东省济宁市梁山县西北）三县未动。这时，陈宫领兵攻东阿，派汜嶷取范城，豫州刺史郭贡率众数万兵临鄄城。吏民震恐，三县危在旦夕。荀彧与程昱计议，要恢复兖州，必须保有三城。荀彧亲自身入虎穴，游说郭贡中立，保全了鄄城。东阿和范两城，荀彧交给了程昱。荀彧对程昱说："君，民之望也，归而说之，殆可！"程昱受令，身入危城，说范令靳允认清形势，选择良主而依。程昱为靳允剖析利害，分辨曹操与吕布之高下，称曹操为"命世"之才，说吕布不过为"匹夫之雄"，劝靳允固守范县，立田单之功。靳允依从，计杀汜嶷，保住了范县。程昱至东阿，东阿令枣祗已率吏民，拒城坚守。曹操回军，幸有三城为根基，避免了覆亡。曹操紧握程昱的手说："微子之力，吾无所归矣。"曹操虽有三城，但兵少粮缺，与吕布数战不利，陷于困境。袁绍想趁机吞并曹操，他派朱灵救援曹操，并以"连和"为名，要曹操"迁家于邺"，接受控制。曹操进退维谷，答应了袁绍的要求。程昱得知此事，进谏曹操，说："今兖州虽残，尚有三城。能战之士，不下万人。以将军之神武，与文若、昱等，收而用之，霸王之业可成也，愿将军更虑之！"曹操听后，如梦初醒，拒绝了与袁绍连和，同时还争取朱灵投归了自己。

程昱改名，赤胆忠心

程昱认定曹操是一代明主，以身相许，尽心辅佐，故能在曹操处境困难、意志沮丧之时，清醒地替他分析形势，保持独立，建王霸之

第五章 曹操智囊团

业。曹操统一北方后，追忆这段历程，拍着程昱的背说："兖州之败，不用君言，吾何以至此？"程昱本名程立，少时曾做梦上泰山，两手捧日。兖州反叛，程昱助荀彧保有三城，并把少时之梦告诉荀彧，荀彧转告曹操。曹操听后，知道程昱以此忠心，于是亲切地对程昱说："卿当终为吾腹心。"曹操就在"立"字上加一个"日"字，更名为昱。从此，程立就名程昱。

独当一面，勇冠贲育

官渡之战，程昱领七百兵守鄄城，独当一面，收山泽亡命，得精兵数千人。曹操曾打算给程昱增兵两千，程昱推辞了。他对曹操说："袁绍拥十万众，自以所向无前。今见昱兵少，必轻易不来攻。若益昱兵，过则不可不攻，攻之必克，徒两损其势。愿公无疑！"于是曹操没有给程昱增兵，袁绍也果然不攻鄄城。曹操对程昱的见识胆气佩服不已，曾对贾诩说："程昱之胆，过于贲、育。"

贾诩算无遗策

贾诩（公元147—223年），字文和，年少时就聪明过人，有识之士称他有王佐之才。先后任董卓将牛辅、李傕、郭汜、张绣和曹操、曹丕的谋士，贾诩是三国鼎立形成时期著名的谋臣。由于贾诩是凉州姑臧（今甘肃省武威市凉州区）人，所以最初委身于凉州军阀董卓部下，可谓投身非所。陈寿《三国志》把贾诩与荀彧、荀攸合传，给予了高度评价，称誉为"良、平之亚"。

凉州智士，投身非所

光和七年（公元184年），黄巾大起义，动摇了东汉的统治。凉州边章、韩遂趁机起兵反汉，割据了凉州。朝廷派司空张温督中郎将董卓往讨，于是贾诩投身董卓部下。光熹元年（公元189年）董卓入雒，自官太尉，拜贾诩为太尉掾，迁平津（今河南省洛阳市偃师区西北）都尉。关东兵起，又迁贾诩为讨虏校尉，佐助牛辅屯陕（今河南省三门峡市陕州区）拒关东军。王允诛杀董卓，不赦凉州将，一时凉州兵将乱成一团，牛辅被乱兵杀死。李傕、郭汜、张济等人也无主张，打算散伙去当强盗。贾诩说，如果散了凉州兵，一个乡间亭长就能抓获你们。与其让人抓获，还不如激励士众为董卓报仇，杀向长安，死中求活。李傕、郭汜等采纳了这一计谋，果然攻下了长安，杀了王允，劫持了汉献帝，把持了朝政。贾诩被拜为尚书，典选举。贾诩运用这一要职，保护了不少汉官，起用了不少智能之士。由于李傕、郭汜争权，在长安交兵，自相残杀，凉州兵瓦解了。这时贾诩追随张济到了荆州。张济在荆州战死，这支凉州兵由张济侄儿张绣统率，贾诩做了张绣的谋主。

贾诩

选择时机，择木而居

建安四年（公元199年）冬，袁绍发动官渡之战，派使者联络张绣，并致书贾诩。贾诩却在宴会上公然对使者说："回去替我道谢袁本初，自家兄弟不能相容，怎么能容得下天下的国士呢？"贾诩的这番言论，杜绝了张绣投袁的去路，并说绣归操。张绣大惊地说："袁强曹弱，我和曹操又有深仇大恨，怎么能去投他呢？"贾诩说："正因为袁强曹弱才是归操的时机，曹操用人，你必得重用。他有王霸之志，必不计较个人私怨。"张绣听计，率众归操。曹操举行盛大宴会欢迎，与张绣握手言欢，结为儿女亲家，替儿子曹均娶绣女为妻。张绣在官渡之战中立了功勋。曹操对贾诩更加器重，握着他的手说："使我受到天下信任看重的人，是您啊。"曹操立即表拜贾诩为执金吾，封都亭侯，遥领冀州牧。河北平定后，曹操自领冀州牧，迁贾诩为太中大夫，参决谋议，不离左右。

参决谋议，算无遗策

袁曹官渡之战，从建安五年（公元200年）二月一直相持到十月，未决胜负。曹操问计于贾诩。贾诩说："你的英明超过了袁绍，勇敢超过了袁绍，用人超过了袁绍，当机决断超过了袁绍，但是相持半年未能取胜，这是因为你在敌强我弱的形势下打消耗战，阵地相持以求万全。只要你下定决心，不失战机，以奇取胜，胜负立决。"一语提醒了曹操。曹操于是下决心袭袁绍粮屯，果然一战功成，袁绍大溃。

建安十六年（公元211年），贾诩随曹操进兵关中，势如破竹，连连得胜。马超自知不是曹操对手，要求派送质子，割地求和。曹操又问计于贾诩。贾诩说："将计就计，离之而已。"曹操心领神会，用贾诩离间之计，大破韩遂、马超，占有关中。

贾诩生于乱世，周旋于汉末军阀角逐之中，胸藏韬略，以智计安身，善画奇谋，算无遗策。听其言得利，逆其言受害。建安十三年（公元208年），曹操不听贾诩之言，贸然发动赤壁之战，大败北还。黄初元年（公元220年），曹丕不听贾诩之言，大举伐吴，临江而叹。贾诩善于明哲保身，他更有自知之明，因为自己是董卓集团中人投到曹操营垒，所以特别选择有利时机。当受到曹操重用后，仍然恭谦，总是曹操问计时才发表自己的意见。

黄初元年（公元220年）曹丕建魏，拜贾诩为太尉。贾诩卒于黄初四年（公元223年），享年七十七岁。

曹操智囊团的功效

曹操智囊团在政治、经济、军事各个方面起了决策作用。

在政治上，主要有两大战略决策。其一是劝曹操迎汉献帝，挟天子以令诸侯。其二是广收名士以临州镇。曹操初临兖州，因言议杀名士边让，激起了陈宫、张邈的叛乱，险些使船翻了个底朝天。曹操吸取教训，为司空、丞相后，以崔琰、毛玠、何夔、徐奕、邢颙、鲍勋、陈群等名士为东西曹掾，典选举，网罗了一大批清正廉洁的名士为掾属。名士累世为地方望族，振臂一呼，士民影从。曹操派智囊名士出宰州郡，入为公卿，利用他们的声望和才干稳定纷乱的政治局势。例如刘备在徐州反曹操，许多郡县动摇。曹操用陈群为酂县令，用何夔为城父（今安徽省亳州市东南）令，吏民平静。何夔为乐安（治今山东省聊城市高唐县东南）太守，到任数月，诸县平定。钟繇、卫觊出镇关中，曹操无西顾之忧。曹操领冀州牧，州治邺城，这是一个战略要地，袁绍长期盘踞的老巢，政治复杂。曹操先后用王朗、董昭、凉茂、国渊、徐奕、王修等重要掾属为魏郡太守。邺城在魏郡，名士为郡守，邺城安堵。曹操掾属半数以上轮流到地方去做州牧、太守、县令、县长、都尉等职，既考验了策士名流的政治才能，又镇抚了吏民，真是一箭双雕。

在经济上，曹操智囊团提出了修耕植、兴屯田、储军资、深固根本等战略决策，对曹操事业的成败有重大意义。

在军事上，曹操领兵三十余年，身经数十战，所向无敌，能战，善战。曹操是一个杰出的军事家，但他的胜利也是智囊团的杰作。智囊的作用，第一是制定战略方针，第二是临阵策划。

人物小档案

荀彧

姓名：荀彧，字文若
生年：汉桓帝延熹六年（公元163年）
属相：兔
卒年：汉献帝建安十七年（公元212年）
享年：50岁
谥号：敬侯
父亲：荀绲
继承人：荀恽
最得意：曹操用人有术，如鱼得水
最失意：曹操奸险，诸人战战兢兢，才略未尽
最痛心：荀彧拥汉被逼杀
最擅长：智慧谋略

郭嘉

姓名：郭嘉，字奉孝
生年：汉灵帝建宁三年（公元170年）
属相：狗
卒年：汉献帝建安十二年（公元207年）
享年：38岁
谥号：贞侯
继承人：郭奕
最得意：曹操用人有术，如鱼得水
最失意：曹操奸险，诸人战战兢兢，才略未尽
最不幸：郭嘉英年早逝
最擅长：智慧谋略

人物小档案

姓名：程昱，字仲德
生年：汉顺帝永和六年（公元 141 年）
属相：蛇
卒年：魏文帝黄初元年（公元 220 年）
享年：80 岁
谥号：肃侯
继承人：程武
最得意：曹操用人有术，如鱼得水
最失意：曹操奸险，诸人战战兢兢，才略未尽
最擅长：智慧谋略

姓名：贾诩，字文和
生年：汉桓帝建和元年（公元 147 年）
属相：猪
卒年：魏文帝黄初四年（公元 223 年）
享年：77 岁
谥号：肃侯
继承人：贾穆
最得意：曹操用人有术，如鱼得水
最擅长：智慧谋略

相关阅读书目推荐

（1）陈寿：《三国志》卷十、卷十四有传。
（2）张大可：《三国人物新传》，华文出版社，2003。
（3）龚弘：《三国人物》，齐鲁书社，2005 年。

第六章

曹魏名臣武將

引言

汉末战乱，各色人物出场表演，君择臣，臣亦择君。世族多智士，寒门多武将。曹操出身寒门豪族，而跻身世家大族，加之雄才大略，对人才兼收并蓄，手下谋臣如雨，猛将如云。三国鼎立，曹操得天下三分之二，因此，曹操聚拢的英才也占天下三分之二。本章选列曹魏名臣武将五人，集中在创业时期，揭示创业之难。任峻、钟繇，是世族代表人物；张辽、张郃、徐晃，是曹魏"五子良将"中最杰出的三位，是庶族武将的代表人物。

任峻推广屯田

任峻（？—公元204年），字伯达，河南中牟县（今河南省郑州市中牟县东）人，是三国时期政治舞台上的一名有识之士。他是曹魏屯田制的具体执行者，在恢复和发展北方农业生产中起了重大的作用，为曹操统一北方奠定了经济基础，得到过曹操的高度评价。史称："军国之饶，起于枣祗而成于峻。"

预见天下有变

汉末时期关东地区一片混战。中牟县令杨原担惊受怕，欲弃官避难。任峻具有政治家的见识，他对杨原说：董卓始乱天下，人民无不痛恨，至今之所以还没有起来反抗，是因为无人带头。他劝杨原起来倡议，必定有人附和。杨原问他具体怎么办，任峻道："今关东有十余县，能胜兵者不减万人，若权行河南尹事，总而用之，无不济矣。"杨原接受他的建议，让任峻为其主簿。不久，任峻便向朝廷上表，奏请任命杨原代理河南尹一职，让各县带兵坚守，抗击叛乱。

任峻

选择明主，投效曹操

初平元年（公元190年），曹操起兵反董卓，进入中牟县境后，当地人不知所归。唯有任峻与同郡张奋认为曹操是一代雄杰，甘愿"举郡以归太祖（指曹操）"。任峻还率领其宗族、宾客及部曲数百人归附曹操。曹操大悦，上表朝廷，拜任峻为骑都尉，又把自己的堂妹嫁给任峻，把他当成亲信加以任用。每当曹操出征讨伐，都让任峻留守后方，供给军需。

主持屯田，军国丰饶

北方久经战乱，土地荒芜，哀鸿遍野，民不聊生，农业与经济遭到惨重的破坏。史载："谷一斛五十余万钱，人相食。"加之灾荒连年，军需严重不足，直接威胁着曹操的统一大业。这时，谋士枣祗等向曹操提出建议，实行屯田，得到曹操的赞许，曹操立即授命任峻为典农中郎将，具体统管屯田事务。任峻大量招募流民，在许（今河南省许昌市东）实行屯田。又命令各郡国置屯田官，负责当地的屯田。几年光景，大见成效，基本上消除了饥荒，"仓廪皆满"，使北方的农业经济得到一定恢复。建安五年（公元200年），袁曹官渡决战，曹操派任峻掌管兵器和粮食运输。在运粮过程中，曹军曾多次遭到袁绍军队的攻杀抢掠。于是，任峻以兵马布阵设防，阻挡了敌军的寇掠，保障了前方军队的供给，使曹操能够顺利地战胜袁绍，赢得官渡之战的全胜。为了表彰任峻的功绩，曹操奏请朝廷封任峻为都亭侯，食邑三百户，升迁长水校尉，掌管宿卫军队。

任峻为人宽怀大度，明白事理。曹操乐于采纳他的建议，很器重他的才干。在灾荒年里，任峻不时收养赈救亲朋好友和遗孤，"周急继乏，信义见称"，享有较高声誉。建安九年（公元204年），任峻去世，曹操非常痛惜，"流涕者久之"。曹丕称帝后，念其功德，追谥为"成侯"。

钟繇辅曹镇关中

钟繇（公元151—230年），字元常，颍川长社（今河南省长葛市东）人。东汉旧臣，曹魏元勋，历世三朝，位列三公，道德、学问均著称于世。他不仅为曹魏名臣，也是三国时代著名学者。

出身望族

钟繇出身于颍川望族，其家世善刑律，祖父钟皓为海内知名的学者，"博学诗律"，教授门生千余人。其父钟迪为郡主簿，后因党锢牵连，退出仕途。钟繇少而好学多才，为人机敏，喜谈笑。他后任郡功曹，被以荐贤著称的太守阴修所赏识，举为孝廉，先后在东汉朝任尚书郎，阳陵（今陕西省咸阳市泾阳县东南）令，后辟三府为廷尉正、黄门侍郎。

钟繇

第六章 曹魏名臣武将

建策献帝东归

兴平二年（公元195年），钟繇与尚书郎韩斌等共同策划，帮助献帝逃离长安，东奔雒阳。钟繇从行，拜御史中丞，迁侍中，尚书仆射。建安元年（公元196年），作为护驾十二功臣之一，被封为东武亭侯。不久，献帝迁许，钟繇成为曹操重要谋臣。钟繇多智多谋，为荀彧所推重，一次曹操问荀彧："谁能代卿为我谋者？"彧曰："荀攸、钟繇。"可见钟繇也为曹操智囊团重要人物。

坐镇关中

建安二年（公元197年），曹操欲东击吕布，又恐袁绍西扰关陇，"南诱蜀汉"，与之抗衡。曹操想物色一个人物去镇抚关中。荀彧向曹操推荐钟繇，说："侍中、尚书仆射钟繇有智谋，若属以西事，公无忧矣！"于是曹操表钟繇以侍中守司隶校尉，持节督关中诸军。钟繇至长安，移书马腾、韩遂等，抚以恩德，为陈祸福。于是马腾、韩遂表示要效忠朝廷，并各遣子入侍为质。这样，曹操消除了西顾之忧，得以放手争夺中原。

钟繇暂驻弘农（今河南省灵宝市东北），以抚关中。时经战乱，关中荒芜，人民几乎散尽，钟繇招纳流亡，供给耕牛、农具，使勤耕积粟，经济得以恢复。建安五年（公元200年），曹操在官渡与袁绍决战，钟繇又送马2000匹给前线，供作战之用，大大增强了曹操的骑兵实力，对战争的胜利起了重大的作用。后曹操给钟繇信中，将他比为汉朝的萧何。

辅魏历仕三朝

建安二十一年（公元216年）五月，魏公曹操被进爵为魏王。八月，钟繇被任为魏相国。钟繇能够担任此要职，一方面是因为他忠于曹操，为魏国的建立立了大功；另一方面是因为他与曹操的继承人曹丕关系密切。他们为文字之交，常有书信往来，钟繇曾送美玉给曹丕。当钟繇就任相国职位时，曹丕特赐其以五熟釜，以示笼络，上面铸有这样的铭文："于赫有魏，作汉藩辅，厥相惟钟，实干心膂。"表明其对钟繇之倚重。

当时，沛人魏讽才华出众，倾动邺都，被钟繇辟为西曹掾。建安二十四年（公元219年）九月，忠于汉室的魏讽与陈祎等人密谋起兵袭邺，响应关羽。谋泄，魏讽等数十人被杀。钟繇因此受累，免官归第。

钟繇罢官后，仍和曹丕有密切书信往来。不久，曹操逝世，钟繇被召回，任魏大理（相当于廷尉）；曹丕称帝，钟繇改任廷尉，并进封崇高乡侯。黄初四年（公元223年）迁为太尉，转封平阳乡侯。

魏文帝曹丕以个人私怨，欲枉法诛治书执法鲍勋。钟繇领头，与大臣华歆、陈群、辛毗、高柔等并表勋父鲍信在兖州有助于太祖，请赦之。后事虽不果，但说明了钟繇为人正直，敢于主张公道。

钟繇又善荐贤，曾推举张既、贾逵、杜袭等人。张既后官至尚书，雍州、凉州刺史；贾逵为谏议大夫、丞相主簿祭酒、豫州刺史；杜袭为侍中、尚书。三人均曹魏名臣。

张辽扬威合肥

张辽（公元 169—222 年），字文远，并州雁门郡马邑（今山西省朔州市朔城区）人。张辽生在边郡，长于骑射，武力过人，年轻时为郡中小吏。东汉末年，并州刺史丁原受诏将兵入京，任张辽为从事。丁原死后，张辽追随吕布。

曹操击灭吕布，张辽归降曹操，被任为中郎将，封关内侯。后迁为裨将军。

屡立战功

曹操麾下"谋臣如雨，猛将如云"，谋臣之首当推荀彧，猛将之雄则为张辽。曹魏有五员虎将，依次为：张辽、乐进、于禁、张郃、徐晃。张辽为"五子良将"之首，在为曹操打天下的南征北战中屡立战功。官渡之战后，曹操派张辽平定鲁国诸县，并与夏侯渊等率兵围叛将昌豨于东海郡治（今山东省临沂市郯城县北）。昌豨据险固守，曹军进攻数月不克，粮尽。诸将商议，欲引军还。张辽看到昌豨作战不力，分析他有归降之意。张辽认为不入虎穴，焉得虎子。他不顾个人安危，单身上昌豨所据之三公山，入其家，拜其妻子，动员昌豨降曹。昌豨为吕布旧部，知张辽为人忠诚，于是欢喜放心，投降了曹操。后来，张辽又参加了讨伐袁尚、袁谭的战争，每次战争，总是身先士卒，功在诸将之右，晋职行中坚将军。建安九年（公元 204 年），从曹操攻破袁氏都城、河北重镇——邺城。此期间，张辽又率别军先后讨平阴安、赵国、常山、海滨等地，战功卓著。张辽凯旋还邺时，曹操亲自出城迎接张辽，并与张辽同坐一车，以示嘉奖。张辽因功迁荡寇将军。

建安十三年（公元 208 年），曹操遣张辽率军移屯长社（今河南省长葛市东）。临出发，军中有谋反者，四处放火，一军尽乱。张辽冷静分析后，认为这不是部队皆反，必是少数谋叛者扰乱军心。于是命令，不反者安坐帐中，而亲自率兵十人巡行营中以镇之。一会儿，军中就安定下来。之后，张辽查出叛谋首领，悉诛之，平息了兵变。

建安十四年（公元 209 年），曹操进军淮南，东征孙权，而陈兰、梅成反于庐江（治今安徽省潜山市）。曹操派张辽督张郃、朱盖讨陈兰，于禁、臧霸讨梅成。平兰、成之后，曹操派张辽与乐进、李典等率兵 7000 人屯合肥，以备孙权。

扬威合肥

建安二十年（公元 215 年），曹操讨汉中张鲁。临行，与合肥护军薛悌一函，封面上署曰："待贼至乃发。"果然不久，孙权率大军十万围攻合肥。诸将共开函，见其内书曰："若孙权至者，张、李将军出战，乐将军守，护军勿得与战。"诸将议之，多认为寡不敌众，不欲出兵。独张辽坚决主战，曰："公（曹操）远征在外，比救至，彼破我必也。是以教指及其未合逆击之，折其盛势，以安众心，然后可守也。成败之机，在此一战！诸君若疑，辽将独决之。"乐进、李

张辽

八百标兵守合肥，打得十万江边跑。

典平时与张辽矛盾甚大，此时也深为之感动，李典当即表示要不计前嫌，与辽一起出战。

于是，张辽连夜招募组织敢死之士800人，"椎牛飨将士"。次日晨，张辽被甲持戟，率战士冲锋陷阵，杀数十人，斩二将军。大呼自名，冲入敌营，直到孙权麾下。权大惊，其部众皆惶然不知所为。权与左右逃至一高坡上，以长戟自守。张辽追至，叱其下战，权不敢动。后见张辽兵少，方令吴军攻之。张辽被围数重，急击之，率数十人突出包围，但部下在围中者大呼："将军弃我乎！"张辽又复返，救出余众。敌军皆为之震慑，无敢挡者。两军从早上战至中午，吴军夺气，辽还修城防，众心乃安。诸将于是皆佩服张辽之胆识。

孙权攻围合肥十余日，而不能克城，只好撤军还。时吴军主力已开拔，孙权与诸将尚在逍遥津（淝水津，至今合肥东北）。张辽侦知后，急率步骑袭之。孙权大惊，其部将凌统、甘宁、吕蒙等以死相捍，权左右尽死。在乱中，孙权乘骏马跳过津桥，方侥幸逃脱。合肥之战中，张辽立下首功，被封为征东将军。

张辽不可当

建安二十一年（公元216年），曹操再征孙权，至合肥，特地巡视了张辽与孙权作战之地，对辽之勇敢十分佩服，叹息久之。不久，曹操北还，留夏侯惇督曹仁、张辽等三十六军屯居巢（今安徽省巢湖市东北），镇淮南。

建安二十四年（公元219年），关羽进围襄樊，形势险危。曹操急召张辽及淮南诸军驰援，未至而围解。张辽率援军至摩陂，曹操亲出迎之。

荆襄战后，因东吴与曹魏关系缓和，张辽移屯陈郡（今河南省商丘市淮阳区）。曹丕即位后，十分器重张辽，升张辽为前将军，赐帛千匹，谷万斛，封其兄及一子为列侯。

黄初三年（公元222年），魏文帝曹丕亲征孙权，三路伐吴，令张辽与曹休、臧霸出洞口，进至海陵（今江苏省泰州市）江边。孙权甚惧，敕诸将曰："张辽虽病，不可挡也，慎之。"果然，张辽诸将破东吴大将吕范军。此役不久，张辽病重，逝于江都（今江苏省扬州市西南），谥为刚侯。

张郃街亭破蜀兵

洞察时势，弃袁投曹

张郃（？—公元231年），字儁义，河间鄚县（今河北省任丘市北）人。汉末应募讨黄巾，为军司马，属冀州牧韩馥。馥败，归袁绍。张郃大破公孙瓒，以功拜宁国中郎将。袁曹官渡之战，绍遣将淳于琼等督粮于乌巢。曹操自将劫粮。张郃对袁绍说："曹操率精兵劫粮，淳于琼不是对手，急引兵相救。"袁绍谋臣郭图说："救粮是下计，不如趁此拔曹操营垒。"张郃说："曹营坚固，一时攻打不下。若淳于

张郃

第六章 曹魏名臣武将

琼有失，我军无粮，则尽为曹操所擒。"袁绍不听，只用少数轻兵救淳于琼而用重兵攻曹营。正如张郃所言，曹操攻破淳于琼，袁军大溃。张郃愤恨袁绍不用他的计谋，洞观时势，认识到袁绍不是曹操对手，毅然弃袁投曹。曹操大喜，誉之为韩信归汉，拜为偏将军，都亭侯。从此，张郃在曹军中充分发挥了他的军事才干，在一系列战争中建立奇功，升为平狄将军。

独当一面

建安二十年（公元 215 年），曹操亲统大军自陈仓（今陕西省宝鸡市东）出散关，进攻盘踞汉中的张鲁。张郃先率兵击破了挡道的兴和氏王窦茂，接着又奉命带领五千人，为曹操大军开路。兵至阳平关，击败了守关的张鲁之弟张卫，斩其将杨任，张鲁逃至巴中后投降。曹操命夏侯渊与张郃留守汉中，自己班师而归。委任张郃为荡寇将军。建安二十四年（公元 219 年），刘备亲率精兵进军汉中，杀了曹操留守汉中的大将夏侯渊。曹操亲自领军增援汉中，接回了驻守汉中的军队，但汉中却被刘备夺走。

建安二十五年（公元 220 年），曹操死，其子曹丕即魏王位，封张郃为左将军，进爵都乡侯。魏明帝即位后，派张郃镇守荆州，曾配合司马懿，于祁口（今湖北省宜城市西）击败孙权将刘阿。

街亭破蜀军

魏明帝太和二年（公元 228 年）春，诸葛亮大举北伐，一出祁山，魏南安、天水、安定三郡叛魏应蜀，一时声势大振。曹魏举国震动，魏明帝亲自赶到长安督战，并"加郃位特进，遣督诸军，拒亮将马谡于街亭"。《三国演义》第九十五回曾有声有色地描写了司马懿在街亭打败马谡，诸葛亮不得已设空城计的故事，戏剧舞台上出现的也都是司马懿的形象，但实际上，这次领兵与诸葛亮对垒的主将不是司马懿而是张郃。受命守街亭的蜀将马谡不据城防守，而是依南山扎营，结果，被张郃派人断了汲水的道路，军队不战自乱。由于马谡的惨败，诸葛亮不得不率军退回汉中。由于这次胜利的关系重大，魏明帝赏给张郃封邑千户。

此时，司马懿在荆州操练水军，准备攻打东吴，明帝又特意命张郃率关中诸军前去助战。因为冬季水浅，大船难以通行，张郃率军驻扎在方城待命。这年冬，诸葛亮又兵出散关，进攻陈仓。魏明帝慌了手脚，他派人日夜兼程，将张郃招回都城，命张郃领兵前去救援。明帝亲自设宴，为张郃送行。席间，明帝忧心忡忡地问，会不会不等救兵赶到，陈仓就被攻破呢？张郃胸有成竹地回答："蜀军一共只有不到十天的军粮，等我赶到，诸葛亮早就退回去了。"果不出张郃所料，在他率兵赶路途中，诸葛亮的军队已因缺粮退走了。张郃班师回京，魏明帝对他更加倚重，封张郃为征西车骑将军。

张郃之死

太和五年（公元 231 年），诸葛亮又出祁山，这是他第四次出兵北伐。魏明帝仍然派张郃领兵抵御。张郃率军至略阳（今甘肃省天水市秦安县东北），诸葛亮退保祁山，司马懿派张郃追击，张郃说："军法，围城必开出路，归军勿追。"司马懿不听。张郃不得已，进兵。蜀军乘高布伏，张郃被诸葛亮伏兵射杀于木门道（今甘肃省天水市西南）。司马懿的一道错误命令使一代名将凋落，令人十分惋惜。

徐晃长驱直入解樊围

徐晃（？—公元227年），字公明，河东杨县（今山西省临汾市洪洞县东南）人。徐晃在曹魏"五子良将"中虽居末位，他的军功却十分突出。徐晃身经百战，有勇有谋，为曹魏出生入死，是一位难得的将才。

弃暗投明

董卓曾为河东太守，徐晃投其麾下。董卓死后，凉州将李傕、郭汜等继续拥兵作乱，在长安城中互相残杀，甚至劫持天子、公卿。长安被夷为废墟，生灵遭涂炭。徐晃对凉州将的这些暴行愤恨不已。他劝说河东将杨奉等脱离李傕、郭汜，奉献帝东还。献帝到了雒阳，曹操来迎天子都许县。徐晃又劝杨奉投曹操，杨奉不从，被曹操击败，投奔袁术去了。徐晃却毅然归了曹操。

勇略兼备

曹操十分器重徐晃。徐晃也如鱼得水地感戴曹操，他说："古人患不遇明君，今幸遇之，当以功自效。"徐晃是这样说的，也是这样做的。建安三年（公元198年），徐晃随曹操征吕布，建功于下邳；次年与史涣斩了袁绍将眭固。在官渡之战中徐晃更建大功，在序战中他参加了斩颜良、诛文丑的战役；随后又与史涣一起劫了袁绍的运粮车。官渡战后，徐晃被封为都亭侯，此时官至偏将军。

建安九年（公元204年）夏四月，曹操向袁绍的儿子袁谭、袁尚发起了进攻。在攻破邯郸（今河北省邯郸市西南）后，曹操命徐晃进攻易阳（今河北省邯郸市永年区）。易阳令韩范名义上宣布投降，但实际上却加强防守，不让曹军进城。徐晃劝曹操对易阳不要硬攻，而要继续诱降。徐晃说，现在二袁未灭，人心未归附，若能争取易阳投降，则会影响很多尚在动摇不定的守将；如果措置不当，其他城池就会坚决抵抗。曹操很赞成徐晃的看法，委托他全权处理。徐晃写了一封恳切的劝降书，绑在羽箭上，射进城去。韩范经过慎重考虑后决定投降，徐晃兵不血刃，拿下了易阳。这一事例充分说明，身为武将的徐晃是很有政治眼光的，绝非一介武夫可比。

建安十六年（公元211年），曹操调镇守关中的钟繇大军赴汉中进攻张鲁，关中空虚。凉州将马超与韩遂、杨秋、梁兴等十部俱起兵反曹，并占据了潼关，声势十分浩大。曹操亲自率军征讨，但兵至潼关后，却遇上了如何渡过黄河进兵这一难题。徐晃经过侦察后，向曹操建议，由他率四千精兵从马超军防守最薄弱的蒲坂津渡河。曹操

徐晃

批准了徐晃的计划，徐晃成功地从蒲坂津渡河。马超将梁兴趁徐晃渡河后立足未稳之际，连夜向徐晃发起攻击，被徐晃军击退。由于徐晃机智地渡河建立了桥头堡，曹操的大军得以顺利渡河，最后击败了马超。徐晃与夏侯渊一起斩了马超的部将梁兴，马超奔汉中投靠张鲁。

将不仅要勇而更要有谋。徐晃之所以经常克敌制胜并不是偶然的。徐晃平时十分谨慎，他行军打仗总是多派尖兵，事先对敌情了然于胸，从不打无准备之仗；而一旦打起仗来，他又能身先士卒，勇冠三军，经常连续作战，务尽全功。他平常治军很严，有一次曹操到各地视察军队时，各部兵士均有人离队观看，只有徐晃的部下纹丝不动，整齐肃然，曹操将徐晃喻之为扎营细柳的西汉名将周亚夫。曹操是三国时代著名的军事家，他经常将徐晃比之于古代大军事家孙武和司马穰苴，其中虽不无夸大之处，但也从一个侧面反映了徐晃过人的军事才能。

长驱直入解樊围

建安二十四年（公元 219 年），蜀将关羽北伐，围困征南将军曹仁于樊城，于禁奉命去救援，结果，关羽水淹七军，大将庞德被斩，主将于禁投降。于禁是曹操手下著名的五员上将之一，于禁的投降，对曹军士气影响很大。关羽又乘胜包围了襄阳的曹将吕常，一时威名大震。在这危急存亡之秋，曹操再次派徐晃领兵，去解救被围的曹仁、吕常。

徐晃先用疑兵暗示要截断偃城（今湖北省襄阳市襄州区北）蜀军的退路，偃城守军仓皇烧毁营寨而逃，徐晃没费多大力气便智取了偃城。接着，徐晃以偃城为根据地，聚集粮草，等待援军，并与被围在樊城的曹仁取得了联系。当时，蜀军固守在围头、四冢两地，徐晃待大批生力军赶到后，采取了声东击西的策略，扬言攻围头，而实际攻四冢。四冢危急，关羽亲带五千精兵救援，亦被徐晃击败。此后，徐晃便一马当先，亲率大军突入重围，与曹仁内外夹攻，一举解了襄阳、樊城之围，不少蜀军自投沔水而死。关羽败走，徐晃大获全胜，达到了他个人军事生涯的巅峰。

徐晃获胜之后，曹操亲自出城七里迎接凯旋的徐晃军，并为徐晃设宴庆功，亲自给徐晃敬酒。曹操对徐晃说："贼围堑鹿角十重，将军致战全胜，遂陷贼围，多斩首虏。吾用兵三十余年，及所闻古之善用兵者，未有长驱径入敌围者也。"曹操的这段话，就是我们今天所用的"长驱直入"这一成语的来历，徐晃在这次战争中所发挥的重要作用也由此可见一斑。

不以私情害公

徐晃与关羽原是一对好朋友。徐晃解樊城之围，两人在阵前相见，徐晃但说平生，不及军事。过了一会，晃下马宣令："得关云长头，赏金千斤。"关羽惊怖，对徐晃说："大哥，这是什么话？"徐晃说："我说的是国家大事。"这件事反映了徐晃公私与恩怨分明的立场，大义凛然，在这一方面，只重义气的关羽应是自愧不如的。

太和元年（公元 227 年），徐晃病死，谥曰壮侯。

人物小档案

任峻

姓名：任峻，字伯达
生年：不详
属相：不详
卒年：汉献帝建安九年（公元204年）
享年：不详
谥号：成侯
继承人：任先
最擅长：理政

钟繇

姓名：钟繇，字元常
生年：汉桓帝元嘉元年（公元151年）
属相：兔
卒年：魏明帝太和四年（公元230年）
享年：80岁
谥号：成侯
父亲：钟迪
继承人：钟毓
最得意：镇关中，不辱使命
最擅长：理政

人物小档案

张辽

姓名：张辽，字文远
生年：汉灵帝建宁二年（公元169年）
属相：鸡
卒年：魏文帝黄初三年（公元222年）
享年：54岁
谥号：刚侯
继承人：张虎
最得意：合肥之战，步兵八百破孙权十万大军
最失意：事袁绍，官渡力战，反被猜疑而降曹操
最不幸：一世英才，失身庸主，败降曹操，因非嫡系，才略未尽
最擅长：野战

张郃

姓名：张郃，字儁乂
生年：不详
属相：不详
卒年：魏明帝太和五年（公元231年）
享年：不详
谥号：壮侯
继承人：张雄
最不幸：一世英才，失身庸主，败降曹操，因非嫡系，才略未尽
最痛心：木门关之战，被司马懿逼出战，一代名将，被乱箭凋落
最擅长：野战

人物小档案

徐晃

姓名：徐晃，字公明
生年：不详
属相：不详
卒年：魏明帝太和元年（公元227年）
享年：不详
谥号：壮侯
继承人：徐盖
最不幸：一世英才，失身庸主，败降曹操，因非嫡系，才略未尽
最擅长：野战

相关阅读书目推荐

（1）陈寿：《三国志》卷十三、卷十六、卷十七有传。
（2）张大可：《三国人物新传》，华文出版社，2003年。
（3）龚弘：《三国人物》，齐鲁书社，2005年。

第七章

刘备：起于草根的仁义英雄

引言

刘备（公元161—223年），字玄德，东汉涿郡涿县（今河北省涿州市）人，三国时杰出的政治家，蜀汉政权的建立者，史称先主。东汉末年，群雄割据，四分五裂，天下生灵，肝脑涂地。刘备以一个匹夫之身，忧天下苍生之不幸，发愿"兴复汉室"，救民于倒悬。虽然他的理想半道夭折，未能实现统一的大志，但他充分发挥了自己的智慧和才能，几经危难，坚忍不拔，终于建立了蜀汉政权，为结束东汉末年的军阀混战做出了重要的贡献。

没落帝胄，并非"皇叔"

刘备是汉献帝皇室远宗。由于《三国演义》的渲染，说刘备是汉献帝之叔，世称刘皇叔，可以说是家喻户晓。但事实并非如此。刘备确实是帝室之胄，但不是皇叔。小说家的演义，合于《三国志》的历史观，别有寓意，详后解说。

没落的帝室之胄

刘备与汉献帝同为西汉景帝之后。景帝有十四子，其中刘胜封中山王，刘发封长沙王。刘备是中山王刘胜的后代，献帝是长沙王刘发的后代，因此刘备是汉献帝皇室远宗。《三国演义》第二十回写刘备身世，大肆渲染：刘备见献帝，献帝排家谱，刘备辈分为献帝之叔，故世人都称他为刘皇叔。献帝还令宗正卿宣读刘备的家谱，祖上世代为侯，依代数乃汉景帝十八代孙。这一细节是小说家的加工产品，渲染刘备冠以"皇叔"，用以抬高他的正统地位。据《后汉书》光武帝、灵帝两本纪所载世次，东汉光武帝刘秀是刘发第五代孙，而灵帝子献帝刘协是刘秀第七代孙，以此推计，献帝为汉景帝之第十三代孙。若按《三国演义》所排刘备世次，则刘备当为汉献帝的第五代侄孙，怎么成了"皇叔"呢？根据《三国志·先主传》所记，刘备确为西汉景帝子中山靖王刘胜的后代，但支系疏远，家世没落，到了刘备这一代以至织席贩鞋为生，因此《三国志》只记载了刘备祖父刘雄、父亲刘弘两代世系，在东汉末为小官。刘雄举孝廉，官至东郡范县（今河南省濮阳市范县）令，刘雄以上世次不明。也就是说刘备的皇叔身世，亦假亦真。帝室之胄是真，皇叔辈分是假。刘备不仅与汉献帝早已出了五服之外，而且也早已破落成为寒门，可以说是一个草根。所以刘备最初起兵，没有凭借，号召力不强，只能依附军阀征战。蜀汉小弱，《三国志》将蜀汉排序在吴国之前，《三国演义》渲染刘备为皇叔，均是按时蜀为亚统。

少年立壮志

刘备早年丧父，家贫，和母亲贩履织席维持生计。他家的东南角上有一株大桑树，高五丈多，从远处一望，茂盛的树枝往下垂倾，有如车上的篷盖。过往行人都对这株大树感到惊奇，有人就说，此家必出贵人。

刘备幼时，和族中小儿常在树下游戏。有一天，刘备对伙伴们说："总有一天，我定会乘坐有着真正篷盖的天子车。"他的叔父刘子敬知道了十分惊异，训斥他说："休要乱说，这是要满门杀头的。"但从此，刘备却受到族人的器重。他十五岁那年，与同宗刘德然外出求学，拜涿县名儒、前九江太守卢植为师，并得到刘德然父亲刘元起的资助。刘元起说："我族中出了刘备这孩子，不是一般人啊！"刘备举止却也与众不同，他在学堂并不用功读书，喜欢弄狗骑马，听音乐，讲穿戴。他身长七尺五寸，双手过膝，回首能见自己耳朵，魁梧雄壮，一表人才。刘备平时少言寡语，恭谦待人，喜怒不形于色，成竹在胸。他又专好交结豪侠，与同学辽西太守之婿公孙瓒十分要好，年轻人都争相依附他。刘备的这些表现，不合儒家规范，所以没有得到卢植的品评推荐。学成归来，他依旧默默无闻待在乡里。

因黄巾起运，屡败屡战

结义起兵

光和七年（公元184年）黄巾大起义给刘备带来了机运。朝廷派兵镇压起义，各州郡长官也纷纷招兵买马，刘备趁势亦在乡间活跃起来。中山国（治今河北省定州市）人张世平、苏双是贩马的巨商，常往来于涿郡，见刘备不是等闲之人，又慕他豪侠名声，于是慷慨解囊相助。河东解县（今山西省运城市临猗县临晋镇）人关羽、同郡张飞也来投奔，《三国演义》将三人的关系渲染为桃园三结义。史载三人"寝则同床，恩若兄弟"，在稠人广众之中，关羽、张飞侍立刘备身旁，终日不离。刘备在关张两人的辅佐下拉起了一支乡勇，投效在

刘备

校尉邹靖麾下征讨黄巾。由于立了战功,刘备被任命为安喜县(至今河北省定州市东)尉,从此,登上了逐鹿中原的政治舞台。

两失徐州

刘备在半生转战,逐鹿中原时,曾经两次得徐州,又两次丢失了徐州。这说明刘备虽是帝室之胄,却属寒门,在北方没有立足之地。

东汉末期讲究门第世资,初平元年(公元190年)关东军讨董卓,演成了群雄割据,但亦仅仅是那些名门望族有权势者,才可占据一方。四世三公的袁绍、袁术兄弟势力最大,袁绍占河北,袁术据淮南,其他割据者,如刘表据荆州,陶谦据徐州,公孙瓒夺了幽州,曹操占了兖州。刘备虽先后当过安喜县尉,下密县(至今山东省昌邑市东)丞、高唐县(至今山东省禹城市西南)尉和县令,但终因名微众寡,在中原不能立足,只得去投奔昔日同窗好友公孙瓒,后被任命为平原国(治今在山东省德州市平原县西南)相。袁绍攻公孙瓒,曹操攻陶谦。袁绍与曹操联合,公孙瓒就与陶谦联合。陶谦向公孙瓒告急,公孙瓒派手下大将田楷和刘备去救陶谦。兴平元年(公元194年),陶谦病死,把徐州让给了刘备。刘备第一次跻身于大军阀的行列,据有一州之地。

刘备得徐州之时,吕布袭取了曹操的兖州,曹操退到了豫州。袁曹两家联合,袁绍北向攻公孙瓒;曹操南向攻刘表,东向攻吕布。刘备与公孙瓒联合,中间隔了一个袁绍,西南两面又有吕布、袁术二敌。刘备虽有关羽、张飞这样的猛将,但他出身寒微,得不到世族智士的辅佐,身边没有荀彧、郭嘉那样的谋臣,不知如何守住徐州。结果遭到吕布、袁术的夹击。建安元年（公元196年），刘备丢失了徐州，妻室被吕布掳去。刘备走投无路，不得不依附曹操。曹操举荐他为豫州牧，自此刘备被称为刘豫州。这虽然是一个虚衔，却给刘备带来了声望。曹操厚待刘备，出则同舆，入则同席，又表他为左将军。曹操想用高官厚禄笼络住刘备，暗中却把他监视起来。刘备深知曹操的用心，整天装作不问世事，闭门谢客，在花园种菜。有一天，曹操请刘备饮酒，借机谈论英雄，以观刘备志向。当时刘备参与帝舅董承等人密谋，奉献帝衣带诏诛操。所以，当刘备听到曹操称赞他是天下英雄时，误以为计谋泄露，一惊之下，手中筷子不觉失落桌上，恰在这时空中响起一阵惊雷，刘备趁势说："圣人讲'惊雷狂风令人变色'确有道理，一震之威，竟至如此。"刘备的机智居然瞒过了曹操。

建安四年（公元199年），袁绍平定了公孙瓒，与曹操的矛盾激化起来，声言南下决战。刘备趁机向曹操进言，让自己带兵到徐州去阻截袁术北上，以便摆脱曹操。刘备一到徐州就杀了刺史车胄，把衣带诏公之于世，打起了反曹的旗帜。曹操对此立即做出反应，于建安五年（公元200年）正月，杀了董承等人，亲率大军东征刘备。刘备原以为，当时曹操与袁绍正相持于官渡，不会分兵东向，结果出乎意料，仓皇应战，全军覆没，妻室又成了曹操的俘虏，亲将关羽亦被迫降操。

依附刘表

刘备只身逃往河北投袁绍，利用袁曹官渡相拒的机会，提出到汝南（治今河南省驻马店市平舆县北）开辟第二战线，从背后打击曹操。刘备至汝南，关羽、张飞也相继回归帐下，又聚集起一支队伍，但不久就被曹仁打败。刘备又与汝南龚都等人联合，得人马数千，闻曹操亲来征讨，遂投奔荆州牧刘表。刘表给了他一些士兵，让他屯驻新野（今河南省南阳市新野县），看守荆州北大门，防备曹操南下。

建安十二年（公元 207 年），曹操统一北方，眼看就要南下荆州。这时刘备仍然寄人篱下，新野一住数年，无所事事，一日刘表设宴，刘备离席如厕，一摸自己大腿，发现上面的肉长了出来，髀肉复生[1]，慨然流涕。回顾自己二十余年南征北战，至今一事无成，不禁发出"老将至矣，而功业不建"的悲叹。

联孙抗曹三分势成

刘备在北方接连失败，徐州两次得而复失，主要原因是实力不足，无法与曹操直接抗衡。曹氏父子，并据州郡，又挟天子以令诸侯，在军事上、政治上都占有优势。再从个人的"机权干略"来看，刘备也逊于曹操。但刘备行事每与曹操相反：曹操急暴，刘备宽仁；曹操狡诈，刘备忠厚；曹操篡汉，刘备扶汉。因此刘备深得民心，被看作正

---

1 《三国志·蜀书·先主传》裴注引《九州春秋》备曰："吾常身不离鞍，髀肉皆消；今不复骑，髀里肉生。"

统和正义的化身。他屯驻新野，荆州豪杰归附他的日益增多。刘备也从失败中吸取了教训，四处寻访贤才以为辅佐。他礼贤下士，谦恭待人，得到了荆襄人士和北方流亡世族的支持。尤其是三顾茅庐，请出诸葛亮，才使事业有了转机。

诸葛亮隐居隆中，静观世变。刘备百折不挠的精神，深深感动了诸葛亮。君臣二人，一见如故。刘备"欲信大义于天下"，向诸葛亮问计，诸葛亮和盘托出他深思熟虑的意见，可概括为十六个字："夺取荆益，内修政理，外联孙吴，北抗曹操。"这就是有名的"隆中对策"。

建安十三年（公元 208 年），曹操统一北方之后，立即亲率三十万大军南下夺取荆州。这时刘表已死，次子刘琮为荆州牧，他被曹操的声势吓破了胆，不战而降。诸葛亮劝刘备立即占领荆州，除掉刘琮这个不孝之子。但是刘备不忍，他说："刘荆州临死之时，托孤于我，现在背信弃义而成就自己的事业，死后还有什么脸面去见他呢！"刘备从樊城（今湖北省襄阳市樊城区）向江陵（今湖北省荆州市江陵县）撤退，路过襄阳（今湖北省襄阳市）城头，只对刘琮做了一番教训，然后到刘表墓上叩拜告祭，追念生前情谊，不禁哭泣。三军为之感动，刘琮左右之人及荆州人士纷纷随刘备而行。来到当阳（今湖北省荆门市西南），人众已十余万，辎重亦有数千辆，每日只能行走十多里。有人向刘备建议："应该急速去保江陵，今虽拥有人众，但甲士少，一旦曹操兵到，如何抗拒？"刘备回答说："成大事一定要以人为根本，现在人已归附于我，我怎能忍心抛弃他们呢？"东晋

第七章 刘备：起于草根的仁义英雄

史家习凿齿对此发表评论说："刘备愈是在艰难险阻关头，愈是想到人民，他终于成就大业，不是应该的吗？"

刘备带领人众向江陵撤退，因那里驻有荆州水军，并储存了很多军需物资。曹操也怕江陵落入刘备手中，亲率五千精锐骑兵追赶，一日一夜行三百余里，赶到当阳长坂（今湖北省荆门市西南），追上了刘备。刘备在混战中丢妻失子，与诸葛亮、张飞、赵云等数十骑逃脱。他不得不改变原来向江陵撤退的计划，转向汉水退却。路遇关羽水军，遂渡汉水，又逢刘表长子江夏（今湖北省武汉市武昌区西南）太守刘琦率部一万余人前来接应，遂同至夏口（今湖北省武汉市原汉水入长江处）。在这生死存亡之际，刘备派遣诸葛亮结好东吴。诸葛亮奉使江东，说服孙权，订立联盟。孙权命周瑜、程普率三万水军与刘备会合，和曹军战于赤壁。周瑜采用火攻，大破曹军。刘备和东吴军队水陆并进，一直追到南郡（治今湖北省荆州市江陵县）。曹操留曹仁守江陵，自己带领残军退回北方。这就是著名的"赤壁大战"，孙刘联军取得了胜利。

赤壁战后，刘备举荐刘琦为荆州刺史。又派关羽、张飞、赵云等攻打长江以南的荆州四郡，即武陵（治今湖南省常德市）、长沙（治今湖南省长沙市）、桂阳（治今湖南省郴州市）、零陵（治今湖南省永州市）。四郡太守原系刘表治下，也就顺理成章地归顺了刘琦。不久，刘琦病死，刘备自己当了荆州牧，又向孙权借了荆州的南郡，壮大了实力，鼎足三分之势基本形成。

入据益州，仁义哥也是狼

刘备在荆州，北有曹操，东有孙权，无法发展势力，西取益州，就势在必行了。

当时占据益州的是刘璋。建安十六年（公元211年），刘璋听说曹操要派钟繇进攻张鲁，害怕曹操得汉中而取蜀土。蜀郡（治今四川省成都市）人张松企图依靠外力推翻刘璋，于是乘机向刘璋献策，请刘备入蜀讨伐张鲁。刘璋采纳了张松的建议，派遣法正和孟达到荆州迎请刘备。对刘备来说，这正是天赐良机。他立即和庞统等率军出发，留下诸葛亮、关羽驻守荆州。

刘备由水道，沿长江、嘉陵江，到达涪县（今四川省绵阳市东），刘璋也从成都赶到涪城迎接。会见时关系甚为融洽，欢宴百余日后，刘璋拨给刘备很多军需用品，就请他进攻张鲁，自己返回了成都。刘备本意是要伺机夺取益州，当然不会离蜀而到汉中，所以军到葭萌（今四川省广元市），就停止前进，广施恩德，笼络人心。第二年，曹操进攻孙权，权向刘备求救。刘备即以此为借口，扬言要返回荆州。恰逢这时刘璋发觉张松私通刘备夺取益州的阴谋，马上收斩张松。刘备见事机败露，就回师攻下涪城、绵竹（今四川省德阳市旌阳区黄许镇），包围雒城（今四川省广汉市北）。与此同时诸葛亮、张飞、赵云也率军溯长江而上，攻下白帝（今重庆市奉节县东）、江州（今重庆市）、江阳（今四川省泸州市），抵达成都。刘备攻破雒城与诸葛亮共围成

第七章 刘备：起于草根的仁义英雄

都，刘璋投降。于是刘备自领益州牧，安抚百姓，封赏群臣。他尤其注意吸收刘璋旧部和益州人士参加蜀汉政权，如董和、黄权、李严、刘巴等都委以重任，这样刘备在益州就站稳了脚跟。就在这时，发生了两件大事，一件是孙权索取荆州，一件是曹操攻取了汉中。

建安二十年（公元 215 年），也就是刘备得益州的第二年，孙权向刘备索取荆州。刘备答复说：要取得凉州才能奉还。刘备的托词激怒了孙权。孙权就派遣吕蒙袭取了长沙、零陵、桂阳三郡。刘备立即引兵五万下公安（至今湖北省荆州市公安县西），想重新夺回三郡。但这时曹操已攻取了汉中，刘备担心曹操趁机进攻益州，只得与孙权和解。以湘水为界，中分荆州：江夏、长沙、桂阳三郡属孙权，南郡、武陵、零陵三郡归刘备。这样，脆弱的孙刘联盟总算勉强维持下来，但裂痕已无法弥补。对东吴来说，荆州位于上游，威胁其安全，势在必夺，"竟长江所极，据而有之"，乃是既定方针；对西蜀来说，荆州是北定中原的捷径，势在必守。此次刘备仓促出兵，凭借武力而未能保全荆州东部三郡，运用外交又未能弥补裂痕。刘备东出与孙权争荆州三郡是一次巨大的失策，这为后来关羽失荆州，埋下了祸根。

北并汉中，一生理想实现了一半

汉中是巴蜀门户，刘备本该在取得益州之后，命一偏师乘胜北进，一举拿下。但他却舍此而与孙权争荆州三郡。争而不得，反被曹操占了汉中，曹操派夏侯渊、张郃驻守汉中，时常侵犯巴郡（治今重庆市）边界。刘备令张飞进兵宕渠（今四川省达州市渠县土溪乡），大破张郃，暂时解除了曹兵对益州的威胁。

建安二十三年（公元218年），刘备采纳法正建议，进兵取汉中。次年，黄忠在定军山（在今陕西省汉中市勉县西南）一战阵斩夏侯渊，大败曹军。曹操闻讯，亲自从长安率军前来征战，刘备据险御敌，并不交锋。曹操攻不能克，伤亡很多，同年夏天，撤军北还。秋天，刘备进位汉中王。至此，刘备全部占有巴、蜀、汉中之地，加上荆州西部，可说是"跨有荆益"。刘备一生理想实现了一半，而且是重要的一半。"高祖因之以成帝业"，刘备此时的情况却优于当年的汉王刘邦。刘邦只有一条路线，"明修栈道，暗度陈仓"；刘备却可两路出击，荆州北向，秦川东指。只待天下有变，兴复汉室，统一中原的大业有可能实现。就在这大好形势下，时局突变，荆州失守，关羽阵亡。刘备开始从顶峰向下跌落，隆中路线，半道夭折了。

黄初元年（公元220年），曹丕代汉称帝，国号魏。次年，刘备亦在成都即皇帝位，国号汉，史称蜀汉。

夷陵战败，一生重大失误

刘备称帝以后，念念不忘的就是夺回荆州，替关羽报仇。蜀汉章武元年（公元221年），秋七月，他不顾赵云等人的劝谏，率师东征。孙权遣使请和，刘备盛怒不许。兵出巫峡，自秭归（今湖北省宜昌市秭归县）至夷陵（在今湖北省宜昌市东南），连营七百里，刘备率主力驻扎在夷陵之猇亭（今湖北省宜都市猇亭镇）。次年六月，东吴大都督陆逊用火攻大破蜀军，刘备仓皇败退至白帝。夷陵之战，蜀军损失惨重，"舟船器械，水步军资，一时略尽，尸骸漂流，塞江而下"（《三国志·陆逊传》）。同年十二月，孙权因魏出兵攻吴，而刘备又住在白帝不回成都，担心两面受敌，遣使请和。刘备也因蜀汉元气大伤，处境不利而同意和好，于是派宗玮回聘。中断三年之久的吴蜀关系，终因共同的生存而开始恢复。

夷陵战败，刘备心力交瘁，在白帝卧病不起。这时蜀汉内部的矛盾也激化起来。汉嘉（治今四川省雅安市芦山县芦阳镇）太守黄元听说刘备染病，起兵反叛，进攻临邛（今四川省邛崃市）。虽然前后只有三个月就被平息下去，却反映了刘备的统治并不稳固。在这种情况下，刘备出兵伐吴，乃是一重大失误。

章武三年（公元223年），刘备病势沉重。二月，诸葛亮从成都赶到永安（今重庆市奉节县）；三月，刘备托孤于诸葛亮；四月，病逝于永安宫，享年六十三岁。灵柩运至成都，葬于惠陵，谥号曰昭烈皇帝。

史家扬刘抑曹，缘于人品魅力

北宋大文学家苏东坡在他的笔记《志林》里记载了当时街巷小儿听说书，听到曹操打败仗，就兴高采烈；听到刘备打败仗，就伤心落泪。这个故事表现了人们心目中的曹操和刘备，曹操可恨，刘备可爱，把两人看成了好坏相反的一对，同情刘备，赞许刘备，把刘备从头到脚，从里到外，看作一个悲剧英雄。话说回来，真实的刘备到底是什么样的呢？纵观刘备一生，可分为三个阶段。从光和七年（184年）镇压黄巾起义到建安十二年（207年）三顾茅庐得诸葛亮辅佐，为第一阶段，转战南北，逐鹿中原，虽屡遭失败，但不屈不挠；从建安十三年（公元208年）赤壁之战到章武元年（221年）四月称帝，为第二阶段，执行隆中路线，事业发展，成就天下三分鼎足之形；从章武元年（公元221年）伐吴到章武三年（223年）四月病逝白帝，为第三阶段，夷陵败北，晚景悲凉，成为三国时代最令人叹息的悲剧英雄。

刘备起自微贱，非有尺寸之地可以凭借，完全靠他坚忍不拔的主观努力，借乱世而成英雄。《三国志》作者陈寿对刘备倾心折服，喻之为高祖。他把刘备与曹操进行了对比，明显地扬刘抑曹。《武帝纪》写曹操身世，说其父"莫能审其生出本末"，与《先主传》写刘备出身,"汉景帝子中山靖王胜之后也",形成鲜明对照。写二人行事,曹操"少机警,有权数,而任侠放荡,不治行业,故世人未之奇也";刘备"少语言,善下人,喜怒不形于色,好交结豪侠,青少年附之"。实际上,"任侠放荡"与"交结豪侠"是一样的行为,但品格有高下。曹操放荡无节,被世人看不起;刘备豪爽,有城府,被目为英雄。在逐鹿中原时,曹操"所过多所残戮";而刘备所居,人心归向。刘备当平原相,平原郡刘平派刺客暗害刘备,"客不忍刺,语之而去"。陈寿即事评论说:"其得人心如此。"但刘备才干不如曹操,"机权干略,不逮魏武,是以基宇亦狭"。陈寿一褒一贬的对比写法和评论,说明这位西晋史学家很重视历史人物的道德品质对历史进程的影响。刘备的悲剧结局,之所以令人叹息,其原因也正在这里。

人物小档案

姓名：刘备，字玄德
生年：汉桓帝延熹四年（公元161年）
属相：牛
卒年：蜀汉昭烈帝章武三年（公元223年）
享年：63岁
庙号：无
谥号：汉昭烈帝
父亲：刘弘
继承人：蜀汉后主刘禅
最得意：三访诸葛得贤辅
最失意：被刘琮出卖，兵败长坂
最不幸：两得徐州两失徐州
最痛心：夷陵败北
最擅长：韬晦

相关阅读书目推荐

（1）陈寿：《三国志》卷三十二有传。
（2）方诗铭：《三国人物散论》，上海人民出版社，2000年。
（3）张大可：《三国史研究》《三国史》，华文出版社，2003年。

第八章

诸葛亮：以综合素质占一流的大才

引言

诸葛亮（公元181—234年），字孔明，人称卧龙，东汉末徐州琅玡郡阳都县（今山东省临沂市沂南县）人，三国时期杰出的政治家、军事家和外交家。诸葛亮品德高尚，恪守诺言，扶弱抑强，忠于职守，在他身上充分体现了中华民族高尚、智慧、勤劳、勇敢的品格，他赢得了世世代代人们的敬仰，成为家喻户晓的历史人物。在历史小说《三国演义》中，诸葛亮之忠诚与曹操之奸诈，正好形成了鲜明的对照。两人一个要篡汉，一个要兴汉，恰好是一对一正一反互相映衬的历史人物。

隐居待时

诸葛亮的身世

诸葛亮本姓葛,原来是秦末陈涉步将葛婴的后裔,葛婴是秦沛郡符离县(今安徽省宿州市东北)人。西汉文帝封葛婴之孙为琅玡郡诸县侯,是为诸县之葛。今山东省诸城市西南三十里处有地名葛坡,周围数十里内还有葛姓居民,相传为诸葛亮同族。后来诸县葛氏有一支迁到阳都县,因阳都也有姓葛的,当地人就称诸县之葛为诸葛与本地葛姓区别,时间久了成为习惯,诸葛成了复姓。

诸葛亮父亲诸葛珪做过泰山郡(治今山东省泰安市东)丞,即郡太守之副,所以诸葛亮的门第是世族的中下层,上可攀附显贵,下与较低层的社会有接触。他的叔父诸葛玄就和当时名门贵胄袁术和名士首领刘表等都有交往。

流寓荆州

诸葛亮出生的第四年(公元184年)就爆发了黄巾大起义,初

诸葛亮

平元年（公元190年）诸葛亮十岁时，关东诸侯起兵讨董卓，天下分裂，军阀割据，战乱不休，神州大地，没有一片安静的土地。这时诸葛亮又失去了双亲，依随叔父诸葛玄生活。初平四年（公元193年），曹操讨伐陶谦，攻下徐州十多座县城，所过残灭，屠杀男女数十万口，泗水为之不流。兴平元年（公元194年），曹操第二次东征陶谦，又连拔五城，皆屠之。在这兵荒马乱的岁月，诸葛亮一家在老家生活不下去，跟随叔父辗转到了南方。兴平二年（公元195年），割据淮南的军阀袁术委署诸葛玄去做豫章（治今江西省南昌市）太守。诸葛玄到任不久，就被由凉州军阀李傕控制的东汉朝廷从长安派来的太守朱皓赶下了台。诸葛玄只好从南昌到荆州襄阳去依附刘表。就这样诸葛亮流寓到了荆州。这时诸葛亮十五岁。诸葛玄在荆州安置好诸葛亮兄弟姐妹，又匆匆赶回南昌与朱皓争豫章，不幸的是第二年兴平三年（公元196年）被朱皓策动的南昌西城军杀害。

诸葛亮兄弟三人，他排行第二，哥哥叫诸葛瑾，弟弟叫诸葛均。诸葛亮还有两个姐姐。诸葛玄南走时诸葛瑾在家看守，建安五年（公元200年）也南下渡江投了孙权，做了东吴的大臣。诸葛亮和两姐一弟都随叔父到了荆州。当时刘表割据荆州，有十万雄兵，虽然没有远略的大志，但他保境安民，使荆州保持了暂时的安宁，却是一片难得的和平绿洲。刘表安置诸葛亮兄弟姐妹四人居于襄阳城西二十里的隆中。诸葛玄噩耗传来后，这时只有十六岁的诸葛亮挑起了一家生活的重担。他看到刘表昏庸无能，不是命世之主，于是在隆中耕读，隐居待时。

隐居隆中

诸葛亮在隆中从建安二年（公元 197 年）至十三年（公元 207 年）隐居了十年。这期间他与当地以及外地流寓荆州的智士名流交游，纵谈天下大事，并日夜苦读，揣摩兵法，增长才干。诸葛亮与之交游的智士，有襄阳的大名士庞德公和他的侄儿庞统，有从颍川（治今河南省禹州市）迁居襄阳号水镜先生的司马徽，有汉南名士黄承彦，有北方士人颍川石韬、徐庶，博陵（治今河北省保定市蠡县南）崔州平，汝南（治今河南省驻马店市平镇县北）孟建等人。诸葛亮的两个姐姐，大姐嫁给荆州望族中庐县（治今湖北省襄阳市西南）的蒯祺，二姐嫁给庞德公之子庞山民。诸葛亮则与黄承彦之女结亲。这样诸葛亮就跻身于荆州上流的世族社会，并成为中坚人物，被庞德公称为"卧龙"，与号"凤雏"的庞统齐名，远近知晓。

待时兴汉

诸葛亮在隆中常以管仲、乐毅自比。春秋时管仲辅佐齐桓公尊王攘夷，九合诸侯，一匡天下。战国时乐毅辅弱燕报强齐，一举下齐七十余城，几乎灭亡了齐国。诸葛亮自比管仲、乐毅，不仅表明了他兼具将相之才，而且还表现了不苟且许身的抱负。由于诸葛亮少小就经历了辗转飘零的流寓生活，目睹军阀祸国殃民，把国家搞得四分五裂，疮痍满目，因此他时常心忧时事，以拯救天下为己任，渴望像管仲、乐毅那样建树功业。尤其是曹操在徐州的暴行，早就在诸葛亮幼小的心灵上刻下了深深的印记。加上诸葛亮书香世家所受的封建正统思想的熏陶，于是他逐渐形成了一套忠君报国、兴复汉室的政治思想。诸葛氏家族，决不投效曹操，这正是曹操不能笼尽天下英雄的一个生动例证。诸葛亮的哥哥诸葛瑾南下投了孙权，诸葛亮到荆州隐居待时，终于在建安十二年（公元207年）盼来了三顾草庐的刘备。刘备三顾，诸葛亮"由是感激，遂许先帝以驱驰"，把报答知遇之恩和匡救天下的抱负统一起来，从而选择了一条助刘兴汉、前途多艰的政治道路。

三顾草庐

诸葛亮在十六岁之前经历了人生三大不幸。四岁丧母，八岁丧父，童年时代父母双亡，此第一大不幸。诸葛亮十三岁到十五岁时，家乡遭兵火肆虐，背井离乡逃难，流寓荆州隆中，此第二大不幸。紧接着，十六岁时，一家依靠的叔父诸葛玄归西，少小年纪的诸葛亮挑起兄弟姐妹四口之家的重担，此第三大不幸。凡事都有两面性，看你怎样应对。不幸，带来命运悲苦，许多人就此沉沦；而不服输，敢于拼搏的人，不幸却是励志的利器。诸葛亮就是这样一个敢于担当、励志特立的奇才。他年少流离，历经战乱洗礼，磨炼了意志，修养了品德，增长了才干。至于流离所经，沿途所见，满目疮痍，感苍生之不幸，立济世救民之仁心。诸葛亮之大不幸，未尝不是一件坏事变好事。

荆州安宁，四方的智士奇才云集。诸葛亮寓居隆中，躬耕陇亩，与四方智士交接，十年游学，胸藏韬略，有"卧龙"之誉。诸葛亮自比管仲、乐毅，立下辅佐明主以靖天下的抱负。他隐居待时，明主迟迟不来，常常抱膝长啸。诸葛亮身边的朋友北投曹操，诸葛亮劝阻说："中原地区人才济济，你们去投，充其量就是一个刺史、郡县长罢了。既然出来闯荡江湖，何必回故乡！"诸葛亮宁愿老死山林，也决不去投降曹操。因为提起曹操，他满心都是恨。诸葛亮一家流离，正是拜曹操所赐。公元193年、公元194年，曹操两征陶谦，滥杀无辜，留给诸葛亮少小心里的形象就是一个乱世魔王。恰恰是势单力薄的刘备率领一支援军与陶谦奋战，阻滞了曹操东进，诸葛亮一家免遭屠杀。刘备与曹操留给少小诸葛亮的心灵影响，一个在天上，一个在地下。刘备是救世主，曹操是乱世魔王，诸葛亮必然是曹操的克星。加上刘备思贤若渴，从驻地新野跋涉几百里三顾隆中草庐，正是诸葛亮的明主。所谓"待时"，待的就是明主光顾，表示君以臣为师，臣为帝师才可以允分实现抱负，这就是君臣契合。诸葛亮又受托孤之重，尽心辅佐后主，实践承诺，北伐中原，六出祁山，虽事业未就，但鞠躬尽瘁死而后已，赢得天下第一丞相的美誉。唐杜甫的千古名作《蜀相》赞誉曰：

    丞相祠堂何处寻？锦官城外柏森森。
    映阶碧草自春色，隔叶黄鹂空好音。
    三顾频烦天下计，两朝开济老臣心。
    出师未捷身先死，长使英雄泪满襟。

对策隆中

　　刘备在未得诸葛亮之前转战了二十多年,先后依附过公孙瓒、陶谦、曹操、袁绍、刘表,两次得徐州,又两次失掉徐州,没有立锥之地,势单力薄,寄人篱下,屯驻新野(今河南省南阳市新野县)。建安十二年(公元207年),刘备在徐庶与司马徽的推荐下,"三顾茅庐"请出了诸葛亮,事业才有了转机。可以说没有诸葛亮,就没有蜀汉。如此重要的人物出场,正是小说家的用武之地。《三国演义》重笔描写,刘备、关羽、张飞一行,从年底直到来年阳春三月,历时数月,"凡三往",才见到了诸葛亮。第三次,刘备到了茅庐,进了草堂,又值诸葛亮正在睡眠,刘备不忍惊醒,又立等了数个时辰,气得张飞要放火烧房子。诸葛亮其实是故意观察,考验刘备的诚心,就如同战国时魏公子请侯嬴,侯嬴故意如市井怠慢魏公子一样。诸葛亮摆够了架子,才肯相见,刘备也礼敬之极。当时诸葛亮二十七岁,刘备已四十七岁,刘备不仅整整比诸葛亮大了二十岁,而且是一个饱经风霜的大人物。刘备并不因诸葛亮年轻而怠慢,他思贤若渴,推心置腹,诚问当今时势。诸葛亮也真个被感动了,幸遇明主,把满肚子才学和盘托出。这一君臣相知的场面,"三顾茅庐"的故事,成为中国历史上明主求贤的经典故事流传下来。小说家的悬疑与遥情想象,人们深信不疑。

　　《三国志·诸葛亮传》裴松之注引《魏略》和《九州春秋》说,

刘备在新野，诸葛亮毛遂自荐，投靠刘备进言，刘备才了解诸葛亮识见不凡，"乃以上客礼之"。此说，与诸葛亮隐居待时情趣不相容，显然不可信。诸葛亮自比管仲、乐毅，说明他期许很高，隆中对策，经邦伟略，不遇明主，岂可以自售？"三顾茅庐"不仅《三国志》记载了"先主遂诣亮，凡三往，乃见"，而且见于诸葛亮自己撰写的《出师表》。诸葛亮说："臣本布衣，躬耕于南阳，苟全性命于乱世，不求闻达于诸侯。先帝不以臣卑鄙，猥自枉屈，三顾臣于草庐之中，咨臣以当世之事；由是感激，遂许先帝以驱驰。"没有刘备思贤之诚、礼敬之情，诸葛亮是不会出山的。

诸葛亮分析天下大势，认为："曹操已拥兵百万，'挟天子以令诸侯'，实在不可同他争锋。孙权占据江东，已经历了三代，地险民附，又有贤能之士为他效劳。因此，江东只可联合，而不可去谋取。"那么，刘备的出路在哪里呢？"荆州四通八达，是一个用武的地方。但刘表却没有能力守住它，这大概是上天留给将军的凭借吧！还有益州，地势险要，沃野千里，号称天府之国，汉高祖就是凭借这块地方建立了帝业。但益州之主刘璋昏庸无能，加上北面张鲁的威胁，不知道怎样治理。那里的智能之士，都希望得到一个贤明的君主。将军你如果占有了荆益，据险防守，西和诸戎，南抚夷越，外结孙权，内修政理，天下一旦有变，就可两路出击。荆州之师直捣宛、洛，益州之众北出关中。到那时，老百姓谁能不带着好饭美酒欢迎你呢？如果真能这样，那么将军的事业可以成功，衰颓的汉朝就可以复兴了。"

诸葛亮的透彻分析，使刘备顿开茅塞，十分高兴。刘备诚恳地请诸葛亮出山辅佐，诸葛亮慨然允诺。二十七岁的诸葛亮走上了政治征途。

诸葛亮一到刘备军中，立即着手扩编军队。他建议刘备用清查游户的办法，迅速把几千人的部队扩大到几万人，成为以后转战各地建立蜀汉的基本力量。

出使江东

临危受命

建安十三年（公元208年）七月，曹操亲率三十万大军南下荆州，刘表的儿子刘琮举州投降，刘备败于长坂，溃不成军。诸葛亮"受任于败军之际，奉命于危难之间"，出使江东，联结孙权，如果联盟不成，刘备只能步田横后尘，远遁苍梧（治今广西壮族自治区梧州市）。

本来孙氏集团的既定方针是极长江之险与曹操抗衡，孙权大将周瑜、鲁肃、甘宁等人都主张进伐刘表，渐窥巴蜀，据襄阳以蹙操，北方可图。这年春，孙权移营柴桑（今江西省九江市西），亲自统兵抢先发动了争夺荆州之战。孙权是要吞并荆州，而不是联合荆州。

显然刘备若不占有荆州，就没有联吴资本，所以隆中对策发表后，刘备并没有联孙的行动，他在等待时机夺取荆州。可是深谋远虑的曹操是不允许孙、刘两家从容占有荆州的。他不失时机发动了荆州战役，使刘备无立身之地，几乎使诸葛亮的隆中路线化为泡影。

当时曹操声威远播，江东震动。孙权的柴桑行营中一片主和声。曹操又给孙权送去战书，并提兵东进。孙权在和与战之间犹豫不决，眼看江东自身难保。

在这危急时刻，诸葛亮受命出使江东，订立同盟，共拒曹操，实际上是引江东之兵击退曹操，为刘备夺荆州，这是多么艰难的使命！若果孙权降曹，诸葛亮将被扣为人质，成为曹操的俘虏。诸葛亮冒难而行，并且圆满地完成了使命。孙权答应，打败曹操，荆州归刘，这显示了诸葛亮不平凡的外交才干。

智激孙权

诸葛亮在江东是如何说动孙权的呢？他针对孙权观望不决的态度，分析形势，智激孙权。诸葛亮说："现在曹操已统一了北方，又攻破了荆州，提兵对着江东而来。孙将军考虑一下自己的力量，如果能够对抗曹操，就应马上和他断绝关系；如不能对敌，趁早投降。现在孙将军外托服从之名，内心却犹豫不决，紧急关头做不出决断，大祸就要临头了。"孙权听了很不高兴，一下变了脸色，带刺讥讽说："照你说来，刘备为何不投降呢？"诸葛亮趁势接着话茬说："刘将军是大汉皇室的后代，英才盖世，天下士人仰慕他就像江河归大海一样。如果事业不成，只是天意，刘将军哪能跪拜在曹操脚下呢？"诸葛亮这一席话既是激使孙权振奋，同时又是警告孙权不能屈抑刘备。要联合必须是平等的联合，共抗曹操，就要承认刘备是荆州的主人。

诸葛亮最后分析敌我友三方实力，指出共拒曹操胜利的前景。曹军虽众，远来疲惫，已成强弩之末。刘备尚有精甲两万，又是荆州人望，是一支不可轻视的力量。诸葛亮说："孙将军如能派猛将统兵数万，和刘将军同心协力，一定能够打败曹操。曹操兵败必然北逃，到那时，刘孙两家势力增强，鼎足的局面就形成了。成败之机，在于今日。"孙权英睿明智，大敌当前，他认识到"除了刘备，再没有人敢与曹操抗衡了"，不得不做出让步，同意鼎足三分，发兵拒操。赤壁战后，孙权履行了诺言，借荆州给刘备。曹操听到这消息时正在写字，惊得把笔掉落在了地上。

七擒孟获

蜀汉后主建兴三年（公元 225 年）春，诸葛亮亲自率军南征。那时已经和好孙吴，没有东顾之忧，诸葛亮放手南抚夷越，实践隆中路线。《三国演义》用了四个半的回目来记述诸葛亮南征，七擒七纵孟获的故事。从八十七回"征南寇丞相大兴师，抗天兵蛮王初受执"，到第九十一回"祭泸水汉相班师，伐中原武侯上表"止。小说用如此巨大的篇幅来表彰诸葛亮的武功，不过那些战斗场面多为虚构，许多蛮王如鄂焕、董荼那、阿会喃等，都是小说家的创作。但是七擒七纵孟获实有其事。东晋史学家习凿齿的《汉晋春秋》记载说，诸葛亮到南中，听说孟获在夷人和汉人中都有很高声望，就下令活捉孟获。孟获被生擒后，诸葛亮让他参观汉军营帐，问孟获是否心服。孟获说："原来不知虚实，现已得虚实，如果再交战，定能取胜。"诸葛亮笑着释放了孟获，让他带兵再战。如此"七纵七擒"，诸葛亮还要释放孟获，孟获不走了，他说："公，天威也，南人不复反矣。"于是进兵到达滇池，南中全部平定。

南中是蜀汉的南部地区，有四个郡：越巂郡，当今四川西昌地区；牂柯郡，当今贵州西北部和云南东部地区；益州郡，当今云南中部地区；永昌郡，当今云南西部地区。南中自古以来是夷越之地，居住着叟、青羌、僚、濮等多种民族，西汉时称西南夷。南中的豪强大姓和夷帅，总想割据自立，称霸一方。吴蜀交恶，孙权又派人来策动，遥署益州郡大姓雍闿为永昌太守。章武二年（公元222年），越巂郡叟帅高定就举兵叛乱，刘备死后他竟称起王来。建兴元年（公元223年），雍闿与郡人夷帅孟获联兵反蜀，杀了益州郡太守正昂，又把诸葛亮派去的新任太守张裔流放到吴国。牂柯太守朱褒也举郡叛应。南中四郡，三郡反叛，只永昌郡王伉与郡功曹吕凯坚守待援。

诸葛亮率大军南征，双方力量悬殊，诸葛亮获取军事胜利不是难事。但要南人心服，不是一件容易的事。大军退走，南人再反，国家永无宁日。诸葛亮出征，参军马谡前来送行。诸葛亮向他询问破敌之策。马谡说："南中夷人恃险不服，不可用武力征服，要紧的是征服他们的心。用兵的道理，要攻心为上，攻城为下，心战为上，兵战为下。"诸葛亮十分赞赏，于是采用攻心战术，才有七纵七擒孟获的故事。

孟获投降后,诸葛亮采取了改善民族关系的政策,尊重民族习惯,保留原来的部落组织和渠帅的地位。县以下的官吏委任部落渠帅担任,孟获等有威望的夷帅被调到成都去做官。任用能贯彻"和夷"政策并熟悉当地情况的人担任郡太守和庲降都督(管理南中的军事长官)。诸葛亮把叛乱中心的益州改名建宁郡,化大为小,把南中四郡增置为越巂、建宁、永昌、云南、牁牂、兴古六郡。诸葛亮又对桀骜不驯的豪族部曲加以节制,把他们迁到成都和内地,有一万多家,并从中选出精壮男子编成一支军队,号称"飞军"。这支军队骁勇善战,成了蜀汉北伐军中一支精锐部队。对南中的经济发展,诸葛亮也极为关注,派人教当地的少数民族使用牛耕,务农植谷;还开发南中矿产物产,如金、银、丹、漆、耕牛、战马等,不断运往蜀中。南中的开发,使蜀汉富饶,成为支持北伐的一个后方基地。

诸葛亮尊重夷民的生活习惯,充分给夷民以自治之权,夷人由此感激,终武侯之世,几乎不再反叛。至今云贵原南中地区还留有许多诸葛亮的遗迹,各少数民族习俗敬礼诸葛亮为神明。

六次北伐,死中求活

诸葛亮平定南中叛乱,解除了后顾之忧,于是治戎讲武,准备北伐。建兴五年(公元227年)春,诸葛亮统兵进驻汉中,临行给后主上了一道《出师表》。表文恳切地劝说刘禅要奋发自励,不要妄自菲薄,满足于偏安,要亲贤远佞,兴复汉室。诸葛亮表明了统一中原的壮志,说明北伐时机已经到了。他说:"如今南方已经平定,兵甲已经充足,应当奖率三军,北定中原,铲除奸凶,兴复汉室,还于旧都。"

六出祁山

诸葛亮北伐,前后六次,五次进攻,一次防守。建兴六年(公元228年)春,诸葛亮从汉中大举出祁山(至今山甘肃省陇南市礼县东),志欲一举平陇右,由于马谡违亮节度,兵败街亭(今甘肃省天水市秦安县陇城镇)退回。同年冬出散关(在今陕西省宝鸡市西南大散岭上),围陈仓(今陕西省宝鸡市东),粮尽退兵。建兴七年(公元229年),第三次出兵蚕食魏境武都(治今甘肃省陇南市成县)、阴平(治今甘肃省陇南市文县)二郡。建兴八年(公元230年)魏国分兵进攻汉中,诸葛亮防守,魏兵遇雨退回。建兴九年(公元231年),诸葛亮再出祁山,粮尽退军。诸葛亮鉴于后勤不继,在汉中实行大规模军屯,经过两年的充分准备。于建兴十二年(公元234年)再度大举北伐。诸葛亮出兵斜谷,屯田武功,欲与魏军作持久战,因积劳成疾,病逝五丈原(今陕西省宝鸡市岐山县五丈原镇)而罢兵。由于诸葛亮第一次北伐时进兵祁山,所以习惯上称为六出祁山。

饮恨五丈原

诸葛亮北伐以失败告终,这不是意外。因为战争是政治、经济、军力的综合较量，无论哪一个方面蜀汉都处劣势。曹魏奄有整个黄河流域，兵强马壮，有雄兵四五十万，人才济济，勇略兼备，力量超过吴、蜀两国的总和，应付东西两线作战而有余。蜀汉偏据一州，兵弱将寡。诸葛亮惨淡经营，才养成了一支不到二十万人的军队，又要留守后方，又要东防孙吴，又要维持粮运，所以每次用兵不过十余万人，投入第一线的只有数万之众，因此只能在一个方向使用，不能数道并出。在一个方向作战，形成了打消耗战的局面，弱小之蜀注定了要失败。粮运不济就是一个明显的例子。在政治上魏明帝不失为一个明主。他刚毅果断，察纳雅言，决策正确，反应迅速，这是暗弱的后主刘禅不能相比的。但诸葛亮要竭尽忠诚以报知遇之恩，明知山有虎，偏向虎山行。用诸葛亮《后出师表》的话来说，与其坐等待毙，不如死中求活。不北伐就是坐以待毙，北伐尚有一线生机。诸葛亮第一次出师，曹魏关中震响，陇右天水（治今甘肃省天水市甘谷县东）、南安（治今甘肃省定西市陇西县东南）、安定（治今甘肃省庆阳市镇原县东南）三郡叛魏应亮。此役出其不意，确实是一次机会，但魏明帝反应迅速，亲镇关中，紧急调兵入援，挽救了关中不备的危局。诸葛亮第五次北伐，这是一次难得的吴蜀步调一致的协同作战。四月蜀军入秦川，五月孙权大举攻魏，亲率十余万大军向合肥，使陆逊、诸葛瑾向襄阳，孙韶、张承向广陵，三路齐出，来势凶猛，甚至智勇双全的魏将满宠也准备退出合肥。魏明帝果断地采取了西守东攻的战略，使辛毗杖节监军，令与诸葛亮对阵的司马懿坚壁不出，自己亲率大军东征。魏明帝这一坚强有力的行动，使孙权闻风丧胆，不战而退，打破了吴蜀的

联合进攻。诸葛亮又陷入了孤军作战的困境,欲进不能,欲罢不忍,一筹莫展而病逝五丈原。这正是:

出师未捷身先死,长使英雄泪满襟!

《三国演义》中的第一主角

第一主角非诸葛亮莫属

《三国演义》用最大的篇幅塑造诸葛亮,使他成为智慧的化身,三国历史舞台上的第一主角。诸葛亮无疑是三国时代第一流的政治家和军事家,但他毕竟只是一个丞相,从政治上他不能与创业之主的曹操、孙权、刘备比肩;从军事上,也无法与周瑜、吕蒙、陆逊这些一流军事家论长道短。用兵打仗,诸葛亮似乎比他的部属魏延还要差一筹,至少魏延没有打过败仗,因此魏延很不服气,诸葛亮用杨仪来牵制魏延,二人水火不容,差点坏了国家大事。这就是说,论功业,诸葛亮不是三国时代第一人。

那么,小说家为何要选定诸葛亮来担当第一主角呢?至少有以下三个方面的原因。第一,诸葛亮的综合素质是三国时代的一流大才,最适宜于作为塑造理想人物的原型。他的高风亮节和鞠躬尽瘁的精神,也毫无疑问是三国时代第一人。诸葛亮修身齐家、治国平天下的传统道德达到了出神入化的最高境界,他的身上积淀了民族精神,是无与伦比的典范：其一，诸葛亮存亡继绝，要兴复汉室正统；其二，大智大勇，无双国士；其三，不畏艰险，扶弱制强；其四，勤政爱民，廉洁正身；其五，受托孤辅主，鞠躬尽瘁。作为一代贤相，他名垂千古，在中国历史上也是数一数二的。第二，蜀亡，诸葛亮子孙殉国，满门忠良。诸葛氏一门的高风亮节与悲剧情怀，最受人们同情，也得到小说家的偏爱。第三，艺术构思，需要一个主角来贯穿全书，曹操、刘备、周瑜、吕蒙、荀彧等人都过早凋零，而孙权称帝以后即步入昏主行列，难堪主角地位，除了诸葛亮，没有第二人选。诸葛亮成为《三国演义》的第一主角，是主客观条件的天然结合，非他莫属。

诸葛故事，虚构最多

《三国演义》七实三虚，这虚的部分，诸葛亮一人恐怕就要占1/3。三国人物中的细节虚构，以诸葛亮一人最多。赤壁之战，是三方英雄的群英会，可歌可泣的故事最多，但在《三国演义》中的虚构也最多，用了八个回目的篇幅，差不多占了全书的十分之一。在赤壁之战中，联军统帅周瑜成了诸葛亮的配角，而不在战场第一线的诸葛亮倒成了指挥全局的第一主角。舌战群儒，除了人名，故事全为虚构，仿佛孙吴君臣抗曹是诸葛亮发动起来的，连周瑜也是诸葛亮激发的。火烧赤壁是黄盖的计谋，《演义》中变成了诸葛亮与周瑜两人同时想到，手掌中写的都是一个"火"字，真是英雄所见略同。赤壁战后五年，即建安十八年（公元213年），孙曹第一次濡须之战，孙权乘船探曹营水寨，船体受箭，得胜还营，这一情节被移到赤壁之战生出了诸葛亮草船借箭的惊险故事，一场无意的遭遇，变成了有意的谋划，移花接木，张冠李戴。诸葛亮南征，七擒孟获的战斗场面和多数蛮夷首领，全为虚构。

在小说家笔下，诸葛亮是通天文、晓地理、明阴阳、精阵法，算风云、擅长火攻水淹，以及陆战水战无一不精的神人。诸葛亮一生谨慎，而在《三国演义》却弄险多多，缺点也成了优点。例如，诸葛亮第一次北伐，他不采纳魏延出奇制胜的策略，却要采取进兵陇右，打一个平安的胜仗，结果既失战机，又吃败仗，反而生出"空城计"吓退司马懿的故事。诸葛亮用人不当，丢了街亭，也由马稷一人担着，叫作"马稷失街亭"。艺术家的夸张与虚构，只要安放在诸葛亮身上，人们都乐意接受，都认为是真实的。"七擒孟获""空城计"早就在民间流传，历史也有记载，看来对诸葛亮的虚构，或多或少也有一些史影，与其定位为虚构，毋宁说是夸张。因为诸葛亮的情操，赢得了人们的崇敬，人们不希望他身上有缺点。小说家是按照人们心中的理想来塑造诸葛亮的，于是诸葛亮成了第一主角。

《三国演义》把诸葛亮写成半人半神，做了极度的夸张，是一个艺术形象的诸葛亮。我们去掉诸葛亮身上的神气、仙气，把他还原成一个人，却又实实在在是一代贤相。诸葛亮一生操劳，尽忠为国，真正是鞠躬尽瘁，死而后已，历史上罕有其比。在中国古代史上，诸葛亮是一个鞠躬尽瘁、乃心王室的典范人物，没有哪一个政治家或军事家像他那样，深受一代又一代广大人民的热爱。

人物小档案

诸葛亮

姓名：诸葛亮，字孔明
生年：汉灵帝光和四年（公元181年）
属相：鸡
卒年：蜀汉后主建兴十二年（公元234年）
享年：54岁
谥号：忠武侯
父亲：诸葛珪
母亲：章氏
继承人：诸葛瞻
最得意：隆中对策，规划三分
最失意：首次北伐，误用马谡失街亭
最不幸：父早死，幼孤
最痛心：遗恨五丈原
最擅长：谋略、治民

相关阅读书目推荐

（1）陈寿：《三国志》卷三十五有传。
（2）马植杰：《诸葛亮》，上海人民出版社，1957年。
（3）章映阁：《诸葛亮新传》，上海人民出版社，1984年。
（4）朱大渭、梁满仓：《武侯春秋》，团结出版社，1998年。
（5）张大可：《三国史研究》《三国史》，华文出版社，2003年。
（6）张大可、朱枝富：《诸葛亮评传》，四川大学出版社，2021年。

第九章

蜀汉「五虎将」

引言

民间传说中的蜀汉五虎上将为关羽、张飞、赵云、马超、黄忠。历史上并没有"五虎上将"的说法,不过《三国志·蜀书》将五人同时写在了同一卷里,按他们生前地位排序为关张马黄赵。本章评说他们的故事。

关羽忠义名贯千秋

关羽是三国时代的名将,一生追随刘备,战绩辉煌,为缔造蜀汉政权做出卓越的贡献。关羽丢失荆州,又给蜀汉政权带来了致命伤。关羽身后成为忠义的化身,受到民间的顶礼膜拜,超过刘备和诸葛亮,名贯千秋,全国各地都有关帝庙。

千里走单骑,不忘故主

关羽(?—公元220年),字云长,本字长生,河东解县(今山西省运城市临猗县临晋镇)人,生当东汉末年衰乱之世。年轻时为避难,逃亡到涿郡(治今河北省涿州市),投奔于正在招兵买马的刘备帐下,与张飞两人成为刘备的心腹,追随刘备南征北战。

后来,势单力薄的刘备在徐州被吕布击败而投曹操。建安四年(公元199年)淮南袁术兵败欲北上去依附袁绍。曹操派刘备到徐州去截击。刘备到了徐州,竖起了反对曹操的大旗。曹操立即出兵亲征刘备。刘备再次惨败,北投袁绍。困守下邳(今江苏省徐州市睢宁县西

关羽

北）的关羽被俘。曹操十分爱惜关羽的勇猛，拜为偏将军，礼遇优渥，但关羽丝毫不为势利所动。曹操也觉察到关羽没有久留之意，于是特地派关羽的好友张辽去试探。关羽坦率地表达了自己的心迹说："吾极知曹公待我厚，然吾受刘将军厚恩，誓以共死，不可背之。吾终不留，吾要当立效以报曹公乃去。"果然，报答曹操恩德的时机来了。建安五年（公元200年）二月，袁绍发兵十万南下与曹操决战，命大将颜良攻东郡太守刘延于白马（今河南省滑县东）。四月，曹操从官渡率张辽、关羽北救刘延，在白马城外十余里与颜良军队相遇。关羽发现颜良的麾盖，策马奋勇当先，在万军之中斩了颜良，遂解白马之围。于是曹操为了笼络关羽，上表封关羽为汉寿亭侯，并重加赏赐。关羽却分毫未取，留下书信拜谢而去，冒着风险，单骑赴袁绍营中寻找刘备。曹操的左右要去追杀关羽，曹操说："彼各为其主，不要去追。"为了树立起一个忠于君父的榜样，曹操成全了他。《三国演义》渲染关羽过五关斩六将，完全是出自小说家的虚构。

败走麦城，英名永存

建安二十四年（公元219年），刘备打败曹军，取了汉中，关羽趁此局势统大军北伐，向曹仁镇守的樊城进攻。当时曹操从汉中败归，还在长安，急令大将于禁和庞德赴襄樊前线增援。于禁是曹操的心腹大将，百战百胜的将军，庞德是北方著名勇将。关羽擒于禁，斩庞德，威名大振，达到了他在军事上的鼎盛。

关羽得志于荆襄，东吴的孙权却沉不住气了。因为，荆州是刘备势力的东方屏障和门户；对江东则是居高临下，直接威胁着孙权的安全。孙权深知荆州的重要，他决心竭尽全力相争。先前由于疆场未靖，曹操在北，江东无力单独对抗曹操，孙权在赤壁战后把荆州南郡借与刘备阻滞曹操，当刘备取得益州后，孙权立即索要荆州。孙刘两家差点闹翻，以中分荆州告一段落。这次虽然和解，但是裂痕已经显露。孙权时时提防着关羽，但表面上给关羽频送秋波，孙权还派人说项，要与关羽结为儿女亲家。可是骄狂的关羽不识大体，极为藐视孙权，怒斥江东使者，"虎女岂能嫁犬子"，给孙刘关系的破裂雪上加霜。当时，江东主张孙刘联盟的鲁肃死了，吕蒙统兵。吕蒙是疏刘派的中坚人物，他一接任就规划着袭取荆州。为了麻痹关羽，吕蒙装病回江东，推荐胸有韬略但还未崭露头角的陆逊代替自己。关羽果然上当，抽调大部分兵力支持北伐，荆州后方守备空虚。关羽俘获于禁官兵三万，粮食一时紧张，他不经外交协商就擅取孙权辖地的粮食。这一举动不仅加剧了孙刘矛盾，而且给孙权出兵制造了口实。赳赳武夫关羽，就这样破坏了孙刘联盟。孙权派遣吕蒙率领大军杀向荆州，在关羽的背后捅了致命的一刀，夺了南郡。关羽率领疲惫之兵退还荆州与吕蒙交战。曹操欲使孙刘相斗，严令曹军不得追击，因此关羽才未受到两面夹击。尽管如此，已丧失斗志的荆州兵也非江东精兵的对手。加上孙权统率大军为吕蒙后继，更增强了江东士气。这时关羽向上庸（治今湖北省十堰市竹山县）的蜀兵呼救，不料那里的守将刘封、孟达两人正闹矛盾，坐视不救。这一来关羽陷入了四面楚歌的境地，一路上将士逃散，溃不成军。关羽眼见大势已去，就退走麦城（今湖北省当阳市东南），向上庸方向撤退，最后在突围中被吴将潘璋所擒。孙权杀了关羽，把首级送给曹操。

　　关羽败走麦城，是从空前胜利的顶峰一下跌落到失败的深渊，格外令人惋惜。荆州丢失，意味着隆中路线半道夭折，"兴复汉室"成为泡影。可以说关羽个人的悲剧带来了蜀汉的悲剧，使刘备的事业受损。但由于关羽至死不背其主，以壮烈殉职来维护"忠义"，所以他死后的影响远远地超出了他生前的战绩以及带给国家的耻辱。他的品格被人们理想化了。"关云长读《春秋》——深明大义"，成为脍炙人口的千古佳话。至于民间广泛流传的刘关张"桃园三结义"的传说，虽于史无征，人们却都愿意相信这是真实的。关羽悲壮之死，倒成全了他的英名。

张飞爱君子不恤小人

　　张飞（？—221年），字益德，《三国演义》写成"张翼德"，涿郡（今河北省涿州市）人，刘备的同乡。黄巾农民起义爆发时，刘备在涿县聚众，兴兵征讨，张飞即投奔其麾下。当时关羽也在刘备手下，年长于张飞，张飞侍之如兄长。刘备因军功授平原（治今山东省德州市平原县西南）相时，张飞与关羽同任别部司马，分统部曲。在长年的征战中，张飞与关羽鞍前马后，"随先主周旋，不避艰险"，

张飞

深受信任，成为刘备的腹心之将。

张飞威武，但不粗鲁

《三国演义》写张飞"身长八尺，豹头环眼，燕颔虎须，声若巨雷，势如奔马"，一副粗犷刚猛的将军形象，这虽然是小说家笔下的创造，但却也有历史依据。张飞骁勇，吼声如雷，断桥退曹兵，《三国志》做了记载。建安十三年（公元208年），曹操征荆州，刘备奔江陵。在当阳长坂（在今湖北省荆州市西南），曹军精骑骤至，刘备军招架不住，溃散四逃。刘备弃妻子将士逃命，令张飞将二十骑断后。张飞立马横矛，据沮水断桥边，二十多名骑兵布列身后。曹兵来后，见状不敢贸然而进。张飞便瞋目厉声大喝道："身是张益德也，可来共决死！"他的英勇气概，使"敌皆无敢近者"，刘备因此得以安全退却。

义释严颜，有国士之风

张飞最辉煌的战功，是建安十八年（公元213年），奉命同诸葛亮、赵云沿长江而上，入川增援刘备，夺取益州。张飞当时官拜南郡太守、征虏将军、新亭侯，是位次于关羽的将军。张飞领兵，循长江而上，一路势如破竹，所向披靡。途经江州（今重庆市），刘璋的巴郡太守严颜率军抵抗。严颜号称蜀中名将，但不敌张飞，阵前被生擒，张飞呵斥道："我大军驾到，何以不早降而敢抗拒对战？"严颜义正词严回答说："尔等无礼，侵夺我州土地，我州只有断头将军，没有投降将军！"张飞大怒，令左右推出斩首，严颜面不改色，泰然自若，说：

"砍头便砍头，何必如此恼怒！"张飞见状，十分佩服严颜的忠义和胆气，便亲自为他解去绳索，待为座上宾客。张飞敬礼忠勇的硬汉，义释严颜，有国士之风。这一举动产生了良好的效果。张飞随后进兵，然后率军继续推进，沿途攻城陷郡，攻无不克，战无不胜，与刘备会师于成都。刘备据有成都后，张飞为巴西太守，驻阆中（今四川省阆中市）。史称张飞"敬爱君子而不恤小人"，也就是说张飞很敬重知识分子，而带兵对待士卒却十分严厉。张飞爱士，表现了他的修养。性情刚猛，是天生的个性；粗中有细，却是后天学成。

张飞号称万人敌，却不逞匹夫之勇

张飞智胜曹操名将张郃，连曹操也折服，最终退出了汉中。建安二十年（公元215年），曹操攻占汉中，留大将夏侯渊与张郃镇守。二人常常领兵入川侵犯。一次，张郃督军进犯巴西（治今四川省阆中市），欲抢掠百姓以归汉中。当时张飞是巴西太守，率军相拒。两军在宕渠（今四川省达州市渠县土溪镇）相持五十余日，不分胜负。张飞便运用计谋出奇兵，率精兵万人从另一条路绕至张郃军后击之。张郃军因在狭窄的山道中，前后不能相救援，被张飞各个击破。张郃大败，只得弃马沿山与十余人狼狈从小道逃走，领军龟缩回南郑（今陕西省汉中市），再也不敢出来。从此，巴西一带获得安宁。刘备即帝位，张飞迁车骑将军，领司隶校尉，进封西乡侯。

第九章 蜀汉"五虎将"

一代骁将，死于非命

章武元年（公元 221 年），刘备东征伐吴，令张飞率万人从阆中至江州。临出发，张飞部将张达、范强将他刺杀，取其首级，顺流投奔孙吴去了。一员虎将，就这样默默地结束了威武的一生。

张飞自光和七年（公元 184 年）追随刘备起兵，至章武元年（公元 221 年）遇害，在三十七年的争战中，足迹遍及大半个中国，历大小战役数十次，以他的骁勇威猛，深受称誉，留下一世英名。曹操的著名谋士程昱、郭嘉说："张飞、关羽者，万人之敌也。"（《三国志·郭嘉传》裴注引《傅子》）刘晔说："关羽、张飞，勇冠三军。"（《三国志·刘晔传》）北方的处士傅干说："张飞、关羽，勇而有义，皆万人之敌"，"人杰也"（《三国志·先主传》裴注引《傅子》）。江东大将周瑜说："关羽、张飞熊虎之将。"（《三国志·周瑜传》）刘备在封爵的策文中也高度评价张飞的功勋，喻之为西周的召虎。后追谥曰"桓侯"。但是，这位熊虎大将，未能捐躯沙场，马革裹尸，却在小人刀下死于非命，令人悲叹。

赵云 最有头脑的"五虎将"

赵云是蜀汉的儒将，他的勇略不逊关羽、张飞，他的智慧忠心不亚诸葛，人格魅力，最为亮丽。赵云在蜀汉关、张、马、黄、赵"五虎将"中,虽名列最后,却是最有政治头脑的人物。赵云有勇有谋,有胆有识,他的高尚品德以及为国尽忠的精神,更受到了人们的敬重。

忠心报知己

赵云(?—公元229年),字子龙,常山真定(今河北省石家庄市东北)人。他身长八尺,姿颜雄伟,少有声名。关东诸侯讨卓,赵云率本郡义从兵投于公孙瓒帐下,立志报国。可是公孙瓒不过是一个平庸的大军阀,胸无大志,鼠目寸光,只知兴兵夺地,不识国家大体,使赵云很失望。后来刘备也投到公孙瓒帐下,刘赵二人一见如故,遂成知己。后来,赵云以兄丧为由,告假归乡。刘备知道他此去必然不再回来,便握着他的手,难舍难分,洒泪而别。

建安五年(公元200年),袁曹相持于官渡。刘备此时投奔袁绍,赵云闻讯,赶来相见。赵云见刘备只身一人,兵将流散,将被袁绍轻视,便灵机一动,私下招募流民数百人,武装起来假称是刘备的部曲,竟瞒过了袁绍,使他不得小视刘备。刘备十分感激,与赵云同床眠起,倚为左右手。

单骑救阿斗

建安十三年(公元208年),刘备被曹操追袭,兵败长坂,全军覆没,连妻子、儿子都被冲散了。刘备和诸葛亮等只有几十骑冲出了重围。在冲杀中,赵云也失去了联系。这时有人说赵云北投了曹操。刘备听了十分气愤,用手戟敲说话的人。刘备说:"我十分了解赵云,他决不会背叛我的。"原来这时赵云正出生入死地在千军万马丛中左冲右突，寻找失散的主母甘夫人和幼主阿斗。赵云血战良久，好不容易在奔逃的难民群中找到了甘夫人和阿斗。这时阿斗年仅周岁。赵云忙解下铠甲，把阿斗纳入怀中，保护着甘夫人，终于突出了重围，回到刘备身边。赵云护主，赤胆忠心，刘备对他嘉奖，升他为牙门将军。

有勇有谋，一身都是胆

建安二十四年（公元219年），刘备与曹操争夺汉中。耸立于汉中南郑西面的门户定军山，是两军争夺的战略要地。蜀将黄忠阵斩曹将夏侯渊，占领了定军山。不久，曹操领大队人马从关中杀来，双方又展开了激烈的争夺战。先是曹军运来了米粮数千万囊至北山下，黄忠领兵去夺取。赵云领少数骑兵接应，中途突然和大队曹军遭遇，赵云虽身陷曹军之中，但毫无惧色，挺枪跃马，杀入重围，左冲右突，如入无人之境。曹军溃散。赵云且战且退，曹军又会合起来，追至赵云营寨。赵云匹马单枪，立于营外，寨门大开，偃旗息鼓，摆起了"空城计"。曹军至赵云寨前，疑营中有埋伏，不敢进攻，急忙退走，这时赵云又擂动战鼓，虚张声势，并用弓箭在后面射击曹军，曹军惊慌逃去。曹军在后退时自相践踏，拥到汉水边，落水死者不计其数。第二天，刘备和诸葛亮来到赵云营寨，察看昨天作战的地方，了解赵云设计智退曹兵，十分惊喜地说："子龙一身都是胆呀。"（《三国志·赵云传》裴注引《云别传》）此战以后，赵云多了一个别号，众人称他为"虎威将军"，名声大振。

第九章 蜀汉"五虎将"

顾全大局,深明大义

赵云不只是一员有勇有谋的战将,并且具有远见卓识,极有政治头脑。赵云还深明大义,遇事以国家利益为重,又能顾全大局,不贪小利。这些品德和行事,都表现了他的政治家风度。

建安十四年(公元209年),赵云随刘备平定江南,升为偏将军,领桂阳(治今湖南省郴州市)太守。原太守赵范心怀叵测,把他美貌的寡嫂献给赵云,套近乎以图谋不轨。赵云对赵范说:"我们既然是同姓,就犹如兄弟,你的兄长就是我的兄长,不能做这等事。"左右的人都劝赵云顺水推舟将其娶下。赵云说:"赵范是被迫投降,不知他葫芦里装的什么药,不能为了一个女子坏了大事。"赵范见赵云不上钩,害怕阴谋败露,就溜之大吉。赵云当作没事一样,礼遇赵范家族。

建安十九年(公元214年),刘备进入成都以后,"欲以成都中屋舍及城外园地桑田,分易诸将"。赵云极力反对这种做法,说:"霍去病以匈奴未灭,无以家为,今国贼非但匈奴,未可求安也。须天下都定,各反桑梓,归耕本土,乃其宜耳。益州人民,初罹兵革,田宅皆可归还,令安居复业,然后可役调,得其欢心。"(《云别传》)于是刘备听了赵云的建议,稳定了益州民心。

谏伐孙吴

孙权偷袭荆州后,刘备准备大发兵征讨孙权,欲为关羽报仇,夺回荆州。赵云分析了当时形势,劝谏刘备顾全大局,尊重实际,不要冒险出征。赵云说:"国贼是曹操,非孙权也,且先灭魏,则吴自服。

操身虽毙,子丕篡盗,当因众心,早图关中,居河、渭上流以讨凶逆,关东义士必裹粮策马以迎王师,不应置魏,先与吴战,兵势一交,不得卒解也。"(《云别传》)可是刘备不听赵云的规劝,遂出兵东征伐吴,结果夷陵兵败,蜀汉受到极大的损害。

无功不受禄

建兴六年(公元228年),诸葛亮第一次北伐,在街亭败还。赵云和邓芝屯驻箕谷掩护主力进退,兵力单薄,受到魏大将曹真的进攻。在撤退时,赵云亲自断后,魏军不敢逼,这支蜀军全军而返,军资什物,没有遭受损失。诸葛亮下令奖励赵云军。赵云说:"这次打了败仗,无功不受禄。"他把奖励的绢帛放在官库里,到了十月才发给将士作冬衣,诸葛亮十分赞赏。

赵云的一生,光彩照人。他在蜀汉历任翊军将军、中护军、征南将军、镇东将军、镇军将军,封永昌亭侯。赵云终身为杂号将军,位次前后中左右正品将军之后,亦无怨言,其高尚品格无人出其右。建兴七年(公元229年)病逝,谥曰顺平侯。

马超来归刘璋请降

马超(公元176—222年),字孟起。扶风茂陵(今陕西省兴平市）人，是东汉名将伏波将军马援之后。建安十九年（公元 214 年）他归附刘备，同关羽、张飞、赵云、黄忠齐名，系刘备麾下五位著名大将之一。

识破曹操计，抗命屯三辅

汉桓帝时，马超之祖父马平为天水郡兰干县（今甘肃省渭水上游一带）尉，后失官留居陇西（治今甘肃省定西市陇西县），娶羌族女子为妻，生马腾。汉灵帝末年，马超之父马腾与金城（治今甘肃省临夏回族自治州永清县西北）的边章、韩遂等人共谋起事于西凉，"杀刺史郡守以叛，众十万余，天下骚动"（《三国志·武帝纪》）。初平三年（公元 192 年），马腾、韩遂率兵到长安。朝廷任韩遂为镇西将军，遣还金城；任马腾为征西将军，遣驻屯郿县（今陕西省宝鸡市眉县东北）。这期间马腾和韩遂结为异姓兄弟。结拜初期，马腾和韩遂关系亲密，但不久即反目为仇，马腾攻韩遂，韩遂败走，反攻马腾，杀了马腾妻子。二人连年相攻不解。

此时，曹操的势力已经逐渐壮大，曹操意欲夺取天下，而西凉诸侯与其貌合神离，因而他一直对西凉虎视眈眈。当时，曹操正与河北袁绍相争，必先集中力量对付袁绍，以定中原。因此，他对西凉马腾和韩遂等采取了先抚后伐的战略。他派司隶校尉钟繇驻守关中，"持节督关中诸军"，调解马腾与韩遂之间的矛盾；并调马腾驻槐里（今陕西省兴平市东南），升为前将军，封为槐里侯。

官渡之战取胜后，曹操继续与袁绍的继承人袁尚鏖战。他命张既劝说马腾派其子马超辅助钟繇作战，抗击袁尚军的攻势。马超在战斗中被流矢射中脚，仍然裹足大战，英勇绝伦，杀死并州勇将郭援，大破袁尚的并州刺使高干，显示了非凡的才能。

　　曹操此举，可谓一箭双雕，既剪除了异己，又笼络了马腾，解除了西凉之忧，从而加强了他对西凉的控制。

　　建安十三年（公元208年），曹操任丞相后，积极筹措南征，但对于关中和西凉的割据势力终不放心，对马腾父子尤为戒备。他思虑再三，决定让马超赴京任职，作为人质，以掣肘马腾。但曹操妙计，为马超识破，他怒不从命。曹操继而又让马腾入朝，"征为卫尉，腾自见年老，遂入宿卫"。不仅如此，曹操还将马腾家眷全部迁入曹操集团统治的军事政治中心——冀州邺城，从而将马腾置于牢固的控制之下。而对于"不就"曹命的马超，曹操只得拜其为偏将军，统领马腾之部，屯驻西凉。

被逼反西凉，兵败投张鲁

　　建安十六年（公元211年），魏、蜀、吴三足鼎立的局面已形成。曹操控制了中原，西凉马超不除，终是他的一大后患，然而用兵关中，又师出无名，因为马超以及韩遂等关中各部，在名义上是受曹操统辖的。为了达到出兵关中的目的，曹操用激将法命钟繇讨伐汉中张鲁，暗中却命大将夏侯渊出兵河东，与钟繇会师关中。曹操的行动激怒了马超。当时，关中诸将疑心钟繇袭击他们，于是，"马超遂与韩遂、杨秋、李堪、成宜等叛"（《三国志·武帝纪》），这就是历史上的

第九章 蜀汉"五虎将"

马超

马超反西凉。马超等人谋反，曹操讨伐他们就有了借口。

马超反叛后，屯兵潼关

曹操慑于马超的勇猛和多谋，不敢与之硬拼，命令部下："关西兵精悍，坚壁勿与战。"同年七月，曹操暗中派遣徐晃、朱灵从蒲坂（今山西省运城市永济县蒲州镇）夜渡黄河，立营河西，以截断马超的退路，但马超对此早有预防，他提出对曹"宜于渭北拒之，不过二十日，河东谷尽，彼必走矣。然而，马超的这一良策，为韩遂所阻，未能实施。当后来曹操得知马超之策后，曾惊呼："马儿不死，吾无葬地也。"（《三国志·马超传》裴注引《山阳公载记》）在徐晃、朱灵暗渡黄河的同时，曹操也亲自从潼关北渡渭水，马超在岸上追曹操舟楫，纵骑以箭追射，矢如雨下，曹操几乎命丧于箭镞之下。曹操渡过渭河后，"连车树栅"，"循河为甬道而南"，坚壁不战，使善习长矛的西凉兵"不得以刺"。马超求战不得，割地不成，军心遂渐骄而涣散。最后，曹操使用"离间计"，挑起马超与韩遂互相猜疑，使关中诸将力量大大削弱，曹操乘机击败了马超。马腾及其宗族二百余人后来也遭曹操"所诛略尽"。

马超战败后，退还陇上。曹操也因北方有事，引军东还。冀县（今甘肃省天水市甘谷县东）人杨阜素知马超骁勇，曾对曹操说："超有信、布之勇，甚得羌、胡心，西州畏之，若大军还，不严为其备，陇上诸郡非国家之有也。"（《三国志·马超传》）曹操兵退之后不久，即建安十七年（公元212年）初，马超果然率领西凉各路武装攻打陇上郡县，"陇上郡县皆应之"。八月，马超占据冀城，并"自称征西将军、领并州牧、督凉州军事"。同年九月，杨阜同姜叙、梁宽、赵衢等合谋以图马超。"阜、叙起于卤城，超出攻之，不能下，宽、衢闭冀城门，超不得入。进退狼狈"，马超见大势已去，不得已去汉中投奔了张鲁。

入川取成都，辅助汉中王

马超投奔张鲁后，"鲁不足与计事，内怀于邑"，他甚不得志。刘备素来好贤，得知马超的处境后，即派李恢去汉中交好马超。

这期间，刘备已兵分两路，进军益州，直取刘璋的大营——成都。马超与曹操有灭族之仇，欲报不能，欲罢不忍，而又不能再称雄西凉，此时他寄人篱下，其情其景，可悲可叹。因此，一经李恢联络，便毅然向刘备"密书请降"，率兵直抵成都。刘备闻知，欣喜万分，曰："我得益州矣"（《三国志·马超传》本传裴注引《典略》）。马超兵到，成都守军惊恐万分，刘璋破胆，不到十天，刘璋便向刘备投降了。时值建安十九年（公元214年）。

刘备因得骁勇绝伦的马超，甚喜，兵定益州后，拜马超为平西将军。远镇荆州的关羽，因马超原非故人，现在一下做了平西将军，心中非常不悦。他便写信给诸葛亮，问马超的才能可以和谁相匹敌。诸葛亮深知关羽历来为人骄傲自大，不肯服人，便回信说："马超兼资文武，雄烈过人，一世之杰，黥、彭之徒，当与益德并驱争先，犹未及髯之绝伦逸群也。"（《三国志·关羽传》）关羽看信后大喜，认为自己受到诸葛亮的推崇，颇为得意，并把这封信拿给左右宾客们看。其实，诸葛亮在信中对马超做了高度评价，说他文武兼备，比之于西汉勇将黥布和彭越，以及当代的猛将张飞。

刘备称汉中王后，任马超为左将军。刘备称帝后，又将其提升为骠骑将军，领凉州牧，封斄乡侯。章武二年（公元222年），马超卒，终年四十七岁。

黄忠老将常为先锋

常为先锋将

黄忠（？—公元220年），字汉升，南阳人。刘表坐镇荆州，用为中郎将。黄忠与刘表侄儿刘磐一同守卫长沙攸县（今湖南省株洲市攸县东北）。曹操攻克荆州，任命黄忠为代理裨将军，助太守韩玄镇守长沙。赤壁之战后，刘备攻取荆州江南诸郡，黄忠投归，追随刘备入川，北上葭萌。建安十九年（公元214年），刘备还军取蜀，黄忠常为先锋将，作战英勇，攻城总是先登，名震全军。益州平定以后，黄忠受任为讨虏将军。

汉中是益州的天然屏障，环山抱水，土地肥美，物产丰盛，历来为兵家必争之地。建安二十二年（217年），曹操平定汉中，但没有因势进攻巴蜀，而是留下夏侯渊、张郃镇守汉中，自己却班师北还。

黄忠

法正以他敏锐的政治嗅觉，极其准确地估计了形势，及时向刘备献策道："曹操不因势以图巴蜀，不是曹操的智谋和力量不足，一定是后方内部出了问题。曹操留下的镇守大将夏侯渊、张郃，不是主公对手，现在举众往讨，一定可以攻克。"法正还进一步分析了占有汉中之利。法正说：若据有汉中，"广农积谷，观衅伺隙，上可以倾覆寇敌，尊奖王室，中可以蚕食雍、凉，广拓境土，下可以固守要害，为持久之计"。刘备大加赞许，旋即带着法正，亲率大军进兵汉中，委命黄忠为先锋大将。

阵斩夏侯渊

夏侯渊是曹操的心腹大将，也是夏侯氏家族中数一数二的一员勇将。张郃是河北名将。夏侯渊、张郃扼守在汉中定军山上，以逸待劳迎击蜀军。蜀军正面进攻，极其艰难。张郃劝夏侯渊守险勿战，疲劳蜀兵士气。有勇无谋的夏侯渊不听，贸然出战。老黄忠一马当先，蜀兵杀声震天，金鼓响彻山谷，精勇壮士奋力向前。曹兵胆怯。黄忠趁势直冲到中军主将夏侯渊跟前，说时迟，那时快，手起刀落阵斩夏侯渊。曹兵全线大溃。这一仗奠定了蜀兵夺取汉中的基础。随后，曹操亲自领兵来救，也无力取胜，退出了汉中。

黄忠阵斩夏侯渊，建立了大功，刘备称汉中王后，提拔黄忠为后将军，使他与关羽、张飞齐名，赐爵关内侯。不幸的是，第二年，建安二十五年（公元 220 年），黄忠辞世，追谥刚侯。

人物小档案

关羽

姓名：关羽，字云长
生年：不详
属相：不详
卒年：汉献帝建安二十四年末（公元 220 年初）
享年：不详
谥号：壮缪侯
继承人：关兴
最得意：威震荆襄
最失意：大意失荆州
最痛心：败走麦城
最擅长：民间相传的蜀汉"五虎将"之一，
　　　　疆场征战，独当一面

张飞

姓名：张飞，字益德
生年：不详
属相：不详
卒年：蜀汉昭烈帝章武元年（公元 221 年）
享年：不详
谥号：桓侯
最得意：智胜张郃
最失意：暴虐失下邳
最痛心：死于小人之手

人物小档案

赵云

姓名：赵云，字子龙
生年：不详
属相：不详
卒年：蜀汉后主建兴七年（公元229年）
享年：不详
谥号：顺平侯
继承人：赵统
最得意：单骑救阿斗
最失意：谏阻夷陵之战被拒
最擅长：民间相传的蜀汉"五虎将"之一，疆场征战，独当一面

马超

姓名：马超，字孟起
生年：汉灵帝熹平五年（公元176年）
属相：龙
卒年：蜀汉昭烈帝章武二年（公元222年）
享年：47岁
谥号：威侯
父亲：马腾
继承人：马承
最得意：跃马成都降刘璋
最失意：抑郁而死
最不幸：父亲马腾投效曹操被满门斩杀

人物小档案

黄忠

姓名：黄忠，字汉升
生年：不详
属相：不详
卒年：汉献帝建安二十五年（公元220年）
享年：不详
谥号：刚侯
继承人：黄叙
最得意：阵斩夏侯渊

相关阅读书目推荐

（1）陈寿：《三国志》卷三十六五人合传。
（2）孟祥荣：《武圣关羽》，湖北人民出版社，1998年。
（3）张大可：《三国人物新传》，华文出版社，2003年。

第十章

孙权：三分天下的导演者

引言

孙氏立国江东,孙策、孙权都是年少风流,青年创业。孙权字仲谋,十九岁承父兄之业,克平暴乱,历尽险阻,创立吴国。孙权在内政、外交、军事各个方面都有卓越建树,是三国时期第一流的政治家。曹操感叹:"生子当如孙仲谋。"

年少承父兄之业

孙权（公元182—252年），字仲谋，吴郡富春（今浙江省杭州市富阳区）人，初生之时，方面大口，"目有精光，坚异之，以为有贵象"（《三国志·吴主传》裴注引《江表传》）。其后，善相者刘琬见了孙权也说：在孙坚数子中，只有孙权"形貌奇伟，骨体不恒，有大贵之表，年又最寿"。

孙权少年出众，性情开朗，度量宏大，仁义而有决断，好侠养士，"知名侔于父兄"。他十五岁时出任阳羡（今江苏省宜兴市）长，被吴郡太守朱治察为孝廉，又被扬州刺史严象举为茂才，担任代理奉义校尉，即随兄孙策征战。孙权"每参同计谋，策甚奇之，自以为不及也"。建安五年（公元200年），孙策遇害，临死，令孙权佩上自己的印绶，说"举江东之众，决机于两阵之间，与天下争衡，卿不如我；举贤任能，各尽其心，以保江东，我不如卿"（《三国志·孙破虏讨逆传》）。孙策的临终遗言，就是要孙权勇挑重担，志承父兄之业，立国江南。当时，孙权年仅十九岁。

迅速稳定危局

建安五年（公元 200 年），孙策被许贡宾客射伤，知道不治，召长史张昭等人于卧榻前嘱以后事，孙策说："中国方乱，以吴越之众，三江之固，足以观成败。公等善相吾弟。"孙策还对张昭说："如果吾弟孙权不成才，君可自取。如果江东不保，就回到长江西岸去，也不会再有什么忧虑。"由此可见，孙策寄托之重。张昭，字子布，徐州彭城人，博学多才，与东海王朗、广陵陈琳等人齐名。因避难黄巾，南下江东。孙策创业江东，慕张昭之名，到张府拜张昭之母请出张昭，任为长史，言听计从。

孙权突然失去兄长，哀伤悲泣没有立即接任视事。张昭劝说："如今天下纷扰，吴越境内群盗满山，孝廉赶紧视事，这不是哀哭的时候。"孙权于是止泪更服，由张昭扶上马，周瑜等陪着到各处军营巡行，让众将领看到新主人登场亮相。孙权年少继位，许多江东英豪和北方寄寓之士，"以安危去就为意，未有君臣之固"。他们不知年幼的孙权能否成就霸业，有的在徘徊观望，有的拟另寻新主，而"张昭、周瑜等谓权可与共成大业，故委心而服事焉"。因而，"寄寓之士，得用自安"（《三国志·张昭传》），孙策旧部也逐渐归附，听命于孙权。曹操表孙权为讨虏将军，领会稽（治今浙江省绍兴市）太守，用以示好于江东。

孙权有了名分，于是，名正言顺行使权力，他连下了几着妙棋，稳定了局势。第一着棋，团结内部。张昭为文臣领袖，周瑜为武将之魁。孙权待张昭以师傅之礼，而兄事周瑜，又以程普、吕范等人为将率兵。同时，张、周心服，老将同心，这就稳定了全军。第二着棋，招延俊秀，聘求名士，一批本地和北方流寓的贤士如鲁肃、诸葛瑾等，受到礼用。第三着棋，分兵遣将，征不从命者，稳定自己在江东的统治。

庐江太守李术在孙策死后不肯臣服孙权，声称"有德见归，无德见叛"。孙权大怒，一方面上表曹操，列举李术罪行，孤立李术；一方面领兵征讨。由于曹操不救李术，郡治皖城（今安徽省潜山市）很快被攻破，李术被杀。收复庐江郡后，孙权开始了征讨山越和攻打黄祖的行动。

扬州山地为山越人聚居之所，占人口半数，他们叛服不定，是孙权政权的最大威胁。孙权趁北方多事之秋，从建安六年（公元201年）至十二年（207年），集中全力镇抚山越。他分割郡县，设置新郡守县长，分片包干剿抚，驱略山越人下山，使强者为兵，弱者补户。孙吴名将无不参加剿抚山越的战斗，据粗略统计，达三十九人之多。山越精壮者有十余万人从军，补为编户齐民[1]的人口不下五十万。孙权镇抚山越的政策，相当严厉，但获得了极大的成功。江东实力增强，内部稳定。建安十二（公元207年），孙权掉头西上争荆州。十三年（公元208年），孙权再度西征，一举灭了刘表派往镇守江夏的大将黄祖，

---

[1] 历代中原王朝政府实行的户籍制度。以户为单位来管理人民，是谓"编户"。同时废除过去封建体制下地方上原有的贵族、长老、族长等地方领袖，所有人统统是国君的臣民，是谓"齐民"。

孙权

建行营于柴桑（今江西省九江市西南）。

正在这时，曹操平定了荆州，定江东虎视眈眈。孙权严阵以待，迎接曹操来犯。事实证明，孙策善识人，孙权果不负其所托，举贤任能，鼎足江东，最终创立了吴国。

善于识人用人

一个纵横天下的英雄，善于识人和用人是成功的两个最基本的条件。曹操、孙权、刘备都善识人而又能用人，故能为一世之杰。袁绍能聚人而不能用人，他失败了。贤如诸葛亮，他用人一失于马谡，再失于李严，可见知人、用人之难。孙策认为在"举贤任能，各尽其心"方面，孙权超过了自己，因而委政于孙权。这是孙策善识人用人。若将孙权与曹操、刘备相较，在用人上孙权兼曹刘二人之长而避其短，显得更善于识人、用人和培养人才。曹操用人，权谋巧伪，独步当时。他雄踞中原，人物荟萃。故其营垒谋臣如云，猛将如雨。但曹操性多忌疑，"持法峻刻，诸将有计画胜出己者，随以法诛之"（《三国志·武帝纪》裴注引《曹瞒传》）。如荀彧反对曹操自封魏公，许攸引破袁绍为己功，杨修智慧超出了曹操，他们一一都遭曹操所忌杀。忠心耿耿的程昱、贾诩、刘晔等许多智士，都谨小慎微，未能充分发挥其才能。刘备思贤若渴，宽仁待士，但刚愎自用，用人唯亲，所以蜀将多不睦，坏了许多大事。马超、赵云都未尽其用，尤其马超，抑郁而死。关羽与麋芳、士仁不协；刘封与孟达不善；杨仪与刘巴不睦，又与魏延不相容，都坏了大事。王夫之就指出：刘备信诸葛亮，不如信关羽，"且不如孙权之信子瑜也"，故失荆州，败夷陵。孙权亦工于权术，但不似曹操之险诈；孙权也宽仁，但不效刘备之用人唯亲。《三国志·吕范传》记载了一个生动的事例，很有教益。孙权十五岁作阳羡长时，手下有一个功曹叫周谷，他工于迎逢，善造假账欺瞒上司，多支钱财供孙权的私求，很得孙权欢心。吕范主管财计，孙权每有所求，他都一一记载下来向孙策报告，惹得孙权很生气。但到孙权统事时，却反过来重用吕范而罢黜了周谷。

那么，孙权是怎样用人的呢？策略主要有三个方面。

首先，孙权用人，求其所长，弃其所短，不求全责备。他曾与陆逊书，从容谈论周瑜、鲁肃、吕蒙以及陆逊等人的功绩和长短得失，很有雅量。孙权在书中明确提出"不求备于一人"的用人原则。孙权认为鲁肃有二长一短，但一短不足以损其二长。吕蒙少时，果敢有胆气，而学问不足，孙权劝其读书，后来吕蒙学问大长，筹略奇至可与周瑜比肩。陈寿对孙权的品评论人，极为赞赏，认为"优劣允当"。其他诸将如甘宁、潘璋两人骁勇忠勤而粗猛好杀，潘璋更是奢侈骄逸而屡犯法禁，孙权惜其才而原其短，两人感知遇之恩而效死力，立了无数战功。

其二，孙权从多方面破格起用人才，并能用人以专，信而不疑。他"纳鲁肃于凡品""拔吕蒙于行阵""识潘濬于系虏"，深为臣下所折服。赵咨使魏，他在回答魏文帝曹丕的话中，就把孙权善识人、用人列举为聪明仁智的证据之一。孙权用人以专，信而不疑，也十分感人。周瑜赤壁建大功，引起了曹操和刘备的忌惮。曹操与孙权书曰："赤壁之役，值有疾病，孤烧船自退，横使周瑜虚获此名"，用以贬损周瑜。刘备则干脆向孙权进言说："公瑾文武筹略，万人之英，顾其器量广大，恐不久为人臣耳。"孙权不为所动，委以重任。周瑜不幸早丧，孙权流涕曰："公瑾有王佐之资，今忽短命，孤何赖哉！"刘备东伐，诸葛瑾在南郡（治今湖北省荆州市江陵县），有人告发他与刘备交通，孙权却处之泰然，把告发信转给了诸葛瑾。孙权对人说："孤与子瑜有死生不易之誓，子瑜之不负孤，犹孤之不负子瑜也。"（《三国志·诸葛瑾传》）陆逊镇西陵（今湖北省宜昌市东南），孙权委以结和吴蜀的重任，刻了一个自己的印章交给他。"权每与禅、亮书，常过示逊，轻重可否，有所不安，便令改定，以印封行之"（《三国志·陆逊传》）。

其三，孙权不仅有知人之明，用人之量，而且深得用人之法，结之以情。张昭、周瑜原是孙策倚重的文武重臣。孙权统事，待张昭以师傅之礼而兄事周瑜。张昭、周瑜非常感佩，尽心相辅。赤壁之战，周瑜对曹操所遣说客蒋干说："丈夫处世，遇知己之主，外托君臣之义，内结骨肉之恩，言行计从，祸福共之，假使苏、张更生，郦叟复出，犹抚其背而折其辞，岂足下幼生所能移乎？"一席效忠的肺腑之言，使得蒋干佩服得五体投地。建安元年（公元196年），孙权在宣城（今安徽省宣城市西）被山越所困，短兵相接，身陷重围，敌人的刀剑砍中了孙权的马鞍,情势万分危急。周泰死命冲突,身受十二处大伤,才保护孙权死里逃生。事隔十八年,建安十八年(公元213年)孙曹濡须(今安徽省芜湖市无为县东南)之战,孙权用周泰为濡须督,东吴名将朱然、徐盛为泰部将,心中不服。孙权不动声色,为诸将举行宴会,他亲自给周泰敬酒,让周泰脱下衣服,亮出累累创伤,一一讲述每一疤痕的战斗事迹。君臣二人,一问一答,说到动情处,孙权拉住周泰的臂膀,泣不成声。孙权当即把自己用的头巾和车盖赏赐给周泰。宴会结束,孙权奏军乐,在一片肃穆的鼓角声中,让周泰作前导,诸将簇拥,散出宴会场。孙权动之以情,使诸将和睦。文武大臣的丧葬,孙权极为重视。张昭、顾雍、朱然、吕范等的丧礼,孙权亲临吊慰,素服举哀。周瑜、鲁肃、吕蒙、甘宁、凌统等虎将死后,孙权为之痛惜,流涕哀伤,厚待家属。凌统死,留下两个孤儿,孙权养于宫中,待之如同亲子。每宴宾客,孙权叫他们来会客,夸奖说:"此吾虎子也。"又延请师傅,令其修文习武,长成后还其父兵。孙权晚年,一度昏聩,诛杀了吾粲、朱据等重臣;又多次斥责陆逊,致使逊恚恨而死。后孙权醒悟,追悔莫及。他流着眼泪对陆逊之子陆抗说:"吾前听用逸言,与汝父大义不笃,以此负汝。前后所问,一焚灭之,莫令人见也。"这一肝膈之言,出自老态龙钟的专制君王之口,至今读来还令人激动不已。想当年的孙吴臣僚,自然乐于效命了。

在孙权"亲贤贵士,纳奇录异"的推诚用人政策下,远近奇士,争相效命。孙吴人才济济,虽逊于曹魏,却远远超过了蜀汉。虞翻,曹操征之不去。甘宁,蜀将,冒难来投。由孙权举拔的文武大臣如银汉星光，灿烂列目。顾雍、诸葛瑾、步骘、严畯、阚泽、薛综、士燮、鲁肃、吕蒙、周泰、甘宁、凌统、徐盛、潘璋、丁奉、朱然、吕范、朱桓、陆逊、陆抗、吕岱、周鲂、钟离牧、潘濬、陆凯、是仪、胡综、陆绩、诸葛恪等，都得到了效命的机会，各尽其能。父兄孙坚、孙策留下的功臣宿将有程普、黄盖、韩当、蒋钦、陈武、董袭、朱治、张昭、张纮、太史慈、周瑜、虞翻、贺齐、全琮等，亦倾心折服，辅弼孙权。纵观江东才俊，近四分之三为孙权所简拔。如此众多的人才效命孙权，他怎能不据有江东！故王夫之曰："蜀汉之义正，魏之势强，吴介其间，皆不敌也，而角立不相下；吴有人焉，足与诸葛颉颃，魏得士虽多，无有及之者也。"（《读通鉴论》卷十）

江淮抗曹

赤壁大战后，孙权分地置郡，整顿内部，巩固地盘。建安十六年（公元211年），自京城（今江苏省镇江市）徙治秣陵；次年，改秣陵名建业（今江苏省南京市）。曹操在荆州败北，转而从徐、扬攻孙权，争战淮南。孙权闻曹操将领来攻，采吕蒙之策，在濡须水入江口修筑坞堡待敌，称濡须坞。孙曹在此，发生两次大战。

孙曹第一次濡须之战

建安十七年（公元 212 年），曹操征陇右班师，已无西顾之忧，决定用兵淮南进攻濡须。出兵前，曹操命阮瑀致书孙权，劝其归顺朝廷。书信说：

我几年前已经在谯县制造了大批舟船，训练水军，目的你是清楚的。你不要认为我势少力乏，不能远征，想划江据守，以求平安，这很难办到。你想用水军扼守长江险要，使王师不能渡江，这是打错了算盘。长江虽然宽广，但东西战线很长，是难以守卫的。你如果抗击刘备，用行动来表示归附，我将永远委托你治理江南广大地方，给你高位和重爵。这样，你享其荣华，我得到不劳兵锋之利，双方受益，难道不好吗？(《文选》卷四十二)

孙权没有屈服曹操的压力，临江扼守。但这封信为后来孙权称臣曹魏，袭夺荆州开了方便之门，留了活口，它的影响是不可低估的。

建安十八年（公元 213 年）正月，曹操率领号称四十万的大军攻破孙权江西营，俘获都督公孙阳。孙权带领七万大军来迎战，两军相持了一个多月，二三月雨水转多。孙权写信给曹操说："春水方生，公宜速退。"意思是说，春天一来，水势高涨，气候转暖，便于东吴水军作战，还是早日退去为好。孙权在另一页信纸上还写下"足下不死，孤不得安"两句话，算是给了曹操一个台阶。曹操对诸将说："孙权没有欺骗我。"于是退兵，四月回到邺城。

次年，孙权纳吕蒙之言，亲征皖城。他以吕蒙、甘宁为将督众攻城，很快攻下城池，俘获庐江太守朱光及男女数万口。其后，又领军十万攻合肥，攻而不克。孙权在逍遥津遭张辽袭击，险些被擒，凌统、吕蒙以死保卫，赖战马跨越津桥才得以幸免。

孙曹第二次濡须之战

孙权合肥战败后两年，建安二十一年（公元216年）冬，曹操再次南征孙权，发动了第二次濡须之战。曹操路过合肥，巡视张辽打败孙权的地方，赞叹了好一阵，给张辽增加了军队。第二年正月，曹操进兵到居巢（今安徽省桐城市南），二月进攻濡须。孙权在濡须口筑城拒守，以吕蒙为都督，在城上设强弩万张。当时甘宁为前锋，乘曹操前营扎寨未稳之时，率领敢死队一百多人乘夜突袭曹军，取得初战胜利。孙权高兴地说："曹孟德有张辽，我有甘兴霸，可以说旗鼓相当了。"双方对峙，都难一时取胜。孙权遣使求和，曹操北还，留下伏波将军夏侯惇等屯驻居巢，孙权留平虏将军周泰守护濡须，双方形成了对峙的局面。

江淮抗曹，建起江北防线

孙权在江淮抗曹，除了在濡须两次阻击曹操外，还亲自六争合肥，均无功而返。孙权如此用力淮南，其目的有二：发展顺利，突破淮水，据有淮南，把防线建立在淮水之北；若其不利，必须保有江北之地，在长江北岸筑起江北防线，建立起稳固的江防体系，确保江东安全。

这一目的孙权达到了，本书将在后面第十四章"三国对峙"中详述吴国的江防体系，兹从略。

孙权建立并稳固江北防线后，因荆州归属与刘备发生尖锐矛盾。孙权为避免两面受敌，于建安二十二年（公元217年）春，"令都尉徐详诣曹公请降"。曹操正欲挑动孙刘不和，打破两家联盟，于是"报使修好，誓重结婚"，应允与孙氏再次通婚。孙权便把精力转向荆州。

生子当如孙仲谋

建安十八年（公元213年），曹操出兵濡须伐吴，孙权御敌，两雄相会。曹操水军屯扎洲上。孙权夜半乘船侦察曹军虚实，曹操命弓箭手一齐放箭，孙权乘船一边受箭，船重倾斜，眼看就要翻船，孙权掉过船头，使船两边受箭，箭均船平，然后吹乐打鼓得胜还营。孙权探营受箭，就是《三国演义》中诸葛亮草船借箭的原型。曹操感慨孙权英武，长声叹息说："生子当如孙仲谋，刘表的那些儿子，只不过是一群猪狗罢了。"从不服输的曹操，感到遇上了对手，把孙权看作英雄，这一回曹操不战主动退走。这就是强者尊重对方，英雄惜英雄。

能屈能伸

赤壁大战后,形势发生大变化。曹操在荆州败北,转而从徐、扬进攻孙权,直接威胁孙吴江东根据地。孙权为自保,采取了一系列的军政与外交措施,巩固江东政权。对内,分地置郡,整顿内部,巩固地盘。建安十六年(公元211年),孙权从京城(今江苏省镇江市)徙治秣陵,次年,改秣陵名建业(今江苏省南京市),政治中心上移,意味着孙权加强对淮南的争夺。对外,孙权忍痛把荆州南郡借与刘备,使其在长江上游牵制曹操。在军事上,孙权采纳吕蒙之策,在长江北岸濡须水入江之口,修筑坞堡待敌,称濡须坞。孙曹在此,发生了两次大战,孙权阻挡了曹操的南下;同时,孙权北上,九征淮南,六攻合肥,虽然败多胜少,却是稳固地建立起了江北防线,捍卫了孙吴政权。

能屈能伸才是大丈夫,孙权正是这样的大丈夫,陈寿称赞他"有勾践之奇英"。孙权实力未丰,为了建立江北防线,可以借荆州给刘备,此是屈。当实力已丰,江北防线已固,孙权掉头西进,向刘备讨回荆州,不惜用武,这就是伸。孙权避免两线作战,忍辱附曹,对魏称臣,接受曹丕吴王封号,这是更大的屈。当荆州到手,曹丕征质,孙权临江拒守,修好吴蜀,这是更大的伸。孙权能屈能伸,运用自如,使吴国始终避免了两线作战,吴国稳如泰山。

建安十九年(公元214年),孙权令诸葛瑾去索回荆州。刘备说:"吾方图凉州,凉州定,乃尽以荆州与吴耳。"孙权对刘备借地不还,一再以虚假之词拖延很恼怒，便设置长沙、零陵、桂阳三郡长吏，去强行接管。不料，统统被关羽赶了回来。孙权即派吕蒙、鲁肃领兵攻取，自驻陆口（在今湖北省赤壁市），为诸军节度。吴军很快拿下三郡。刘备急速从成都领兵下公安（今湖北省荆州市公安县西）。双方剑拔弩张，大战一触即发，适逢曹操领军入汉中，刘备怕益州有失，遣使向孙权求和。孙权也因力量不足，令诸葛瑾回报。双方又重申盟好，于是中分荆州。长沙、江夏、桂阳东属孙权，南郡、零陵、武陵西属刘备。

建安二十二年（公元 217 年），吕蒙接替鲁肃督荆州诸郡。他劝孙权放弃进攻徐州，转而西攻关羽，全据荆州，发展势力。孙权深以为然。于是，他放弃孙、刘联盟，向曹操请降，窥测时机，谋夺荆州。两年后，关羽重兵围襄阳，后方空虚。孙权上书曹操，求袭关羽。曹操许以事成后孙权独占荆州。孙权袭杀关羽，向曹操奉上关羽首级，同时进献贡奉。曹操表孙权为骠骑将军，假节，领荆州牧，封南昌侯。

黄初二年（公元 221 年），刘备领兵伐吴，欲夺回荆州。孙权一方面以陆逊为督，率朱然、潘璋、韩当、徐盛等大将拒之，另一方面向魏文帝曹丕"遣使称臣，卑辞奉章"。曹丕接受孙权的投降，封孙权为吴王。江东群臣以为不应接受魏国封号，孙权说："昔沛公亦受项羽封为汉王，此盖时宜耳，复何损邪？"并遣使称谢。曹丕乘机索求大批珠宝异物。江东群臣又反对，说："贡有常典，魏所求珍玩之物非礼也，宜勿与。"孙权说："彼所求者，于我瓦石耳，孤何惜焉？"他认为，刘备大军压境，舍珍玩求保荆州，是"以轻代重"；

草船借箭

肯定有诈！！来啊！放箭！

第十章 孙权：三分天下的导演者

况且曹丕为帝，自己称臣，所求不过如此，和他哪有理可讲；因此，"皆具以与之"。

孙权低声下气向曹魏称臣，一再遣使纳贡，奉献方物。曹丕受到迷惑，孙权避免了魏的攻击，得以全力对蜀。吴黄武元年（公元222年）三月，陆逊大败刘备，最后确立了江东对荆州的统治权。黄龙元年（公元229年），孙权登基称帝，三国中的最后一国——吴国正式建立。

早年晚年判若两人

孙权的晚年和他的前期相比，判若两人，可以说历史上有两个孙权。

好大喜功

登上皇帝宝座后，孙权的猜忌之性和自以为是的恶习逐渐暴露，首先表现出来的就是好大喜功，违众加封辽东公孙渊，使吴国遭受惨重损失。嘉禾元年（公元232年），割据辽东的公孙渊向吴称臣。孙权大喜，为之大赦天下，并于次年派太常张弥、执金吾许晏、将军贺达等将兵万人，携金银珠宝去授公孙渊为燕王，并赐九锡。满朝文武以张昭、顾雍为首，纷纷进谏，认为公孙渊乃反复小人，不可轻信，孙权固执不听。张昭力谏，孙权竟拔刀在手，要杀张昭。后来，公孙渊斩杀吴国大臣，倒向魏国。孙权受骗后，不思自己不听规劝之过，反而迁怒于公孙渊，要发兵征讨，被群臣劝止。

宠信奸佞

孙权即位后猜疑心加重，设置中书典校郎（简称"校事"）、察战两职，监视文武官员。吕壹为中书典校郎时，滥相纠举，使"无罪无辜，横受大刑"，而孙权却十分宠信他。丞相顾雍无故被举罪，遭到软禁；江夏太守刁嘉被诬陷，几乎受诛。太子孙登屡次劝谏，孙权不听。大将军陆逊见吕壹"窃弄权柄，擅作威福"，无人可禁止，与太常潘濬"同心忧之，言至流涕"（《三国志·陆逊传》）。骠骑将军步骘多次上书，揭露吕壹罪行，希望孙权改变"虽有大臣，复不信任"的状况，信用顾雍、陆逊、潘濬等忠贞股肱之臣（《三国志·步骘传》）。而孙权置若罔闻。潘濬见孙权如此不听忠言，竟想借宴会袭杀吕壹。孙权宠信奸人吕壹，东吴群臣无法忍受。后来吕壹虽因陷害左将军朱据，事情败露被杀，但校事之官仍然不废。

吕壹被处死后，孙权也引咎自责，承认过失，还派中书郎袁礼去向大臣们征求对时政的意见，但大臣们不再畅所欲言了。诸葛瑾、步骘、朱然、吕岱推说不掌民事，缄口不言。而陆逊、潘濬"怀执危怖，有不自安之心"，也不愿说什么。孙权得知，下诏责备他们，替自己辩护。孙权后期的刚愎自用和日益发展的猜忌心，使东吴前期那种君臣和睦、上下同心的局面一去不复返了。

废立太子，举国中分

黄初二年（公元 221 年），孙权为吴王，即立长子孙登为王太子。称帝后，又以登为皇太子。孙登不幸于赤乌四年（公元 241 年）夭亡。其时次子孙虑早亡，孙权便于次年立第三子孙和为皇太子，以第四子孙霸为鲁王。孙权偏宠鲁王，使他与太子同居一宫，享受同等礼遇。后大臣上言："以为太子、国王上下有序，礼秩宜异"（《三国志·孙和传》裴注引殷基《通语》）。于是，孙权使二子分宫，各置僚属。

孙霸觊觎太子之位，便拉帮结党，发展势力。骠骑将军步骘、镇南将军吕岱、大司马全琮、左将军吕据、中书令孙弘等阴附鲁王，潜毁太子。丞相陆逊、大将军诸葛恪、太常顾谭、骠骑将军朱据、会稽太守滕胤、大都督施绩、尚书丁密等奉礼而行，尊事太子。中朝外朝官僚将军大臣举国中分，形成拥嫡和拥庶两派。孙霸谋夺太子位的野心日益暴露，陆逊、顾谭及太子太傅吾粲等拥嫡派数陈嫡庶之义，理不可夺。而孙权听信拥庶派全寄、杨竺的逸言，流放顾谭，诛杀吾粲。陆逊因数次上书陈述嫡庶之分，孙权也派宦官去指责，致使陆逊忧愤成疾而死。

残杀忠良，国势衰微。由于皇太子之位的斗争愈演愈烈，孙权看到"子弟不睦，臣下分部，将有袁氏之败"，十分担心。他不分是非曲直，幽闭太子孙和。拥嫡派朱据、屈晃、陈正、陈象等人上书固谏不止，孙权大怒，"族诛正、象、据，晃牵入殿，杖一百"（《三国志·孙和传》）。赤乌十三年（公元 250 年），孙权废黜太子孙和，群臣纷纷劝谏。孙权又诛杀或流放进谏的朝臣大将数十人，"众咸冤之"。同时，他又下令孙霸自杀，并且以结党诬陷孙和的罪名，诛杀了拥庶的全寄、吴安、孙奇、杨竺等人。这一事件，使得吴国一大批文臣武将先后遭到贬官、流放或诛杀。从此，东吴国势衰微，一蹶不振。

废黜孙和后，孙权立少子孙亮为太子。不到两年，孙权就患病死了。孙亮即位，年仅十岁。

人物小档案

姓名：孙权，字仲谋
生年：汉灵帝光和五年（公元182年）
属相：狗
卒年：吴大帝神凤元年（公元252年）
享年：71岁
庙号：吴太祖
谥号：吴大帝
父亲：孙坚
母亲：吴氏
继承人：吴会稽王孙亮
最得意：少年得志，坐镇江东
最失意：十万大军惨败合肥，差点被俘
最不幸：二子争储，赐死第四子鲁王孙霸
最痛心：太子孙登英年早逝
最擅长：平衡外交

相关阅读书目推荐

（1）陈寿：《三国志》卷四十七有传。
（2）尹韵公：《孙权传》，吉林文史出版社，1990年。
（3）章映阁：《孙权弘传》，上海人民出版社，1991年。
（4）张大可：《三国史研究》《三国史》，华文出版社，2003年。

第十一章

孙吴五儒将之周瑜

引言

所谓儒将，就是会打仗的知识分子。儒将不同于骁将，不以马背突击为长，而用谋略争胜于疆场。风流儒雅，谈笑间使敌虏败阵。儒将也不同于智囊，不仅善于谋划，运筹帷幄，而且还善于驭将练兵，重威仪，令行禁止，胆略超群。儒将都具有大政治家的气质，不仅懂得用兵之法，而且还懂得用兵之理，不穷兵黩武，深固根本，维护民生。儒将，大都具有高强度的理智，越是危急关头，越能沉着冷静，因而充分发挥其智谋转危为安。儒将，多能重去就之节，扶微济困，志存靖乱，性行忠纯。三国时诸葛亮，长于治国，又善驭戎机，是最典型的儒将。此外，数吴国多士，有五儒将：周瑜、鲁肃、吕蒙、陆逊及其子陆抗。周、鲁、吕三人合传，为孙吴开国名将；陆逊专传，附其子陆抗，父子二人为吴国中、后期中流砥柱。本书分三章来说，这里先说赤壁建功的周瑜。

风流帅哥，交对朋友娶好妻

周瑜（公元175—210年），字公瑾，庐江舒县（今安徽省合肥市庐江县西南）人。他出身于世家大族，有深厚的文化修养。曾祖周荣在东汉章帝、和帝时任尚书令，堂祖周景以"廉能见称"，官至太尉。父亲周异曾任东汉雒阳令。叔父周尚为丹阳（治今安徽省宣城市）太守。

周瑜好交游，与孙策同年，特别友好。周瑜常去孙策家，曾升堂拜孙母，等于是认了义母。孙母视周瑜如同己子。孙策死后，孙母让孙权以兄侍周瑜。

周瑜十分豪爽慷慨，中平六年（公元189年），孙坚兴义兵讨董卓，孙策与其母从吴郡富春迁到舒县依托于周瑜家。周瑜拨出道南一幢大宅给孙氏母子居住。

初平三年（公元192年），孙坚战死，孙策代领父兵，依附于袁术。兴平二年（公元195年），孙策脱离袁术开拓江东基业，写信相召周瑜。周瑜从叔父丹阳太守周尚那里带兵迎孙策。孙策高兴地说："我得到你，大事一定可成。"可见倚重之深。周瑜与孙策向扬州刺史刘繇的领地进攻。连破横江、当利（均在今安徽省马鞍山市和县东）、秣陵（今江苏省南京市）湖孰（今江苏省南京市江宁区东南）、江乘（今江苏省句容市西北），进入曲阿（至今江苏省丹阳市），赶走了刘繇。这时，孙策已拥兵数万，就遣周瑜回丹阳镇守。不久袁术派堂弟袁胤为丹阳太守，周瑜转为居巢（今安徽省桐城市南）长。

周瑜与孙策，两人姿貌英俊，性情恢宏，一表人才，是标准的帅哥，人们皆以郎称呼，称孙策为孙郎，称周瑜为周郎。周瑜精通音乐，醉酒之时也能听辨出曲子是否弹奏得准确。所以江东流行着这样的话："曲有误，周郎顾。"

建安三年（公元198年），孙策与周瑜两千人马去镇守长江要津牛渚（至今安徽省马鞍山市当涂县西北），发兵攻皖（今安徽省潜山市）。攻破皖城之后，得到貌美倾国的乔公二女，大乔嫁给孙策，小乔嫁给周瑜，成为一段佳话。苏东坡写入《赤壁怀古》词中赞咏说"小乔初嫁了，雄姿英发"，更增添了这一佳话的神韵。这一故事也给小说家创作提供了素材。

《三国演义》第四十四回，"孔明用智激周瑜"，说周瑜主降，诸葛亮激怒周瑜抗曹，诡称曹操建造"铜雀台"，引大军南下就是要获得大乔、小乔（即历史上的大桥、小桥）二美充填铜雀台。诸葛亮吟咏曹植的《铜雀台赋》说："揽二乔于东南兮，乐朝夕之与共。"曹植原作中就没有这两句，纯粹是诸葛亮的杜撰，周瑜果然被激怒了。这当然是小说家的创作。孙策、周瑜，一对英雄少年，都是美男子，

周瑜

第十一章 孙吴五儒将之周瑜

大乔、小乔，国色天香，英雄配美人，成对又成双，在战乱环境中，增添了无限花絮。《江表传》记载，孙策对周瑜说："乔公二女逃难至此，受了许多苦，如今得到我们两位好夫婿，可以说是苦尽甘来了。"

赤壁之战的正牌主角

赤壁之战，孙刘联军统帅是周瑜。当年周瑜34岁，风华正茂，建立赤壁大捷的奇功，春风得意可知。宋代大诗人苏东坡《赤壁怀古》，盛赞周瑜赤壁建功，说："遥想公瑾当年，小乔初嫁了，雄姿英发。羽扇纶巾，谈笑间、樯橹灰飞烟灭。"羽扇纶巾，是何等的风流儒雅。戏剧舞台上，常见摇羽扇的诸葛亮，其实这也是周瑜的形象。

建安十三年（公元208年），曹操大军南下，刘琮投降，刘备溃败。曹操便给孙权下战书，发动赤壁之战[1]，孙权帐下，以张昭为首的文臣认为曹操挟天子以命诸侯，不可抗拒，极力主张只有投降这一条路。张昭既是文臣之首，他的主张代表了多数人的立场。周瑜挺身而出，力排众议，驳斥了这种投降的论调。他首先指出，"操虽托名汉相，其实汉贼也"。既然是汉贼，那么为汉王朝讨贼，自然是正义之师。这就在政治上与精神上建立了支柱，在理论上使孙权抗曹名正言顺，

---

1 赤壁的具体位置有多种说法，最常见的是湖北省赤壁市西北的赤壁山，及武汉市江汉区全口镇的赤矶山等。

有了根据，以此号召天下，可以取得更广泛的支持。接着他说："将军以神武雄才，兼仗父兄之烈，割据江东，地方数千里，兵精足用，英雄乐业，尚当横行天下，为汉家除残去秽。况操自送死，而可迎之耶？"周瑜这番话，正是针对孙权及群臣胆怯心理而发的。但这并未完全解除孙权的担忧。接着周瑜又指出曹军不利的四个方面：一、北土未安，操有后患；二、北方步卒，不习水战；三、战线太长，供应不济；四、北兵不习水土，必生疾病。周瑜透过曹军强大的表面现象，洞悉了曹军虚弱的本质，故而得出了正确的结论："此数四者，用兵之患也，而操皆冒行之。将军擒操，宜在今日。瑜请得精兵五万人，进驻夏口，保为将军破之。"孙权听了周瑜精辟的分析，解除了顾虑，信心倍增，精神大振，说："孤与老贼，势不两立！"猛地拔出佩刀向奏案斫去，大声说："诸将吏敢复有言当迎操者，与此案同！"孙权表明了自己的决心，并决定联合刘备，共破曹操。

散会的当夜，周瑜又面见孙权，进一步分析双方的力量对比。周瑜说："曹操下战书，声称八十万，完全是虚张声势，就把张子布等人吓住了。实际上，曹操只有十五六万人，已经十分疲乏，所得七八万荆州水军，尚未心服。曹操用疲病之卒，驱赶着狐疑之众来和东吴较量，是自来送死。您给我五万精兵，就足以对付曹操了。"周瑜这一席话使孙权彻底安下心来，他说："五万兵一时难以聚合，你先领三万兵前去对敌，我领大军继后。"孙权于是任命周瑜为左督，程普为右督，领兵三万，与曹军在赤壁山隔江对峙。

周瑜认为以少胜众只可智取，不可力敌。他趁曹军初到水上，还

第十一章 孙吴五儒将之周瑜　　　　　　　　　　　　　　　　**257**

不习水战，且又在进行中没有准备应战，突然向曹军发起了进攻，打了一个胜仗。初战胜利，大大鼓舞了江东士气。曹操停止了前进，把大军收缩在江北，又下令把战船用铁链连接起来，在上边加紧训练士卒。周瑜又用黄盖诈降计，火攻曹军。曹军此役损失惨重，只得退回北方。孙刘联军经过一年的征战，刘备获得了江南四郡，周瑜占了长江沿线的南郡、临江郡和江夏郡部分地区，曹操保有襄阳郡、部分江夏郡以及南阳章陵、南乡三郡，曹孙刘三分荆州，三国鼎立的局面初步形成。

周瑜是被诸葛三气身亡的吗？

《三国演义》把周瑜描写成了一个气度褊狭，忌才妒能的人物，被诸葛亮用计气死了，甚至临死还说出"既生瑜，何生亮"的话，让一代名将声誉蒙冤。实际上周瑜是一个儒雅风流、气度轩昂，很有大将风度的人物。周瑜非常顾全大局，气量宽宏。他赢得老将程普的敬重，就是生动的例证。老将程普倚老卖老，故意挑刺，"多次凌辱周瑜"，周瑜以大局为重，不与计较，态度谦恭温和，时间一长，程普自愧不如，真心折服，对人说："与周公瑾交，如饮美酒，不觉自醉。"两人成了好朋友。

但是周瑜之死，与诸葛亮的确有些瓜葛。两人各为其主，政治谋略水火不容。诸葛亮的隆中路线是辅佐刘备成帝业,荆州、益州是刘备的地盘。周瑜的路线是竟长江之极,要夺取荆州、益州,划江与曹操抗衡。赤壁战后,周瑜与曹仁争夺南郡,打了一年多的仗,周瑜虽然取得了胜利,确也费了很大的力气,左肋还受了箭伤。孙权拜他为偏将军,领南郡太守,屯驻江陵。刘备在江南,刘琦死后,他称荆州牧,驻屯在公安。卧榻之侧,岂容他人酣睡,刘备实在是周瑜心上的一块心病。

建安十五年(公元210年),刘备入吴,周瑜建言孙权扣留刘备,孙权未听,还答应把荆州南郡借给刘备,要周瑜让出地盘,周瑜生气,可想而知。周瑜不向刘备交割南郡,而是向孙权提出出兵伐蜀的建议。

周瑜说:"趁曹操吃了赤壁大败仗的机会,让我和奋威将军孙瑜一起去取蜀,再并了汉中张鲁。然后,留下奋威将军守蜀地,与马超结盟;我与将军您前据襄阳,压迫曹操。实现了这一步,北方就可以拿下来。"孙瑜是孙权的堂弟,一直与周瑜并肩作战,是孙氏宗室勇将。伐蜀要发大兵,为了打消孙权的疑虑,周瑜提出要孙瑜同行。为此,周瑜回到建业与孙权商量。这一次孙权同意了,让周瑜带领大军西上。刘备发出警告,派兵阻拦,周瑜未敢轻进,驻屯巴丘(今湖南省岳阳市)。周瑜这时确实感到力不从心,箭疮复发,也就短命死在那里,时年三十六岁。

周瑜死后,孙权极为悲哀。他说:"公瑾有王佐之资,今忽短命,孤何赖哉!"后来孙权称帝,抚今追昔,还念念不忘地说:"孤非周公瑾,不帝矣!"由此可见周瑜对孙吴政权的贡献了。刘备在荆州,周瑜的计划是难以实现的。所以他忧劳成疾，死在巴丘。赤壁战后，周瑜一直带着箭伤在前线战斗，既要防曹，又要西征；面前有刘备挡道，这始终是周瑜的一块心病。于是他不顾客观环境，给自己提出了力不从心的艰难任务，也就短命而死了。

史家的周瑜与小说家的周瑜

在《三国演义》中，诸葛亮成了第一主角，周瑜就倒了霉头。因为赤壁之战，主角是周瑜，诸葛亮是配角，小说家将两人的主角、配角地位做了颠倒，是非也就颠倒了。周瑜的辉煌成了诸葛亮的衬托，甚至诸葛亮是君子，周瑜是小人，气度褊狭，他被诸葛亮略施小计就气死了，可以说周瑜蒙奇冤，名誉受损，是三国时代的第一冤案。

历史家眼中的周瑜

周瑜是孙吴集团主战派的中坚，他的一席透彻明晰的敌情分析，给孙权吃了定心丸。周瑜文武双全，智勇兼备，他自信统兵五万，足可破曹。孙刘联军能取得赤壁之战的胜利，周瑜与鲁肃、诸葛亮三人都起了不同的作用，而以周瑜的作用为最大。最重要的是，周瑜以少胜众，打败了足智多谋，以往百战百胜的第一流政治家、军事家曹操，终止了他南下的脚步，创造了中国战争史上的奇迹。在刘备走投无路的时候，周瑜挽救了刘备集团，拉开了三国鼎立的序幕，是一个真正的大英雄。

西晋史学家陈寿给予了周瑜崇高的评价和赞誉，说周瑜、鲁肃"建独断之明，出众人之表，实奇才也"。又通过孙权之口说："公瑾雄烈，胆略兼人，遂破孟德，开拓荆州，邈焉难继。"又说："非公瑾，不帝矣。"没有周瑜，就没有赤壁之战的胜利，就没有孙吴政权，孙权称不了帝，更何谈有蜀汉。陈寿对周瑜的人格魅力也有真切的描述。说周瑜"长状有姿貌"，高高大大的美男子。周瑜恩信著于庐江，军民爱戴；主上孙策、孙权倚为腹心，器重非凡；年二十四岁，娶了国色天香的小乔，家庭、事业两不误。周瑜外貌内才，气度修养，都是一个大丈夫。人生得意，他都占全了。这就是历史家眼中的周瑜，一个真实的周瑜，幸运极了。

《三国演义》中的周瑜

罗贯中是一位优秀的小说家，他没有故意贬低周瑜，而是借周瑜这个强人衬托诸葛亮，只好做冤大头了。在罗贯中笔下，我们只要单独看周瑜，也是一位风流倜傥的大英雄，赤壁之战周瑜诓蒋干，火攻破曹兵，写得精彩淋漓。但是只要周瑜碰上诸葛亮，一切就颠倒了。本来周瑜是主战派，但是碰到诸葛亮，周瑜变成了投降派，是诸葛亮用激将法才打起了周瑜的精神，也不过是为了保有小乔才出战，气度实在褊狭。赤壁之战，前后八回，回回都是诸葛亮占了重头戏，处处都是他的神机妙算。诸葛亮舌战群儒、智激周瑜、草船借箭、筑七星坛借东风，这才成就了周瑜赤壁建功。要是没有东风，那就要"东风不与周郎便，铜雀春深锁二乔"了。再看周瑜，他简直就是战国时的庞涓。庞涓忌才，谋害同窗好友孙膑，到头来得了现世报，死于马陵道。周瑜也忌才，为了孙吴的前途和个人的名利，慨叹老天爷"既生瑜，何生亮"。从聚铁山断曹操粮道，到草船借箭、七星坛追斩诸葛亮，周瑜处心积虑要取诸葛亮的性命，一步步把诸葛亮逼上死路，可是魔高一尺，道高一丈，诸葛亮巧施小计，不但一一化险为夷，还设圈套，三气周瑜，使周瑜走上了绝路。周瑜斗不过诸葛亮，箭伤复发，吐血而死，成了第二个庞涓，你说冤不冤？

如何评判瑜亮之间的是非

人际关系，非常复杂。有君子与小人之斗，有君子与君子之斗，有小人与小人之斗。庞涓与孙膑是小人与君子之斗，庞涓是小人，孙膑是君子；周瑜与诸葛亮之斗，是君子与君子之斗，两人各为其主，不应以寻常论是非。周瑜主战，可是不愿意联合刘备，而是要趁刘备之危，控制刘备，要除掉刘备身边的能人，这是太正常不过的事了。虽然三气周瑜纯属子虚，但也有一些史影。周瑜受箭伤是真，他反对联刘，要控制刘，也是真。他认为江东之众，足可抗曹，这一点不及鲁肃和孙权高明，政治气度有些褊狭。周瑜不顾曹军压境、刘备已占稳江南的现实，强行西进，给自己提出了不可能实现的任务，愁思满腹，箭伤复发，死于巴丘，英年陨落，令人叹惋。周瑜之死，一半的确是气度褊狭所致。这和孙策之死，性气暴烈，何其相似。

罗贯中为了写好第一主角诸葛亮，只好委屈大才周瑜做陪衬，获得了艺术上的极大成功。一支笔，不能面面顾到，小说家只好伤害周瑜了。不过，罗贯中也很好地把握了分寸，周瑜害诸葛亮，为了事业，不是忌才，因此面目并不可憎，相反，让人理解。究其因，罗贯中不仅写出了二人各为其主，而且写出了君子与君子斗，无论是对第一主角诸葛亮的夸张虚构，还是对周瑜褊狭的夸张描写，都有史影，虚虚实实，合乎情理。罗贯中没有埋没周瑜的功劳，只是委屈他做了诸葛亮的陪衬，所以周瑜声誉蒙冤，只是艺术化身的蒙冤，并不是生前有灾难。人们爱诸葛亮，并不恨周瑜。这真是大手笔。

人物小档案

姓名：周瑜，字公瑾
生年：汉灵帝熹平四年（公元175年）
属相：兔
卒年：汉献帝建安十五年（公元210年）
享年：36岁
谥号：无
父亲：周异
继承人：周胤
最得意：娶国色天香小乔
最失意：西进益州为刘备所阻
最不幸：英年早逝
最痛心：陪衬诸葛，声誉蒙冤
最擅长：曲有误，周郎顾

相关阅读书目推荐

（1）陈寿：《三国志》卷四十七有传。
（2）尹韵公：《孙权传》，吉林文史出版社，1990年。
（3）章映阁：《孙权新传》，上海人民出版社，1991年。
（4）张大可：《三国史研究》《三国史》，华文出版社，2003年。

第十二章

孙吴五儒将之鲁肃、吕蒙

引言

西汉高祖刘邦品评开国功臣,并称张良、萧何、韩信,史称汉之三杰。孙权品评孙吴开国功臣,并称周瑜、鲁肃、吕蒙,是吴国的三杰。《三国志》三人合传。本章评说鲁肃、吕蒙。

鲁肃三奇策奠定孙吴立国基石

鲁肃（公元172—217年），字子敬，临淮东城（今安徽省滁州市定远县东南）人。他出生富家，少失父亲，依靠祖母抚养成人。汉末，豪强蜂起，鲁肃为应对时变，学剑习射，常聚集一批青年，以出猎为名，往山中练武治兵。他与周瑜友善，结为知己。公元200年，鲁肃过江佐孙权，建言三大奇策：一论帝王之业；二定联刘抗曹之策；三建言以土地资刘备，树操之敌。鲁肃三奇策，奠定了孙吴的立国基石。

鲁肃过江，纵论帝王之业

建安五年（公元200年），江东局势剧变，急需贤才辅佐。周瑜荐鲁肃过江去投孙权，鲁肃欣然前往，时年二十九岁。

鲁肃过江，孙权问计，单独宴请密谈。孙权表示：如今汉朝岌岌可危，四方豪杰并起，自己继父兄遗业，拟建齐桓、晋文之功，希望能给予帮助。鲁肃当即指出：汉朝已名存实亡，不可能再复兴。曹操已牢牢控制了天子，又不能把他马上除掉，您怎么能做齐桓、晋文呢？

鲁肃

鲁肃说，英雄乘时，应"建号帝王以图天下"，兴高帝之业。鲁肃并非大言，他从天时、地利、人和各个因素考虑，提出了具体规划，分为三个步骤：第一步"鼎足江东，以观天下之衅"，此为据江东地利以立根本，视形势变化见机而作。第二步，借北方多务之时，"剿除黄祖，进伐刘表""竟长江所极，据而有之"，成南北之局与曹操抗衡。这第二步与周瑜的战略相同。第三步，"建号帝王以图天下"，因人成事，逐鹿中原，一决雌雄。鲁肃论帝王之业的三步规划，周密细致，可以说是东吴君臣的"隆中对策"，可称之为"江东对策"。孙权长史张昭等重臣，深不以为然，他们诋毁鲁肃"年少粗疏""谦下不足"。好个少年英雄的孙权，比群臣识高一筹，听了鲁肃的一席话，茅塞顿开，只恨相见之晚。

赤壁之战，定联刘抗曹之策

　　这是鲁肃佐孙权的第二奇策。赤壁之战，军事指挥，归功周瑜；而战略决策，则首推鲁肃。没有鲁肃定联刘抗曹之策，就没有赤壁之战的孙刘联合。鲁肃定此策谋，冒了很大的风险。孙权任事之后，尊贤纳士，悉心整顿内部，经过几年努力，平定了江东地方豪强武装，完成了鲁肃"鼎足江东"的第一步规划。孙权紧锣密鼓进军荆州，在建安十三年（公元208年）春，建行营于柴桑，一举攻灭黄祖，开始实施鲁肃规划的第二步，准备"竟长江所极"。此时，曹操也率大众南来，发动了声势浩大的荆州之战。刘表被吓死，二子又不协，荆州危在旦夕。面对新形势，鲁肃及时劝孙权改变策略，联合荆州共抗曹操。鲁肃说刘备"天下枭雄，与操有隙"，他请求以吊丧为名去荆州观察形势，见机劝说刘备"同心一意，共治曹操"。鲁肃断言："如其克谐，天下可定也。"并警告说："今不速往，恐为操所先。"孙权智睿明断，立即采纳了鲁肃的策谋，派他去联络荆州。

在历史的转折关头，一刻千金。曹操自是不凡，他轻骑追刘备，一日一夜行三百余里。尽管鲁肃日夜兼程，也迟了一步。等到鲁肃与刘备相会之时，刘备已兵败长坂，恓惶无所依归，失去联吴资本。这时，鲁肃并未动摇联刘决心。他从政治家敏锐的眼光，看到刘备是荆州人望，挫败曹操，必须联刘。他在兵荒马乱之中，宣达孙权旨意，陈说江东力量，劝刘备与孙权并力。这正符合隆中路线，刘备喜不自胜。他放弃了远走苍梧的消极主意，进兵樊口，向孙权靠拢。鲁肃还对诸葛亮说："我子瑜友也。"子瑜是诸葛亮的大哥诸葛瑾的字。鲁肃以此表示了他联刘的真诚，邀诸葛亮过江，共商联盟大计。

在鲁肃的赞助下，孙刘联盟，终于大功告成。

建言以土地资刘备，树操之敌

这是鲁肃佐孙权的第三奇策。诸葛亮在柴桑订盟，明确指出，刘备王室之胄，决心守义兴汉，决不为人之下，因此联合抗操，目的是成鼎足之势，要孙权承认刘备是荆州的主人。诸葛亮对孙权说："今将军诚能命猛将统兵数万，与豫州协规同力，破操军必矣。操军破，必北还，如此，则荆、吴之势强，鼎足之形成矣。"打败曹操，荆州归刘，这是孙权许下的订盟诺言。成大事者，不得负义。鲁肃劝孙权借地资刘备,"多操之敌,而自为树党,计之上也"。所谓借荆州,仅指南郡而已。孙刘联盟抗曹,刘备要求有一个与敌人曹操邻接的前沿阵地,也是名正言顺的,设若孙权不借地给刘备,曹操在襄阳,刘备在公安,江陵腹背受敌,如何能守得住?孙权借地,既是信义,也是形势使然。建安十五年(公元210年),刘备到东吴省亲,在京口见到孙权,借荆州南郡江陵。周瑜、吕范都劝孙权扣留刘备,孙权以曹操在北,疆场未靖,听从了鲁肃"树操之敌"的建言,借地给刘备。这一招使曹操震惊,他听到消息,正在写字的笔不觉掉到了地上。由此可见,鲁肃的第三策,也是很高明的。

后来孙权与刘备争荆州,形势转化,他品评鲁肃三策,以前二策为长,后一策为短,此不得视为确论。此外,鲁肃作军,屯营不失,令行禁止,而又不苛酷,也是值得肯定的。鲁肃还有一长,好荐人才,孙权将他比为汉光武帝的邓禹。鲁肃荐周瑜,赢得赤壁大捷;鲁肃荐吕蒙,吴得荆州。

鲁肃单刀赴会责关羽

维护孙刘联盟,终身不易

鲁肃不仅一手促成了孙刘联盟,更为维护这个联盟呕心沥血、费尽心力,诚如王夫之所说"守之终身而不易"(《读通鉴论》卷九)。

鲁肃之所以如此，"鲁、葛定交合力以与操争存亡，一时之大计无有出于此者"（同前引）。建安二十二年（公元217年），鲁肃病逝，孙权为他治丧，并亲自送葬。诸葛亮也对他的去世表示哀悼，这都说明了鲁肃在当时孙刘双方的影响。黄龙元年（公元229年），孙权称帝，临坛，环视公卿大臣，对他们说："当年鲁子敬就曾讲到此事，可说是明于大事啊！"孙权的赞语充分肯定了鲁肃在吴国形成中所起的重大作用。

孙权答应借荆州南郡给刘备，但是周瑜不给。建安十五年（公元210年），周瑜病逝，鲁肃被任命为奋武校尉，代周瑜领兵，屯驻江陵。鲁肃到任，才实现了把荆州南郡借给刘备，这是鲁肃接替周瑜主持军务所采取的一项极其重要的战略措施，意义十分重大。

"借荆州"后，鲁肃领兵四千从江陵移师陆口（今湖北省赤壁市西北陆溪口）驻防，一边操练，一边扩军。鲁肃带兵，赏罚公允，纪律严明，深受士兵爱戴。部队迅速扩大到万余人，他被任命为汉昌太守，升偏将军。建安十九年（公元214年），他随孙权攻破皖城（今安徽省潜山市），又升横江将军。这表明，鲁肃当时不仅韬略过人，也很有领兵作战的实际才能。鲁肃屯陆口，关羽守江陵，鲁肃防区与关羽相邻，关羽曾多次因猜忌而生异心，每次鲁肃都以友好的态度安抚，都是为了孙刘联盟不受损害。

单刀赴会，鲁肃责关羽

建安二十年（公元215年），孙刘争荆州江南三郡，孙权派鲁肃屯兵益阳，抵挡关羽，一时剑拔弩张，大战迫在眼前。为不使孙刘联盟彻底破裂，鲁肃决心作最后努力，打算当面和关羽商谈。当时鲁肃部下担心发生意外，纷纷劝阻鲁肃。鲁肃说："今日之事，应当开导劝说。是刘备对不起我们，是非还没弄清，量他关羽不敢乱来。"于是邀请关羽见面，各自把军队留在百步之外，只是将领们各自携带单刀相会。会谈时，关羽说："赤壁之战，左将军刘备身穿战袍，勠力同心，共同打败曹操，难道不能有一块立身之地吗？为何要来收荆州？"鲁肃义正词严地说："话不能这样讲，当时刘豫州兵败长坂，没有剩下几个人，走投无路，只好远逃，哪有心思想荆州。是我主孙权同情刘豫州，不计较土地人力，借荆州给你们渡过难关，你们才有了安身立命之地。哪承想，你们太自私，已经得到了益州，还想霸占荆州，如此失信，平常百姓也做不出，你们哪像一个一方之主的样子！我们只求你们交还江南三郡，你们也不给。如此贪婪，一定要招祸。你们不讲道义，但凭武力，是不能得逞的。"一席话，说得关羽哑口无言，使一触即发的紧张局势得以缓和。随后刘备派人与孙权讲和，双方商定平分荆州，以湘水为界，长沙、江夏、桂阳东属孙权，南郡、零陵、武陵西属刘备，于是孙刘联盟得以继续维持。

鲁肃单刀赴会，艺术家移花接木赞关羽

前文已述，孙刘争荆州南三郡，鲁肃顾全大局，单刀赴会责关羽，后来经戏剧家、小说家敷衍（见关汉卿《单刀会》、《三国演义》第六十六回），关羽成了威风凛凛、智勇双全的英雄，而鲁肃则成了鼠

第十二章 孙吴五儒将之鲁肃、吕蒙

目寸光、骨软胆怯的侏儒。实际情况并不是那样。历史的真实是,大义凛然、单刀赴会的主角是鲁肃而不是关羽。在大战一触即发的前线,设计这一谈判的方式,是鲁肃的智慧结晶,双方将领都带单刀。在会谈中,关羽部属有一人高声说:"土地者,唯有德者居之,何来常有之理!"鲁肃听了,厉声呵责,辞色严切,关羽也为之动容,斥责部属说:"国家大事,不容你多嘴。"鲁肃是东吴名将,他有智有勇,堪与周瑜媲美,若论高瞻远瞩,深谋远虑,恐较周瑜还略胜一筹;但在《三国演义》中、戏剧舞台上,鲁肃恰似一位仁慈的长者,忠厚有余,才智不足,经常为周瑜、诸葛亮斗智施谋所戏弄,显出一副愚相。然而,《三国演义》和戏剧舞台,都是艺术创造,不是史实记载,从艺术角度看,需要一个陪衬,可称生花妙笔,若从史学角度讲,可以说是历史的颠倒和歪曲。《三国志》的作者陈寿赞鲁肃"建独断之明,出众人之表,实奇才也"(《鲁肃传》)。韦昭《吴书》说他"善谈论,能文属辞,思度弘远,有过人之明"(见《鲁肃传》裴注)。这才是史家的实录。

吕蒙智取荆州

吕蒙(公元 178—220 年)是三国时期一位以自学成才、文武兼备著称于世的吴国名将。他少年从军,本粗野无文;后勤学不懈,学问开益,智谋冠于三军。他善于运用心理战术击败对手,在激烈的竞争中创造出不少"用兵善诈""出奇制胜"的生动战例,对东吴的创立和开拓,建有殊勋。特别是他所主持的智取荆州、擒获蜀汉虎将关羽之役,使吴蜀之间的疆域得到均衡和稳定,最终确立三分天下的局面。

少小从军

吕蒙字子明,汝南郡富陂县(今安徽省阜阳市阜南县东南)人,他出身贫贱,幼年丧父,又逢战乱,在家乡孤苦无依,无以为生,十多岁时,随同母亲到江南投靠姐夫邓当。邓当在孙策部下任军职,经常要奉命出征。吕蒙悄悄跟上出征队伍学习作战。姐夫禁他不得,告诉了他母亲。母亲怪他小小年纪作战危险,严厉斥责。吕蒙回答说:"出身贫穷卑微,要想成家立业,总得奋斗一番。"于是,十五六岁的吕蒙就从军了。

初时吕蒙学习行军打仗,偏重胆略,唯以勇武自励,好凶猛斗杀,未免粗野。孙策却十分赏识吕蒙的胆略,留他在自己身边。这是吕蒙增长见识的好机会,他从孙策的指挥艺术中得到启迪。姐夫邓当病逝,吕蒙受命继邓当为别部司马。

自学成才

孙策死后,孙权继孙策统领江东。吕蒙以军功升任都尉。建安十二年(公元207年),当时吕蒙年已三十岁。孙权为报杀父之仇,向黄祖开战。黄祖令都督陈就率水军对阵。吕蒙为了打击对方的士气，带领一队精兵直奔陈就冲去，亲自杀死陈就，使敌军军心动摇。这时吕蒙高高地举起陈就的首级，向友邻部队大声呼唤。于是各路奋进，击溃敌方主力，斩杀黄祖。孙权评价这次战役吕蒙居首功，把他从都尉提升为中郎将。这年孙权在与吕蒙接触中，发现他有才干而无文化，深感可惜，便告诫他，勇而寡谋，野而少文，不能成大将。孙权要他经常读书，首先要读好《孙子》《六韬》《左传》《国语》及三史，即《史记》、《汉书》和《东观汉记》。吕蒙感到为难，说："军务繁忙，哪有时间顾得上读书？"这时吕蒙已三十岁出头，孙权向他指出：学习与平时的军务同样重要，学好了可以更好地带兵打仗。孙权还谈了自己日理万机，百忙中挤时间读书的体会。吕蒙领悟以后，开始用心读书，努力弥补从小不学无文的缺陷。他勤学不倦，日有进益，积年累月，所浏览的史传之多，连年老博学的读书人也很少胜过他。他读书注重实际，讲求心得，进步甚快。大将鲁肃早年就认识吕蒙，后来发现吕蒙已前后判若两人，非常钦佩地称赞他说："我原以为您只有武略，如今才知道您学识英博，不再是当年的'吴下阿蒙'了。"后来孙权也对吕蒙刮目相看，认为他"学问开益，筹略奇至，仅次于周瑜"。

巧挫曹军

赤壁之战，吕蒙助周瑜成就了大功。陈寿在《三国志》中做了客观的记载：吕蒙"又与周瑜、程普等西破曹公于乌林，围曹仁于南郡。"

第十二章 孙吴五儒将之鲁肃、吕蒙

在孙权与曹操对攻的多次战斗中，吕蒙曾一再设谋划策，挫败曹军。

南郡之役，曹军围攻甘宁于夷陵，甘宁危急求救。周瑜苦于兵力不足，集诸将商议，诸将都反对分兵援救。吕蒙力排众议，劝周瑜救援甘宁；又建议派兵堵塞险路，敌人逃跑时就可以获得他们的战马。周瑜听从了吕蒙的建议，大破曹军，救出甘宁；又在曹军逃跑时获得大量马匹。至此，周瑜势力倍增，顺势渡江立屯，逼走曹仁，一举占领了南郡。吕蒙因这次战功从中郎将升为偏将军。

庐江之役，曹军朱光屯田固守，又以张辽精兵为后援，咄咄逼人。东吴军本拟"作土山，添攻具，长围久困，稳扎稳打"。吕蒙再次力排众议，指出"作土山"费时日，长围久困，贻误战机，有腹背受敌之虞。他针对敌方弱点，提出速战速决方案，推荐甘宁为前锋，自率精兵四面并进，拂晓前后攻破北城。张辽援兵赶来，已晚到一步，只好退去。

濡须之役，吕蒙事先劝孙权利用地形夹水立坞。诸将以此引为笑话，议论说："上岸击敌，跣足入船，何必筑坞，费工示弱。"吕蒙却预见东吴水军登陆，与曹军骑兵作战，是很难保证百战百胜的。倘有意外，敌骑兵步兵紧追不舍，那时要退兵上船，也不容易了。为此他坚持筑坞，进可以攻，退可以守。后来孙权为张辽所袭，曹操又亲统大军出濡须进迫，吴军处境危急。所幸吕蒙在水边险要处立有坞寨，掩护撤退。吕蒙在坞上预置强弩万张，见曹军汹涌而来，梆子一响，万矢齐发，曹军前锋立脚不住，纷纷溃散，吕蒙乘势出击，击退曹操大军。

这些战斗的实践，证明吕蒙平时熟习兵书史籍，用于实际，取得成效。他屡次建功立业超于诸将，究其原因，主要在于他"学问开益，勇略兼备"，具有远见卓识。曹军大将曹仁、张辽、朱光等一个一个被吕蒙击败，连善于用兵的曹操本人也两次受挫，绝不是偶然的。

妙诈郝普

建安二十年（公元215年），孙权向刘备讨还荆州江南三郡未果，命吕蒙攻取长沙、零陵、桂阳。吕蒙利用政治攻势降服了长沙、桂阳。但零陵太守郝普坚守待援，拒不投降。这时刘备发兵来救，已到公安，关羽也统兵南下来争夺三郡。孙权闻讯，急命吕蒙立即放弃对零陵的进攻，火速回兵援助鲁肃，以迎接即将爆发的与刘备、关羽的厮杀。

吕蒙不赞同孙权的策略，又不能违抗孙权的命令，他盘算如何利用北撤前的片刻时光做出创举，迅速降服零陵守军。吕蒙在南进途中得知流寓在衡山附近的邓玄之与郝普有深交，便把他顺路接至军中。吕蒙在接到孙权撤军的命令后，不动声色，反而在邓玄之面前虚张声势，并派他连夜进城做说客。邓玄之果然对郝普情真意切地陈以利害，告知此城孤立无援，迟早必破，届时玉石俱焚，连累老母，于事无补，言及此声泪俱下。谈话时邓玄之不知不觉传进了许多假信息：什么刘备正被夏侯渊围困在汉中，关羽受阻于南郡，均无力南顾；而东吴方面孙权亲统大军源源不断地向零陵开来⋯⋯郝普听了，感到待援无望，孤城难守，不如早降。翌晨，郝普轻骑简从，出城议降，吕蒙早已在城门附近暗伏四将，各率勇士百人，乘机突入。就这样，不费一箭，不伤一卒，只一顿饭的工夫，竟顺利地解除了守军的武装，领有零陵郡。事后，郝普得知上了吕蒙的当，羞愧得无地自容。

借病回吴，智取荆州

鲁肃死后，吕蒙接替屯驻陆口。吕蒙和周瑜一样是江东的疏刘派，时刻不忘夺取荆州。吕蒙深知关羽为刘备的上将，智勇双全号万人敌，只可智取，不可力敌。建安二十四（公元219年），关羽进兵讨襄、樊，在后方公安、江陵留有重兵，沿江设有哨所，提防东吴。关羽对吕蒙惧怕三分，处处警惕。但吕蒙却道高一尺。他借病回吴，荐陆逊代己，麻痹关羽。果然关羽中计，大发兵讨襄、樊，公安、江陵成了空城。吕蒙见时机成熟，统兵偷袭荆州。他选派精兵乔装成商人前行，至关羽所置江防哨所，以迅雷不及掩耳之势，将哨兵全部抓获。紧接着大军后继，神不知鬼不觉到了公安、江陵，守将士仁、糜芳出降。吕蒙进城，严束军队，秋毫无犯。荆州府库，悉数封藏，旧时官吏，依旧任职。吕蒙还亲自存恤耆老，维护治安，比关羽还要细心。荆州士民，人人安堵。关羽回军，人无斗志，全军溃散，父子被擒，为孙权所斩杀。身经百战、叱咤风云的关羽，就这样出人意料地败在了吕蒙手下。东吴平定荆州后，吕蒙出任南郡太守。

吕蒙取荆州，葬送了葛鲁之谋，吴蜀交恶，第二年曹丕趁此称帝，篡了汉朝。蜀失荆州，诸葛亮的隆中路线宣告夭折。从西蜀立场看，吕蒙大恶，受到后世正统史家的批评；从东吴立场看，吕蒙建立了盖世之功，与周瑜并列。

国士之量

吕蒙带病讨荆州，战争刚告一段落，吕蒙就病倒了。由于他的生死关系到东吴的命运，东吴君臣对他的病况像家人生病一样关切。孙权把吕蒙置内殿，派人小心治护，还在境内招募能治愈吕蒙疾病的人愿赐千金。他有好几次想去看看吕蒙的气色，又怕打扰吕蒙劳累他的身体，索性在墙壁上打了小洞偷偷观察吕蒙的病情，见他稍能下食则喜，病势加重则忧，甚至夜不能寐，为之瘦损。大臣将吏也都十分关切，闻吕蒙病稍痊而贺，闻加重而愁虑不安。吕蒙与周瑜一样英年早逝，去世时只有四十二岁。噩耗传出，军民咸感哀痛，足见他平时深得人心。

吕蒙严于律己，好学不倦，宽宏待人，诚恳敦笃，居安思危，眼界开阔。成当等同僚去世，遗下子弟幼小，吕蒙辅导他们成长，爱护无微不至；蔡遗曾揭发吕蒙部属短处，吕蒙不计私怨，推荐蔡遗升迁；甘宁粗暴好斗，吕蒙宽容为怀，用其所长；袭肃来降，孙权拟将袭肃的士兵夺走并入吕蒙麾下，吕蒙以大义为重，请求将这些士兵归还袭肃；吕蒙有三子，他直到临死也不为子孙谋取福利，遗嘱把大量金宝上缴国库，身后丧事力求简约。这些朴素的行事，在那个时代里表现出很高的精神境界。史学家陈寿为吕蒙立传，评论他"有国士之量"，可谓恰如其分。

人物小档案

鲁肃

姓名：鲁肃，字子敬
生年：汉灵帝建宁五年（公元172年）
属相：鼠
卒年：汉献帝建安二十二年（公元217年）
享年：46岁
谥号：无
继承人：鲁淑
最得意：葛鲁之谋成三分
最失意：鲁肃索荆州为刘备所拒
最不幸：英年早逝
最擅长：政略

吕蒙

姓名：吕蒙，字子明
生年：汉灵帝光和元年（公元178年）
属相：马
卒年：汉献帝建安二十四年末（公元220年初）
享年：42岁
谥号：无
继承人：吕霸
最得意：吕蒙读书成儒将
最不幸：英年早逝
最痛心：吕蒙取荆州，葬送葛鲁之谋
最擅长：军谋

相关阅读书目推荐

（1）陈寿：《三国志》卷四十七有传。
（2）尹韵公：《孙权传》，吉林文史出版社，1990年。
（3）章映阁：《孙权新传》，上海人民出版社，1991年。
（4）张大可：《三国史研究》《三国史》，华文出版社，2003年。

第十三章

孙吴五儒将之陆逊、陆抗

引言

陆逊是一位优秀的战略家,同时也是一位杰出的政治家。他文能安邦,武能经略,出将入相,"董督军国",身兼内外,为孙吴政权第一人。虎子陆抗,继父守荆州,同为吴国中后期的中流砥柱。

青年脱颖

陆逊（公元183—245年），字伯言，吴郡吴县（今江苏省苏州市姑苏区）人。本名议，后称逊，家世为江东冠族。祖父陆纡很有学问，官至城门校尉；父陆骏，东汉末年任九江（治今安徽省淮南市寿县）都尉。陆逊十岁时丧父，随母在祖父陆康家长大。陆逊少小知名，与陆康之子陆绩齐名于江东。

年少知名

陆康任庐江太守，与袁术有矛盾。袁术举兵相攻，陆逊只得带着陆康的眷属回到吴县。这时，只有十五六岁的陆逊肩负起一个大家庭的生活重担。建安八年（公元203年），陆逊二十一岁，被孙权辟除为掾属，历东西曹令史，出为海昌（今浙江省海宁市南盐官镇）屯田都尉，兼理县政。

海昌是当时的一个贫瘠地区。陆逊在任时连年干旱，他毅然开仓赈济，又"劝课农桑，鼓励生产""百姓蒙赖"，号为"神君"（《世说新语·方正》刘孝标注引《吴书》)。当时又值会稽一带山越暴动,陆逊挥师往讨,"所向皆服",发展部曲达两千余人。接着陆逊又讨平鄱阳地区尤突等人的暴乱,因功拜定威校尉。陆逊初露军事才华。

才调长者

陆逊有才,又有德,有古时祁奚举贤不避仇的长者之风。会稽太守淳于式曾上书告发陆逊"枉取民人,愁扰所在"。陆逊进京见孙权,反称赞淳于式是"佳吏"。孙权很奇怪,对陆逊说:"人家告你状,你却为何称赞他?"陆逊说:"淳于式告我出于爱民之心,此乃良吏,我怎么能反过来挟仇诬告他呢!"孙权非常钦佩,更加器重陆逊,将孙策女儿许配给他,倚为心腹,数访世务。陆逊在东吴政治上的地位也就更加巩固了。

夷陵败蜀

在军事上,陆逊主要战功是夷陵大捷,全歼蜀主刘备的东征军。此役是三国形成时期继官渡之战和赤壁之战后的第三次大战役,对历史有深远的影响。三大战役中的赤壁之战和夷陵之战,均是东吴受攻,迎战取胜,对东吴生存至关重要。任何一役失败,东吴将不复存在。赤壁败曹操,夷陵败刘备,三国的开国英主,曹、刘均败于孙权之手,这极富有戏剧性。孙权论人，以陆逊继周瑜，十分允当。周瑜、陆逊是照映吴国一前一后的双璧。

陆逊受命

蜀章武元年（公元221年）四月，刘备称帝，随即发动了夷陵之战，讨伐东吴，替关羽报仇，欲夺回荆州。刘备此举，失去理智。赵云曾劝说："国贼是曹操，非孙权也，且先灭魏，则吴自服。"刘备听不进去，孙权也怕两线作战于己不利，便遣使求和，刘备不从，亲自带领八万大军从白帝顺流而下杀向东吴。孙权求和不成，也起兵应敌，拜陆逊为大都督，假节，率五万兵西击刘备。东吴战将朱然、潘璋、韩当、徐盛等都受陆逊节制。

避敌锋芒，诱其深入

七月，刘备派吴班、冯习等率领先锋兵四万击破吴军李异、刘阿等部，占领吴地秭归、巫县（今重庆市巫山县），留赵云于江州（今重庆市）为后援，策应主力行动，自己率大军顺江而下。章武二年（公元222年）正月，蜀将吴班、陈式又率水军屯据长江北岸的夷陵（今湖北省宜昌市东南）。一时蜀军势不可当，吴国上下一片焦虑。面对蜀军的强大攻势和节节胜利，陆逊没有被其声势所压倒，也没有因暂时的失败而丧失信心。他从敌强我弱的实际情况出发，采取了诱敌深入疲敌斗志的战略方针，先让一步，主动放弃大片土地和战略要地，将部队撤至今湖北宜都市长江南岸的夷道和北岸的猇亭，把四五百里山区让给蜀军，完成了战略退却，待机全线反击。

陆逊战略性的大步后退，引起部下的不满。老将韩当、徐盛等认为他怯敌，纷纷要求出击，与蜀军决战。陆逊对部下求战心切而不考虑全局的想法，一方面按剑施令"不可犯矣"，一方面陈述利害晓谕大义。他说："备举军东下，锐气始盛，且乘高守险，难以卒攻，攻之纵下，犹难尽克，若有不利，损我大势，非小故也。"作为一个军事统帅莫过于审时度势，只有知己知彼才能立于不败之地。陆逊得兵法要旨，沉着冷静排除干扰，稳健地按照自己的战略行事，捕捉最佳的决战时机。

集中兵力，火烧连营

刘备东征，倾全国之力，入峡蜀军不过八万人。陆逊大步后退，让出三峡，迎敌于秭归以东。此时刘备已拉长战线四百余里，建行营于猇亭，布前锋于夷道，置黄权于江北防魏，兵力分散，沿途留守，所统中军不足四万人。陆逊所统五万集中于一点，吴蜀双方主将所领之兵，吴方优于蜀方。夷道告急，陆逊不分兵去救，效法西汉周亚夫讨平吴楚七国之乱不分兵救梁一样，他深知孙桓能守。蜀兵果然不能攻下夷道，长期屯于坚城之下，士气沮丧。

夷陵之战，从刘备章武元年七月入峡到章武二年八月结束，前后十五个月，中间有闰六月，分为三个阶段：章武元年七月至十二月，陆逊战略撤退，重兵屯于夷陵坚壁，以逸待劳，迎击蜀军；章武二年正月至六月，两军相持；章武二年闰六月至八月，两军决战，蜀军败北。一次战役，两军对垒达十五个月，不仅在整个三国时期是唯一的，在整个中国战争史上，也是罕见的，由此可见这场战役的重要，双方拼尽了全力。

　　陆逊坚守不出，刘备屡攻不下，两军相持长达半年之久，蜀军失去锐气，弱点开始暴露出来。刘备把入峡大军屯驻在从巫峡至夷陵的一百余里的山地上，分散四十余营，陆逊担心刘备水陆俱下，这样蜀军居高临下扑向荆州，在平川上打消耗战，荆州士民的向背将左右战局，则胜负难料。现在刘备把蜀军屯在漫长的山谷间，无所作为，意气沮丧。陆逊把反攻时刻定在了蜀章武二年（公元 222 年）六月，正是暑势之时，采用火攻，致使蜀军全线崩溃，刘备也差点成了俘虏。孙权加拜陆逊为辅国将军，领荆州牧，改封江陵侯。

石亭大捷

　　石亭（今安徽省是桐城市西南）之战是魏吴争淮南的一次大战役，也是吴蜀订盟后首次东西配合的一次协同作战。吴黄武七年（公元 228 年），诸葛亮第一次北伐，孙权在淮南发动石亭之战配合蜀军。此役孙权事前做了周密部署，由吴国鄱阳（今江西省上饶市鄱阳县东北）太守周鲂诈降于前，陆逊统兵设伏于后，孙权坐镇协调，是孙吴君臣合力演奏的一曲凯歌。

赤壁战后，孙权多次亲征合肥，均无功而返。孙权改变战略，用诈计诱敌深入，在运动中消灭曹魏有生力量。黄武七年（公元228年），诸葛亮北伐，约吴大举。当时曹魏名将、曹操的族侄大司马曹休都督扬州，坐镇寿春，急欲建功。孙权侦知，令鄱阳太守周鲂诈降引诱曹休。周鲂致信曹休，他诈称策动地方旧族名帅一起北投，向曹休索讨将军印、侯印各五十枚，郎将印一百枚，校尉、都尉印各二百枚，用以奖励起事的各魁帅头领。为了把假戏演得像真的一样，孙权多次下诏书谴责周鲂，周鲂在郡府落发谢罪，把这些消息传到北方。然后周鲂写了亲笔信，派亲信董岑、邵南北上投书。曹休得信，上表魏文帝，要求带兵深入吴境，接应周鲂。魏尚书蒋济认为有诈，上疏文帝分析利害。前将军满宠镇守西阳，也上疏反对，认为曹休不懂用兵，深入险地，背靠大湖，易进难退。他的奏疏还未上报，石亭之战已经发动。

魏文帝批准曹休计划，同时也做了两手准备，预先提防周鲂欺诈。魏文帝下令三路进兵，曹休南下合肥向皖城，司马懿从宛城南下江陵，牵制吴国上游之兵，随后魏文帝又任命豫州刺史贾逵入援曹休，督满宠、朱灵等东进，指向东关。魏文帝敕令曹休等待贾逵援兵到后，合力南下，曹休建功心切，未等援军到来，就自统十万大军深入。

曹魏预防孙吴诈降，如此兴师动众，三路伐吴，打破了吴人初期的出奇设谋，已经公开演变成为两国实力的大较量。孙权极为重视，八月，孙权亲到皖城坐镇，令陆逊为大都督，统兵九万迎敌。陆逊自领中军，令朱桓、全琮为左右翼，三道并进，迎战曹休于石亭。石亭东北的夹石地势险要，为曹休退归的必经之路。朱桓建言，他率本部直插敌后夺据夹石，断敌归路。陆逊不从，集中兵力三道并进。曹休自恃兵多，越过夹石，前进至石亭设伏与吴兵交战。陆逊早有算计，三路包抄，驱赶曹休伏兵使之反被包围，曹休大败，退至夹石，归路已为吴兵所断。适值贾逵援兵赶到，救出曹休，曹军辎重尽失，死亡万计。但是吴军无力扩大战果，只好班师凯旋。这一仗是陆逊继夷陵之战后的又一大战役，陆逊大胜，威名远扬。

出将入相

陆逊文武双全，文能治国，武能安邦。他出将为相，为吴国中流砥柱。

临阵有术

陆逊御敌，决战有术，他善于洞察全局，预料形势，提前谋划，也从未打过败仗。夷陵之战前，他助吕蒙取荆州，率部为前锋，乘胜夺取了西蜀的宜都、固陵两郡，即整个三峡地区，破蜀兵数万。陆逊认为夷陵是兵争要害，故而重兵驻守，营建城郭，为他在夷陵败刘奠定了基础。夷陵战后，陆逊及时回师，加强江防，使曹丕三路伐吴的江陵之役无功。这都说明了陆逊极有远见。

此外，陆逊在军事上还有一役值得称述。嘉禾三年（公元234年），孙权三路大举伐魏，陆逊与诸葛瑾为西路攻襄阳；孙韶、张承为东路向广陵；孙权自率大军为中路围合肥新城。由于魏明帝曹叡亲征，魏军大出，吴兵东中两路迅速撤退，陆逊与诸葛瑾西路独进，眼看陷入曹魏的重兵包围，形势危急。尤其是孙权所下撤军命令被曹魏截获，虚实已为敌方掌握，陆逊更加危急。诸葛瑾十分惊慌，催陆逊快撤。陆逊却镇定自若，派士兵去种萝卜和大豆，他与诸将下棋如故，就像没事一般。然后陆逊部署撤退，他命诸葛瑾去整理舟船，自率大队向襄阳出击。曹军不知底细，仓皇撤军守城，陆逊抓住这个机会，迅速引军就船，安全撤离了险境。

治国有方

陆逊身为将帅不仅有着高超的军事才能，同时有一整套治国安民的谋略。虽然他长期驻军在外，但时刻不忘国家大事。他曾上疏给孙权，对当时的严法苛刑提出批评。他说："夫峻法严刑，非帝王之隆业，有罚无恕，非怀远之弘规也。"建议孙权像西汉刘邦那样轻刑便民，用黄老之法治理国家。又说："臣闻治乱讨逆，须兵为威，农桑衣食，民之本业，而干戈未戢，民有饥寒。愚以为宜育养士民，宽其租赋，众克在和，义以劝勇，则河渭可平，九有一统矣。"陆逊再次阐明战争的危害性，劝说孙权尽量少动干戈，务以养本保民要紧，只有与民休息轻徭薄赋才能富国强兵，统一天下。赤乌七年（公元244年），陆逊代顾雍为丞相。孙权给予高度评价。称他"惟君天资聪睿，明德显融，统任上将，匡国弭难。夫有超世之功者，必应光大之宠；

怀文武之才者，必荷社稷之重。昔伊尹隆汤，吕尚翼周，内外之任，君实兼之"。把陆逊誉为成汤之伊尹和周初之姜子牙。

赤乌八年（公元245年）二月，正当陆逊为相施展治国才能时，由于卷入孙权两子孙和、孙霸争夺太子的事件中，被孙权遣使责让，陆逊气愤交加，忧郁死去，享年六十三岁。

虎子陆抗

俗话说，将门虎子，有其父必有其子，这话应在陆逊、陆抗父子身上，一点也不过分。荆州重镇为吴国上流门户，荆州安则吴国安，荆州危则吴国危。所以陆逊拜相，仍留镇武昌。逊死子继，父子两人，留守荆州五十三年，同为吴国的中流砥柱。

陆抗（公元226—274年），字幼节，其母为孙策之女，故陆抗是孙策的外孙。陆抗少小从军，年二十拜建武校尉，领众五千。陆抗在军事上也建有奇功。吴凤凰元年（公元272年），西陵（今湖北省宜昌市东南）督步阐降晋，陆抗迅速调兵三万平叛。他先不攻城，而是在城外选择有利地势筑长围，内以围阐，外以御寇，日夜催切，如迎大敌。西晋以襄阳镇将羊祜统兵八万救步阐。羊祜以五万大军直趋江陵，遣荆州刺史杨肇统兵三万救阐。陆抗分析形势，认为西陵失守，晋兵顺流而下，江陵不保，不但荆州丢失，吴国亦将灭亡。如果保住西陵，即使羊祜攻下江陵也站不住。于是他集中兵力围西陵，因筑了长围，晋军进不了城，城中叛军又出不了长围。结果，晋军和叛军被陆抗分割歼灭。杨肇兵败，羊祜退走。晋朝一代名将羊祜竟坐贬为平南将军，杨肇被免为庶人。此役胜利，使吴国又苟延残喘了七八年。

陆抗和陆逊一样，也是一个十分关心民生的政治家。他不时向孙吴末主暴君孙皓上书，亲贤远佞，并条陈时政十七条。

吴凤凰三年（公元274年），陆抗病卒，享年四十九岁。

五儒将为何未能佐孙吴统一天下

此节合并前两章，总评孙吴五儒将。孙吴五儒将，为三国时代之精英，他们都文武双全，智勇兼备，堪称第一流的杰出人物。三国横向比较，除曹操、孙权、刘备、诸葛亮外，恐怕就要数孙吴五儒将最风流。曹操、刘备手下的谋臣虎将，均难以比肩并论。孙氏江东政权，主要为五儒将所创建和巩固，当然他们是在孙策奠基的基础上创建的。换句话说，孙吴五儒将是推进三国鼎立的重要人物。他们成就了孙氏事业，可是对于曹操、刘备来说，却是阻滞他们统一或兴汉的最大障碍。

陈寿赞叹孙吴五儒将为奇才，又盛赞孙权识才，所以能成济大事。曹孙刘三家争荆州，曹操、刘备、关羽，三个当世枭雄，皆败于孙吴五儒将之手。荆州终归孙权，孙权成了最后的胜利者。

周瑜、鲁肃、吕蒙、陆逊相继引荐，同心协力辅佐孙权，好像是造物主在冥冥中有意安排似的，不然，他们前赴后继，何以这样集中归于孙权？原来周鲁吕陆四人，籍贯均在今东部沿海地区，他们集中归于孙氏旗下并不是偶然的。周瑜，庐江舒县人，在今安徽省合肥市庐江县西南；鲁肃，临淮东城人，在今安徽省滁州市定远县；吕蒙，汝南富陂人，在今安徽省阜阳市阜南县东南；陆逊，吴郡吴县人，在今江苏省苏州市姑苏区。汉末战乱，袁术据淮南，周瑜、鲁肃、吕蒙都在袁术治下。周瑜曾为袁术居巢长，鲁肃曾为袁术东城长，他们观察袁术终无所成而另择明主。孙氏本袁术旧将。吕蒙为孙策部属。孙策渡江，又得陆逊相辅，于是周、鲁、吕、陆均归孙氏麾下。当然，孙策、孙权慧眼识英雄，给他们创造了用武的条件。吕蒙更是孙权一手培养简拔出来的。可以说这是难得的君臣际会。

　　东吴五儒将，具有盖世奇才，何以未能辅佐孙权统一天下？这有着复杂的历史原因。一是曹刘两方英才尚多，对手不凡。汉末人才三分，是三国鼎立的一个重要因素。二是五儒将错落用世，未形成集中的力量，尤其是周瑜、鲁肃、吕蒙三儒将的过早陨落，是孙权事业的一个极大损失。三是封建社会，人主猜忌，孙权亦不例外，限制了五儒将展力。赤壁之战，周瑜领兵三万；吕蒙争荆州，领兵二万；夷陵之战，陆逊统众五万，兵力单弱，难以尽其才。孙权出征，往往统众十万或七八万。曹操、刘备东征西讨，也总是自统大众。乱世纷争，军权就是政权，所以诸将出征或独守方面，都要受到许多限制。吴国亡时，有兵二十余万，而陆抗守荆州，偌大战区不足八万，机动兵力

陆逊 陆抗

才三万。大军集于京师，人主自驭，可以说是战力的浪费。为了维护一家一姓之天下，不能不如此。此外，还有最重要的第四点原因，五儒将虽生逢用武之时，得以建立功名，但却错过了一个有利的天时。这天时，就是鲁肃所说的"北方多务"。孙吴要趁北方多务之时，剿除黄祖，进伐刘表，竟长江所极以图天下。天赐孙吴的大好时机在建安五年（公元 200 年）。当时袁曹相持于官渡，孙策厉兵秣马，欲轻骑袭许，夺取汉天子以令诸侯，不幸遇刺殒命，丧失了时机。当然，孙策偷袭许县，未必就能如愿；但孙策不死，可以预料，曹操南下之前，孙氏已据荆州。由于孙策早死，孙权年少统事，山越内叛，用了五六年时间才安定了江东。正待孙权西进之时，曹操已统一北方，南下荆州，于是有孙刘联盟的赤壁之役，使得荆州归属复杂化，演成了后来鼎立的事态。

英才用世，在纷乱之时展力易收奇功，这是因为纷乱之时人心未定，谁能先觉因势利导，谁就能取得胜利。等到局势已定，人心已固，角力争胜，双方实力就成了主要的因素。曹孙刘三方都起自微弱，终成大业，就是利用了纷乱的天时。当曹操统一北方，大势已定，孙吴五儒将能取得荆州已属不易，自然更谈不上统一中国了。

人物小档案

陆逊

姓名：陆逊，本名陆议，字伯言
生年：汉灵帝光和六年（公元183年）
属相：猪
卒年：吴大帝赤乌八年（公元245年）
享年：63岁
谥号：昭侯
父亲：陆骏
继承人：陆抗

陆抗

姓名：陆抗，字幼节
生年：吴大帝黄武五年（公元226年）
属相：马
卒年：吴末帝凤凰三年（公元274年）
享年：49岁
谥号：无
父亲：陆逊
继承人：陆晏

最得意：陆氏父子，年少脱颖
最失意：父子关心民瘼，上书遭拒
最不幸：陆逊卷入太子之争，无端受责
最痛心：陆逊气愤交加，抑郁而死
最擅长：父子文武兼资，军政两长

相关阅读书目推荐

（1）陈寿：《三国志》卷五十八合传。

（2）张大可：《三国人物新传》，华文出版社，2003年。

（3）龚弘：《三国人物》，齐鲁书社，2005年。

第十四章

三国对峙策略权谋与人物

引言

蜀章武三年、吴黄武二年（公元223年）四月，刘备死于永安，孙权派立信都尉冯熙使蜀，吊刘备之丧，通友好之意。诸葛亮先后两次派邓芝使吴，与孙权重申盟好。蜀建兴六年（公元228年），诸葛亮北伐，专力对魏。这时孙权才完全解除了戒心，于黄龙元年（公元229年）称帝，蜀汉遣使称贺，承认了孙权的立国地位，并订立了中分天下的盟约。三方称帝，三国进入了对峙局面。

本章评说三国对峙策略及人物，邓芝、姜维、满宠、诸葛恪、司马懿等人是三国对峙中的主要人物，且说他们对历史的功绩。

邓芝使吴重结盟好

建兴元年（公元 223 年），刘备去世后不久，诸葛亮想派一位能干的大使通吴团结好孙权，没有找到适合的人选。这时邓芝请见，他对诸葛亮说："现今主上幼弱，又刚登大位，应派遣大使到吴，重申盟好。"诸葛亮说："我考虑很久，没找到合适的人，今天找到了。"邓芝问："选定谁人出使？"诸葛亮说："远在天边，近在眼前，就是邓使君啊。"邓芝字伯苗，义阳新野人，入蜀后曾任广汉太守，故诸葛亮称其为"使君"。这时邓芝任尚书，后官至车骑将军，封侯。其人清廉，死时家无余财。

邓芝到了吴国，孙权徘徊不定，拖延时间，不见邓芝。邓芝上表求见，他剖析利害，对孙权说："臣今天来到吴国，也是为吴国考虑，并不只是为了蜀国。"孙权动了心，召见邓芝，也袒露胸怀，诚恳地说："我实在愿意和蜀国和好，但是担心蜀国君主幼弱，国家又小，被魏国乘虚而入，不能保全，所以犹豫再三。"

邓芝说："吴蜀两国联合有四州之地，大王一世之英雄，诸葛亮

邓芝

为当今豪杰。蜀国有重山险要的坚固,吴国有三江环绕的险阻,集合二长,唇齿相依,进可兼天下,退可鼎足而立,这是自然之理。大王如果今天送人质去魏国,魏国必定会得寸进尺要大王入朝,退一步也要求吴国太子上殿侍奉。若果不听从号令,魏国就有了讨伐的借口,蜀国也一定顺流而下,适可而进,这样一来,江南之地不再归大王所有了。"

孙权沉默一阵,对邓芝说:"你说的很好。"于是派辅义中郎将张温使蜀,并断绝了与曹魏的联系。

次年,蜀汉再次派邓芝使吴通好。孙权对邓芝说:"如果天下太平,两国君主分地而治,不也是很快乐吗?"邓芝回答:"天无二日,地无二王。假如兼并了魏国,大王还未识天命,那时候两国君主将各自修养德性,臣子各尽其忠,将军各自提桴击鼓,战争才刚刚开始罢了。"

孙权听后,哈哈大笑说:"你竟是这样的诚实啊!"

邓芝的回答十分突兀,似乎与欢好的气氛不协调。但细想起来,人各为其主,讲的又是大实话,孙权不由得笑起来。

邓芝使吴,重新修好两国关系,使命重大,孙权尚有疑虑,邓芝以诚恳打动。他陈说利害,站在吴国立场,设身处地为孙权剖析,吴国无蜀,将陷入称臣曹魏的困境,唤起孙权的自尊。赤壁之战,诸葛亮使吴,也是激发孙权的自尊。邓芝的说辞与当年诸葛亮的说辞有异曲同工之妙。邓芝再使,回答孙权,诚恳坦率,使孙权看到了蜀汉结盟的诚意,所以非常高兴。送别时,孙权依依难舍,动情地对邓芝说:

"你是国家栋梁,将受大用,恐怕没时间来吴国了。"孙权又致书诸葛亮说:"和好二国,功在邓芝。"给予了很高的评价。

从此,吴蜀两国,遣使往来不绝。黄龙元年(公元 229 年),孙权称帝,陈震使吴,吴蜀两国订立中分天下的盟约,三国正式进入曹魏与吴蜀联盟对峙的阶段。

魏与吴蜀联盟的对峙战略

吴蜀盟好,两国多次配合伐魏,但是,中线沉寂,在荆州没有北上襄樊的重兵,蜀出祁山,吴攻合肥,东西悬隔千里,虽有呼应,但构不成强大的威胁力量。曹魏在吴蜀联盟的打击下,应付东西两线作战,也无余力从中路襄阳南下。南北于是形成对峙状态长达三十余年。

曹魏战略,相持疲敌

曹魏对于吴蜀的联合进攻,采取守势,厚积资粮、甲兵,等待时机,伐吴灭蜀,统一天下。魏黄初二年(公元 221 年),吴蜀爆发夷陵之战,侍中刘晔向魏文帝曹丕建言与蜀并力灭吴,明确地表明了曹魏谋臣先吴后蜀的战略步骤。曹丕就统一的战略问题,曾问计于贾诩。贾诩没有正面回答,他主张先文后武,恢复经济,与吴蜀相持,等待形势转化。

从曹丕发动的攻吴之战来看，依旧贯彻先吴后蜀的战略。魏明帝曹叡即位后，依旧重点防吴。诸葛亮兴师北伐，曹叡咨问司马懿："二虏宜讨，何者为先？"司马懿明确回答用水陆两路大举伐吴。曹叡完全赞同司马懿的意见，还让司马懿继续屯于宛以御吴。青龙二年（公元234年），吴蜀联兵攻魏，魏明帝曹叡御驾亲征孙权，而敕令司马懿在关中不与蜀军接战，坚壁相持。这一战略符合当时形势，吴强蜀弱，吴近蜀远，吴虽有长江之险，不如蜀汉崇山之固，所以攻击战略是先吴后蜀，防御重点在东线。

太和元年（公元227年），魏明帝新立不久，蜀相诸葛亮屯驻汉中，魏群臣纷纷上言要求发兵征讨。魏明帝咨问中书令孙资。孙资说："先前武皇帝兵争汉中，救出夏侯渊残部，多次说'南郑是一座天牢，去天牢途经五百里长的斜谷，这简直是一条石洞'，说的是蜀道艰险。武皇帝用兵如神，也知难而退。我们现在去讨伐诸葛亮，要用十五六万人，加上后勤转运，东方四州的防守，必定还要征发更多的人，造成天下动乱，耗费太多，这是要认真考虑的。进攻与防守，所需人力物力相差三倍。当今最好的战略就是分命大将，镇守险要，将士安睡，百姓无事，几年以后，我朝力量日益增强，吴蜀两国必然衰败。"魏明帝深深赞许，继续推行休兵息民的防御战略，养蓄国力。不久吴国鄱阳郡豪帅彭绮暴动，有众数万，请求曹魏接应。魏明帝再次咨问孙资，孙资说："彭绮举义江南，看起来响应的不少，实际上众弱寡谋，成不了大气候，我们还是以静观变为好。"魏明帝按兵不动，江南彭绮不久败亡。

曹魏的防务体系

以上表明曹魏坚定、长期地推行防御战略，以静制动，在相持中竞赛综合国力，竞赛经济恢复，拖垮吴蜀。防御战略的方针，是在与吴蜀邻接的前沿地区，构筑纵深防线，点、线、面相结合，军力部署与经济恢复相结合。曹魏在防御中有进攻，基本方针是西守东攻，所以防御重点在东线。具体部署如次。

前沿重镇，进可攻，退可守，驻重兵防守，这是点的部署，有三大重镇，即南镇襄阳，西固祁山，东守合肥。祁山防蜀，襄阳、合肥两镇防吴。由于合肥直冲吴国心腹建业上流，又是重点中的重点，历来镇守者为曹魏名将。

点、线、面的防御密切相连。曹魏把荆、扬、徐、豫四州划为一个联防的作战区，与吴国对抗。东西第一道防线，由西向东重镇为襄阳（今湖北省襄阳市）、安陆（今湖北省孝感市云梦县）、西阳（今河南省信阳市光山县西）、合肥新城（今安徽省合肥市西北）、居巢（今安徽省巢湖市东北）、广陵（今江苏省扬州市西北）。襄阳南下攻吴江陵（今湖北省荆州市江陵县），安陆对吴夏口（今湖北省武汉市），合肥对吴皖城（今安徽省潜山市）。西阳东西接应，居巢与合肥为掎角，直下吴国濡须口（今安徽省无为市东南）。夏口是吴江防之咽喉，濡须口是吴江防之核心。曹魏第二道防线为宛（今河南省南阳市）、安城（今河南省驻马店市汝南县东南）、寿春（今安徽省淮南市寿县）。第二道防线与第一道防线构成三条南北纵深防线。由西向东，第一条为襄阳向宛、许昌（今河南省许昌市东）纵深；第二条为安陆与安城向许昌纵深；第三条为合肥（这里指合肥新城，下同）与寿春纵深，徐州为后援。这几条防线防区大，兵力厚，点线纵深，主次明确，名将守险，坚不可摧。

吴国战略，构筑江防体系

　　鉴于曹魏之强，吴国战略也是立足于防御，伺机进攻。所以吴魏相持时期的双方攻战，多数战役都是边防拉锯战，少数几次的深入作战，也如同足球场上的反击战术一样，抓住机会向前突进，机会丧失又立即收缩回到自己半场固守。曹魏固守襄阳和合肥，吴国固守长江。

　　长江，古称江水，三国时两名并称，中国古代的南北对峙，南方政权就靠长江天堑作屏障。中国古代的军事家在长江巨流上或攻或守，演出过不少威武雄壮的战争活剧，但成功地构建江防体系，取得最大成功的，无疑是孙权。三国鼎立，南北对峙半个多世纪，吴国的长江防御体系起了巨大的作用。

　　夷陵之战，孙权夺回荆州，西入三峡，实现了全据长江的战略。吴蜀通好后，吴国无西顾之忧，孙权称帝，从武昌（今湖北省鄂州市）移都建业（今江苏省南京市），把防御重点放在下游。长江从鄱阳湖折而向北，然后又东向入海，于是在长江下游形成江东、江西的地界。建业在江东。淮南合肥在江西。曹魏占有淮南，以合肥为重镇，如同刺向孙吴腹心的一把尖刀。孙权要固有腹心，必须在江西建立一条护卫长江的江北防线。赤壁战后，孙权全力经营江北防线。夺回荆州后，吴国在长江沿岸的边防重镇向西延伸到夷陵，形成整体长江防线。

孙吴的长江防线，西起三峡，东到长江口，东西绵延二千余里，有战船数千艘，水陆兵近二十万。上游荆州督区从三峡到夏口一段常备兵七八万；夏口以东，建业以西的中游地段，以江北防线为前沿护固长江，常备兵十万以上；建业以东，以京城（今江苏省镇江市）为重镇。

吴国的江防体系是积极防御，战略上以长江为依托，对曹魏的进攻取守势，立足于固防；战术上主动出击，顽强地在江北建立前沿阵地，伺机进攻。布防上，也是点、线、面密切配合，形成进可攻、退可守的坚固防线。

点，是指沿江的军事重镇。由西向东，在两千余里的长江两岸，大的军事重镇有十九座。江北七座，由西向东分别是巫县（今重庆市巫山县）、夷陵（后改名西陵，今湖北省宜昌市）、江陵、蕲春（今湖北省黄冈市蕲春县西南长江北岸）、皖城（今安徽省潜山市）、皖口（今安徽省安庆市）、濡须口（今安徽省无为市东南）。江南十二座，由西向东分别是夷道（今湖北省宜都市）、乐乡（今湖北松滋市东北）、公安（今湖北省荆州市公安县西）、巴丘（今湖南省岳阳市）、陆口（今湖北省赤壁市西北）、夏口（今湖北省武汉市）、武昌（今湖北省鄂州市）、柴桑（今江西省九江市西南）、芜湖（今安徽省芜湖市）、牛渚（今安徽省马鞍山市当涂县北）、建业（今江苏省南京市）、京城（今江苏省镇江市）。沿江重镇三分之二在江南，这是自然的情势。最主要的重镇，江北为江陵，护长江中游；濡须口，护长江下游。江南为夏口、建业、京城。重兵设防的是江陵和濡须口，这也是曹魏南下进攻的两大目标，反之，是孙权北进的江北前沿基地。

皖口西北的皖城，既是孙权江北防线的陆上重镇，也是吴国北伐曹魏的前沿基地，庐江郡治所设此。皖城，西有蕲春，东有濡须，三点一线，是吴国防御曹魏淮南之敌的江北防线，与江南的武昌、柴桑、鄱阳、芜湖形成纵深。江防体系的纵深，江北基地具有举足轻重的战略地位。西起江陵，东到濡须，孙吴在江北推进，数十里乃至几百里，沿江形成一道护江的陆上军事带，这一纵深，有力地增强了江防系统的稳定性。曹魏南下，吴方首先在江北地面接战，容易洞察敌人意图，便于江上运动。有利则进，无利则退。也就是说，吴国的江防体系，江北陆战为第一线，江上水军为第二线。江南腹地，只是后勤支援。一旦长江被突破，江南就无法战守了。

为了协调千里防线，把诸多的点连接起来成为整体防线，孙权在重点设防的基础上，分段联防。负责某一段的将领，有权节制段内各点守备将士，或协调支援，或集中御敌。大体上，西陵督负责三峡段，为乐乡督左翼。乐乡督负责夷陵以东至巴丘、陆口。巴丘、陆口以东至武昌又有巴丘督、蒲圻督、夏口督、沔中督。濡须督负责江北防线。芜湖督负责建业以西至皖口。丹阳督负责建业以东至海口。如建安二十一年（公元216年），贺齐拜安东将军，出镇江上，督扶州（建业西）以上至皖。二十四年（公元219年），吕范拜建威将军，领丹阳太守，治建业，督扶州以下至海。这种分段防务，随着时间与战局变化，不断调整。如陆逊坐镇武昌时，武昌地区是一个完整的大督区。陆逊死后，诸葛恪代陆逊督荆州，孙权分武昌为左右两部，以吕岱督右部，自武昌上至蒲圻。

孙权建立的江防体系，挡住了曹魏南下江南，锁住了魏文帝的临江脚步，有力地维护了三国鼎立的局面，使孙吴政权屹立江南，促进了江南的开发。

蜀汉战略，蚕食雍凉

诸葛亮出师的汉中（治今陕西省汉中市）基地是一个地形险要的盆地。这里物产丰富，交通四达，进可"蚕食雍、凉，广拓境土"，退可"固守要害，为持久之计"，是蜀汉的北大门。汉中在关中正南，中间横着一道秦岭。从汉中北出秦岭，兵下秦川可夺取关中，这是汉高祖因之以成帝业的出兵方向。从汉中西出经武兴（今陕西省汉中市略阳县），向西北迂回祁山可断陇右。从汉中东出可直向宛、洛，或循汉水南下攻襄阳，或迂回武关取长安。但从汉中东出，被广袤的豫鄂山地所阻，道路险远，必须占领西城（今陕西省安康市）、上庸（今湖北省十堰市竹山县西南）、房陵（今湖北省十堰市房县）等汉水中上游的名城重镇作为前进的基地。蜀汉丢失荆州，上庸丧失，东出汉中被阻塞，也就没有可能。

从汉中北入关中，跨越秦岭，主要有三条谷道，由西向东为褒斜道、傥骆道、子午道。东道子午道最险远，有六百六十里的高山险谷。这条通道，南段叫午谷，北段叫子谷。子谷谷口在长安之南。所以子午道虽然险远，但可出其不意，直插长安。中道傥骆道最近，谷长四百二十里。蜀军出中道，可陈兵武功（今陕西省咸阳市武功县西），对长安的威胁也很大。西道褒斜道较为宽坦，有四百七十里的山谷。南段叫褒谷，谷起褒城，在汉中郡治南郑北面。北段叫斜谷，谷口在今陕西眉县西南三十里。褒斜道中段有一条西出折而向北的支道叫箕谷，往北经散关即达陈仓（今陕西省宝鸡市陈仓区）。蜀军出褒斜道，前据雍眉，可屏断陇右。从总的地理形胜来看，关中有八百里秦川，陈仓在川原之西，长安在川原之东，东西距离五百余里，回旋余地大；而汉中只是一个狭小的盆地，三条通道如车辐之聚于车毂。因此，由北向南攻，可诸道并出，居高临下会聚汉中，任何一条通道都无被截断之虞。曹魏的几次攻蜀都是诸道并进。反之，由汉中北伐，三条通道呈辐射状，诸道并进，出谷后因分散在秦川东西川原上不易集中，而且诸葛亮北伐的东道全线在魏境。因此，诸葛亮北出秦岭只能走中道或西道。建兴六年（公元228年）正月，诸葛亮在汉中誓师，发动了第一次北伐。出征前，诸葛亮召开军事会议，讨论进兵策略。当时的汉中督、大将魏延建议，自己领兵万人由子午谷直抵长安；诸葛亮率大军出斜谷，趋长安会师。这样可一举平定长安以西。魏延的根据是，曹魏长安守将夏侯楙是魏明帝之婿，胆怯而无谋，自己率精兵五千，负粮兵五千，循子午谷十日可达长安，突然进攻，夏侯楙必然弃城而逃。曹魏发兵来争要二十天时间，诸葛亮大军也可赶到。但诸葛亮认为这样做有危险，决定稳扎稳打出陇右，先取凉州，次取关中。于是诸葛亮声东击西，扬言由斜谷取眉，而实际西出祁山，想一举夺取陇右。诸葛亮只派赵云、邓芝率领少量人马据守褒斜道中段的岔口箕谷，作为掩护大军的侧翼。此役由于马谡失街亭，蜀军败还。

诸葛亮不用魏延之策，表明蜀汉战略，以弱抗强，不敢深入，而是蚕食雍凉，在边地打消耗战。蜀汉丧失了仅有的一次出奇制胜的机会，此后的北伐也就劳而无功，蜀汉疲困，加速了灭亡。

三方战略的得失

三国对峙，吴蜀夹攻曹魏，吴军争淮南，兵指合肥，蜀军蚕食雍凉，兵指祁山，东西悬隔数千里，起不到急迫的呼应作用。吴国控制荆州，不北出襄阳，蜀兵不直入关中，两国不靠拢作战，名为联盟，貌合神离，自私打算，战略失策，形成弱国与强国打消耗，蜀汉最弱，疲困最甚。

曹魏战略，始终贯彻防御，消耗吴蜀。曹魏在沿边以逸待劳，消耗吴蜀，取得了极大的成功。曹魏在相持时期的几次南征，都旨在显示武力，试探进攻，或见好就收，或知难而退。黄初三年（公元222年），魏文帝曹丕怒孙权不入质子，发动三路大军征吴，征东大将军曹休督张辽、臧霸出洞口，大将军曹仁出濡须，大将军曹真督张郃、徐晃围南郡。曹休在洞口打败吴将吕范，上表渡江作战，曹丕派驿马传令禁止。黄初五年（公元224年）、六年（公元225年），曹丕又两次南征，实际是巡视江淮防线，耀武长江而已。太和四年（公元230年），魏大司马曹真建言征蜀，九月，四路并出，众30万。司马懿沿汉水向西城，张郃出子午谷，曹真出斜谷，郭淮出建威（今甘肃省陇南市西和县），时逢大雨绵延三十余日不止，魏明帝下诏退军。实际这也只是一次扬威的行动。

曹魏的防御战略，不是消极应战，而是积极备战。曹魏在广大防区之内大开屯田，广储资粮，训练士马。江淮防区第一线淮南置有重兵，因此在淮河两岸推广军屯。江淮防区第二线，以许昌、汝南一带为重点，推广民屯。在与蜀汉邻接的关中槐里（今陕西省兴平市东南）、陈仓，以及凉州的上邽（今甘肃省天水市）等地，也广置屯田。曹魏的军事防御区，农业、水利都有较快的恢复。随着时间的推移，曹魏优势日益明显。到三国后期，曹魏常备兵员有五十万，吴蜀两国合并军力仅及曹魏之半。北方统一南方的形势不可逆转。

姜维北伐，加速蜀亡

姜维是蜀汉后期的栋梁，一位颇具才略的羌族将领。诸葛亮死后，姜维以北伐兴复汉室为己任，连年动众，蜀国疲敝，于是曹魏改变战略，先灭蜀，后灭吴，可以说加速了蜀汉的灭亡。虽然姜维致力蜀汉统一的大业未能实现，但他的忠勤王室，以及不屈不挠的进取精神，将永不磨灭。

姜维（公元202—264年），字伯约，天水郡冀县（今甘肃省天水市甘谷县东）人。冀县地处陇右，秦汉以至三国时的陇右一带，历为羌、戎等少数民族居住和活动的地区。姜维的祖先，原是天水的姜氏大族。追本溯源，姜维一家属羌族的后裔。古代的"羌"和"姜"

本是一字。《后汉书·西羌传》就说，"西羌之本，姜姓之别也"。

姜维的父亲姜冏，是东汉天水郡的功曹，后来死于战场。姜维因此获赐为中郎，参本郡军事。建兴六年（公元228年）诸葛亮首次北伐，初战告捷，一举夺取了天水、南安、安定三郡，姜维归附了蜀汉，被任命为仓曹掾，加奉义将军，当时他只有二十七岁。诸葛亮对姜维十分器重，他很钦佩姜维的为人和才略，曾经写信给参军蒋琬等人，说姜维"忠勤时事，思虑精密，是凉州上士"，还说"姜伯约甚敏于军事，既有胆义，深解兵意；此人心存汉室，才兼于人"。不久，姜维迁升为中监军、征西将军。

和抚西夷。姜维是少数民族羌人，这是诸葛亮对姜维如此器重的又一原因。诸葛亮为了实行"和夷"政策，争取陇右人的归服，在少数民族中发现和提拔负有威望的人才，十分重要。姜维是羌人，不仅才武过人，有一定威望，而且还非常熟悉了解陇右少数民族地区的风俗民情，这正是诸葛亮不可多得的人才。诸葛亮第一次北伐不直取关中而西出祁山陇右，除了不肯弄险的因素之外，同时也考虑了陇右是一个民族聚居区，准备在这一带实行"和夷"政策，可以站稳脚跟，然后稳扎稳打继续向东。所以姜维归蜀，人们都来向诸葛亮庆贺。

姜维归蜀汉以后，随诸葛亮四次北伐，立了不少战功。建兴十二年（公元234年），诸葛亮在第五次北伐中，病逝于五丈原（今陕西省宝鸡市岐山县五丈原镇）军中，随后姜维回到成都。后主刘禅按诸葛亮临死的推荐，以蒋琬、费祎统管军政大权，并且晋升姜维为右监军、辅汉将军。不久，姜维又迁升镇西大将军，领凉州刺史。延熙

第十四章 三国对峙策略权谋与人物

十年（公元247年），汶山郡平康县（今四川省阿坝藏族羌族自治州松潘县西）的少数民族发生变乱，姜维率兵前往平定，随后又出兵陇西（治今甘肃省定西市陇西县东南）、南安（治今陇西县东南）、金城（治今甘肃省兰州市榆中县西北）一带，大战魏将郭淮、夏侯霸于洮西（今甘肃省临夏回族自治州一带）。这两次出兵，他都注意贯彻诸葛亮生前的"和夷"政策，安抚了少数民族，调整了民族关系，实现了民族团结的局面。蜀汉将士上下团结一致，基本上是执行战略防御的政策，保持了诸葛亮生前的局面。

蒋琬、费祎鉴于蜀汉小弱，便在诸葛亮死后，休兵息民，控制姜维带兵，不过万人，不允许大举北伐。延熙十六年（公元253年）春费祎死后，姜维掌握了军事大权，调动诸军。就在这一年的夏天，他带领数万人出石营（今甘肃省天水市武山县西南），经董亭围攻南安；次年又出兵狄道（今甘肃省定西市临洮县），大败雍州刺史王经；第三年（公元256年），再次率军向祁山方面进攻，在上邽南部的段谷（今天水市东南），因蜀镇西将军胡济没有按期赶到，姜维为魏军邓艾所败，死伤甚为惨重，同时也影响到陇右以西的稳定。以上的连年出兵，对统一江山的大业没有多少成效，加上这次失败使姜维十分难过，他自求贬削给予处分，降为后将军，但仍负大将军职责号令三军。

过了一年，姜维乘曹魏关中空虚，出兵秦川，给魏军以重大的打击，缴获了不少的粮食，军威大振，不久便又任大将军。尽管姜维北伐，胜多败少，但蜀汉经不起消耗，姜维连年动众，造成蜀汉仓廪空虚，民有菜色，姜维想有作为，蜀汉已是无力支撑。这时后主刘禅无道，终日花天酒地，听任宦官黄皓专权，黄皓网罗的党羽越来越多。姜维劝谏刘禅除掉黄皓，刘禅不听，这便引起姜维的疑惧，他为了自保，于是长期领兵驻扎在沓中（今甘肃省甘南藏族自治州舟曲县西北），不问政事，蜀汉政权，岌岌可危。

尽忠殉国，胆大如斗

　　蜀汉大将出于外，奸佞惑于内，败亡之征显露，灭蜀时机成熟。景元三年（公元262年），执掌魏国军政大权的司马昭纳钟会之策，分兵三路伐蜀。一路由邓艾率兵三万自狄道指向沓中，攻击姜维；一路由诸葛绪领兵三万，自祁山向阴平（今甘肃省陇南市文县西北）进攻，以断姜维后路；东路主力由钟会统兵十多万人，从斜谷直取汉中。刘禅这时听说魏军真的打来了，才慌忙派廖化往沓中接援姜维，派张冀往阳安关口（即阳平关）防守。但援军未到，汉中、阳安关已经失守，姜维趁机经桥头（至今文县东南）、阴平，与廖、张两军会合，据守剑阁（今四川省广元市剑阁县东北剑门关）。邓艾选走阴平一带氐羌等少数民族地区和偏僻故道，绕过剑阁天险，直捣绵竹（今四川省德阳市北），成都再无天险可守，刘禅派人捧玺投降。当姜维接到刘禅要他投降的命令时，许多官兵将士"拔刀砍石"，十分悲愤。这样由章武元年（公元221年）刘备称帝到炎兴元年（263年）刘禅投降，经营了四十余年的蜀汉政权，从此告终。后来姜维想利用魏军大将钟会反叛司马昭的机会来复兴蜀汉，不但未成，而且一家受到杀害。姜维死后，有人剖腹察看，姜维胆大如斗。这是魏咸熙元年（公元264

第十四章　三国对峙策略权谋与人物　　323

年）的事，姜维死时六十三岁。

满宠守合肥

满宠守合肥，是曹魏战将继张辽之后扬威淮南的又一名将，孙吴将士闻之丧胆。

曹操识人

满宠（公元174？—242年），字伯宁，山阳郡昌邑县（今山东省济宁市金乡县西北）人。十八岁时，他任高平县（今山东省邹城市西南）代理县长。高平县豪强张苞任郡督邮，贪污受贿，枉法乱政，满宠拍案而起，收审张苞，当天就刑讯致死，然后辞官离任。

曹操起兵，占领兖州，辟署满宠为西曹掾。曹操慧眼识人，他认为满宠是一个人才，便对他提拔任用，让其在实践中增长才干。曹操迎汉献帝都许，任命满宠为许县县令。京都县令，面对皇亲国戚，历来就是一个要职。曹操堂弟曹洪宾客犯法，满宠依法惩处，不留情面，受到曹操的嘉奖。

战功卓著

满宠不仅长于行政，而且善于征战，预知敌情。建安十三年（公元208年），赤壁之战，满宠随军南征。曹操败退，留满宠屯守当阳，为代理奋威将军。三十四年（公元219年），关羽北伐，水淹樊城，曹仁打算弃城逃走，满宠协助守城，他对曹仁说："洪水暴涨，很快退去。如果丢失襄樊，关羽得势，许都告急，黄河以南的土地都将不保，将军必须坚守待援，打败关羽。"曹仁十分赞同。不久曹魏数路大军来救，关羽败走，满宠立了大功，进封安昌亭侯。文帝即位，迁扬武将军，进位伏波将军，随文帝南征有功，封南乡侯。明帝即位，进封昌邑侯。

太和二年（公元228年）石亭之战，曹休战败，气愤身亡，满宠总领扬州军务。满宠预料孙权不北上合肥，必西争西阳。西阳在合肥正西，孙权如占领西阳，可以在夏口江北正面推进几百里。满宠暗中为备。孙权果然乘石亭之战的声威，在次年西取西阳。孙权声东击西，扬声北上，主力实际西出，但发现满宠有准备，无功退还。

合肥建功

明帝太和四年（公元230年），满宠任征东将军，镇守合肥。满宠巡视合肥旧城，南临江湖，北远寿春，利于吴军进攻，不利魏军解围。他在合肥旧城西三十里的险要地势上另筑新城。护军将军蒋济不同意，认为这是魏军无敌自退，示人以弱。满宠认为示敌以弱，使敌骄堕，符合孙子兵法，并请示魏明帝，获得批准。同年孙权来攻新城，不克而还。青龙元年（公元233年），孙权派将军全琮征六安牵制魏军，并屏断豫州之敌东援，自率大军再攻合肥新城。这时新城已坚固，又

满宠

离水较远，孙权逗留二十多天不敢下船。满宠料定孙权要撤军，在撤退前将"上岸耀兵，以示有余"，暗中伏步骑六千袭击吴军。孙权果然上岸，遭满宠伏兵突袭，伤亡数百退走。

青龙二年（公元234年），吴蜀联合大举攻魏，诸葛亮由斜谷北进关中，孙权在东边北上，东西相应。吴兵三路北进。西路陆逊、诸葛瑾向襄阳；东路孙韶、张承向广陵、淮阴；孙权自率中路军为主力，三围合肥新城。满宠招募壮士数十人，以松树枝为火把，灌上麻油、乘夜顺风点火烧了孙权的攻城器械，又射杀了孙权的侄儿孙泰。这时魏明帝曹叡亲征，未至寿春，孙权退走。

青龙三年（公元235年）八月，麦熟收割，满宠料定孙权江北军屯点的士兵会出营割麦，认为可以乘虚偷袭。满宠派长史率领三军，摧破吴军江北屯田据点，焚烧麦场，得胜而还，魏明帝下诏嘉奖。

景初二年（公元238年），满宠年老，征还朝廷为太尉。五年后，正始三年（公元242年），满宠病卒，谥曰景侯。满宠年十八为高平县令，辞官后为曹操所征用。设若公元194年满宠受辟，年二十岁，约生于公元174年，享年六十九岁。

诸葛恪用兵淮南

诸葛恪为吴国中期的栋梁之材，治国有方，用兵有计，为时之望，可惜恃才傲物，不顾吴国小弱的现实，穷兵黩武，不仅自己丧身，也大伤吴国元气。诸葛恪死后，吴国衰弱不振。

年少机敏，深得吴主器重

诸葛恪（公元 203—253 年），字元逊，琅琊阳都（今山东省临沂市沂南县）人。其父诸葛瑾为吴国大将军，深得孙权信任，而诸葛恪在吴国后期也身居要职，用兵淮南，起了重大的作用。

葛诸恪自幼很聪明，特别是随机应变的辩才很突出。史称"恪少有才名，发藻歧疑，辩论应机，莫与为对"（《三国志·诸葛恪传》裴注引《江表传》）。以下几个小故事，充分说明诸葛恪的才思敏捷。

有一回，孙权大会群臣，叫人牵了一头驴子进来，在驴脸上贴了一张标签，上面题"诸葛子瑜"四字，以讽诸葛瑾面长似驴。诸葛恪征得孙权同意，拿起笔在四个字的下面添上"之驴"二字，于是引得满座皆笑。孙权就把这头驴子赐给了诸葛恪。

过了几天，孙权再见到诸葛恪，叫诸葛恪依次行酒。走到张昭面前，张昭已有醉态，不敢再喝，认为此非养老之礼。诸葛恪反驳张昭说："从前师尚父九十岁时，还执旗持钺，并未告老。今天带兵作战的事，让你老将军靠后；喝酒吃饭的事，请你老将军为先，怎么能说是对老年人不尊敬无礼貌呢？"说得张昭哑口无言，只好干杯。

后来，蜀汉的使者至，孙权设宴招待，群臣作陪。席间，孙权对使者说："这位诸葛恪向来爱马，请回去告诉诸葛丞相，为他挑送好马来。"诸葛恪马上离席向孙权拜谢恩典。孙权笑着说："怎么，马

诸葛恪

第十四章 三国对峙策略权谋与人物

还未送来你就拜谢？"诸葛恪笑道："蜀汉只不过是陛下的马房，现在恩诏已下，马肯定送来，臣安敢不谢！"

一天，有一群白头鸟飞集在孙权宫殿前，诸葛恪告诉孙权这种鸟称白头翁。张昭又沉不住气了，自以为是在座人中年纪最老的，诸葛恪是在借鸟来嘲弄自己，于是禀告孙权："诸葛恪欺骗陛下，从来未听说有这样的鸟名，否则让他再找一种母的白头鸟来。"诸葛恪当即反驳："有一种鸟，名叫鹦母，未必有相对的雄鸟名鹦父？"张昭一句话也回答不出，在场者哄堂大笑。

还有一次，孙权问诸葛恪："你父亲同你叔父相比，哪个贤明？"诸葛恪马上答道："臣下父亲优于叔父。"孙权又问道："为什么你这样认为呢？"诸葛恪说："臣下父亲知道为吴主效忠，而叔父却不知，那当然父亲优于叔父。"孙权听罢，哈哈大笑。诸葛恪其实对父亲与叔父的才能高下，心里十分清楚，这里只是投孙权所好而已。

诸葛恪颇得孙权的欢心和信任，弱冠就被拜为骑都尉，后又从中庶子升为左辅都尉。孙权曾以十分赞许的口气对诸葛瑾说："你儿子真是如蓝田所生之玉，名不虚传啊！"

诚然，诸葛恪父亲诸葛瑾虽与孙权私交甚笃，但是诸葛恪能被孙权委以重任，却是凭借自己的才华和学识的。

初试才情，抚平山越

东吴孙权势力在江南的扩张，遇到了山越人顽强的抵抗。山越人居住在江南深山中，他们不纳租赋，依仗地势险要，"未尝入城邑，对长吏，皆仗兵野逸，白首于林莽"。山越人自己种植谷物，并能自铸甲兵。一些山越头人接受曹操委署的封号，时常反叛，成为孙吴的忧患。于是，孙权在陆逊的建议下，屡次进攻山越，巩固统治基础。

在多次进攻山越的战争中，以诸葛恪围困丹阳山越所取得的成效最大。吴嘉禾三年（公元234年），诸葛恪毛遂自荐，愿到丹阳围困山越，保证三年可得甲士四万。朝中大臣纷纷表示怀疑，甚至诸葛瑾也表示此事办不到，但是孙权不疑，任命诸葛恪为抚越将军，领丹阳太守，授棨戟武骑三百。

诸葛恪到任后，马上采取了以下措施：第一移书与丹阳邻接的吴兴、会稽、新都、鄱阳四郡属城长吏，令他们各保住疆界，约束其部队，各郡从化之平民，全都屯居，不得随意离开；第二令部下诸将分兵把守险峻隘口，修筑工事，不得与山越交锋，待山越庄稼成熟之际，派兵割光，粒种不留。起初，山越不以为然，但时间一久，存粮吃尽，新田无收获。加之官兵把守，山越根本无法接近自己的田地，最后只好扶老携幼，出山向东吴官兵投诚。诸葛恪抚纳安置，于是成千上万的山越人纷纷出山归顺。经过三年围困，诸葛恪如期实现了自己征兵四万的计划。在这三年中，山越前后有十万人出山投降，其中丁壮四万被补为军队。诸葛恪自己留下丁壮万人，其余丁壮划给诸将统领，剩下的成为郡县编户。孙权为嘉奖诸葛恪，拜诸葛恪为威北将军，封都乡侯。

山越人出山虽然是在东吴的军事压迫下被迫进行的，但客观上加速了山越人的汉化，加速了东南地区一统的历史进程。诸葛恪在丹阳一反过去那种对山越以武力镇压、血腥屠杀的手段，"兵不染锷，甲不沾汗"，围困安抚，这毕竟是对山越统治的一大进步。诸葛恪在这件事情上，是有贡献的。

用兵淮南，死于非命

神凤元年（公元252年）四月，孙权病死，孙亮即位，大将军诸葛恪拜太傅，受遗命辅政，大权独揽。十月，诸葛恪在巢湖口筑东兴堤以提高巢湖水位，利于舟船进军合肥。又在濡须山筑东关城，隔濡须水与七宝山上的西关城相对，北控巢湖，南扼长江，护卫东兴堤。两关城，各留千人屯守。曹魏命大将胡遵、扬州牧诸葛诞率七万大军攻围两城，诸葛恪率四万众星夜驰救。时天寒大雪，魏军解甲饮酒，诸葛恪率众突然袭击，大获全胜，毙魏军数万，缴获军资如山积。十二月，诸葛恪班师还建业。

吴建兴二年（公元253年），诸葛恪大举北伐，倾全国之力，集兵二十万众，为吴国用兵史上前所未有。吴国文武大臣联名反对，认为连年动众，兵民已困，不宜轻率北伐。诸葛恪模仿诸葛亮《出师表》著论压众，说什么"天无二日，土无二王，吴国不可依靠长江天险传世，而要趁曹魏还未强大之时北伐，统一天下"。诸葛恪认为，再过数十年，曹魏人口兵众将增长一倍，而吴国功臣宿将反凋零一半，更不利北伐。还说刘表端坐荆州，没有远虑，给子孙留下后患。诸葛恪善于雄辩，他不顾国力，违众进兵。

诸葛恪没有直取寿春，他犯了兵家大忌，置众兵于坚城之下，围困合肥新城。合肥守将张特与将军乐方虽然只有兵三千人，但仍依靠城坚粮足坚守，诸葛恪攻围百余日不能下。诸葛恪五月入淮南，正值暑热，士卒疲劳，病者大半，死亡甚众。八月，魏救兵入淮南，诸葛恪退兵，伤亡大半。此役吴兵未经大战而遭惨败，完全是诸葛恪不体恤士卒造成的。他回到建业，被孙峻所杀。

诸葛恪淮南惨败，吴国大受损伤，此后无力北上。曹魏淮南守将毌丘俭与诸葛诞先后叛乱，也无暇南下。司马昭主政，调整战略，先灭蜀后灭吴，淮南征战逐渐沉寂下来，直到吴亡，没有大战役。

吴魏争淮南，双败又双赢

三国形成时期的孙曹较量，以及三国鼎立南北对峙吴魏的争战，主战场都在淮南。淮南争夺，大战役都是围绕合肥而展开。孙吴与曹魏两国倾全国之力长期争夺合肥，由此可见合肥在魏吴对峙中的战略地位。

合肥形胜

合肥地处江淮平原的中心，是淮南重镇，背靠中原，前横大江，是长江中段的江北重镇。长江从鄱阳湖迂曲北流，再折曲东流入海，因此长江下游分为江东、江西地区。合肥在江西，孙策创业江东立都在京城（今江苏省镇江市），孙权定都建业（今南京市），在江东长江南岸。合肥处在上游，建业、京城都在下游。魏吴对抗，合肥的战略地位极为重要，东可迫建业，西可胁武昌，广阔的平原，有利于发挥曹魏的骑兵优势。赤壁战后，刘备在江陵，北向襄阳，孙权在京口，以江北扬州为重镇北指徐州。而合肥在江西，从侧翼保卫了徐州，把战线南移靠近长江天险。终三国鼎立，孙吴兵锋始终未达徐州之郊，合肥据点起了重要作用。

合肥原本是淝水和施水相合的意思，《水经注》载："盖夏水暴涨，施合于肥，故曰合肥也。"早在春秋时期，这里就是吴楚两国争夺的战略要地。合肥在西汉已经是淮南大镇，为江淮物资集散地。东汉末袁术据淮南，合肥残破。曹操灭袁术，能吏刘馥治淮南，刘馥招抚流亡，治州城，兴水利，办学校，数年之间恩化大行，合肥又恢复为淮南重镇，储粮筑城为战守备。

曹魏巩固北方，沿吴蜀之边，设置三大军事重镇与吴蜀对抗。这三镇，东为合肥，中为襄阳，西为祁山。而合肥直接威胁孙吴都城建业，犹如一把利刃直插心腹。孙吴方面集全力来争，孙权多次亲临前线，定欲拔之而后快。合肥如此重要，曹操也两次进兵淮南，这里成了魏吴对峙最激烈的战场。

孙权筑濡须

建安十六年（公元 211 年），孙权就从京城徙治秣陵，次年改名建业。孙权采纳吕蒙建议，在江西长江北岸濡须水入江两岸修筑坞堡，这就是三国时著名的濡须坞。它既是孙权建立江北防线的重要据点，又是进攻合肥的前哨基地。濡须坞，在孙曹对抗中起了重要作用。孙权九征淮南，六攻合肥，无功而返，但曹操也拔不掉濡须。如同合肥挡住了孙权前进的脚步一样，濡须也锁住了曹操南下江东的步伐。曹操两征濡须，无功而返，已在本书前文第十章中述及，兹不复述。

吴魏争淮南，各得其所

孙曹双方倾注全力于淮南，孙权六攻合肥不下，曹操两次濡须之战被阻击不前。那么，双方为何还要鏖兵淮南呢？这有一个战略考虑，那就是孙权在长江北岸要建立一条江北防线，不让曹魏势力突进至长江岸边，这样长江天堑才不为敌我共有。魏黄初六年（公元225年）冬，魏文帝曹丕率十万大军至广陵，见长江波涛汹涌，不由得望江而叹："嗟乎！固天所以隔南北也。"又说："魏虽有武骑千群，无所用也。"只好掉头北还。吴魏淮南争夺战，孙权虽败多胜少，但稳稳占据了沿江战略要点，领有江西合肥以南地区，筑起了江北防线。孙权在江北建立了庐江郡和蕲春郡。庐江郡治皖城，在今安徽省潜山市；蕲春郡治蕲春，在今湖北省黄冈市蕲春县西南长江北岸。

曹操两下濡须不胜，也就改变策略，防御疲敌，确保淮水，所以扼守合肥，寸步不退。攻与守，形势不同，进攻方要三倍于守，方能取胜。孙权进攻多，吃败仗也多。曹操两征濡须，也都败还。孙曹两家谁都没有吃掉对方的实力，谁进攻谁就要打败仗，说明双方势均力敌。为了确保各自的战略目的，所以争战不休，老一辈战罢，下一辈

司马懿

又登场。曹魏及时调整战略，转攻为守，休兵息民，以逸待劳，实为上策。当孙吴已经稳固了江北防线，后继者诸葛恪的进兵淮南，可以说是穷兵黩武，劳民伤财，加速了吴国的衰亡，毫不可取了。

渔翁得利，司马懿奠定西晋基业

曹孙刘三家争逐，谁都想统一天下，结果全都是竹篮打水一场空。你争我夺，渔翁得利，天下归于司马氏，这个摘桃的司马氏就是晋宣帝司马懿。司马懿出身世族，多谋略，善权变，初为曹操的文学掾，后几经迁转，出任魏国的太子中庶子，是魏太子曹丕的重要谋臣。曹魏建立后，司马懿为魏文帝曹丕所信任，魏明帝时出任大将军，多次率军与蜀汉诸葛亮对抗，为曹魏重臣。曹芳即位，司马懿已是三朝元老，受明帝遗诏与曹爽共同辅政。嘉平元年（公元249年），司马懿杀曹爽，专朝政，奠定了西晋的基业。司马懿终身为曹魏大臣，死后其子司马师、司马昭相继专政，至其孙司马炎代魏称帝。

汉魏禅代的积极拥护者

司马懿（公元179—251年）字仲达，河内温县（在今河南省焦作市温县西南）人，出身于一个东汉以来累世二千石（郡太守）的地方豪族。先祖原属以"传剑论显"的"将种"，到他父亲司马防时才开始讲究儒学礼法，此后，司马懿父子便以"传礼来久"的儒门望族自居，来抬高自己的身价。司马懿早年当过本郡的郡吏，到了建安十三年（公元208年）曹操晋位丞相后，才提拔他为相府文学掾，时年三十。当时曹操身边聚集了不少才智之士，司马懿与贾诩、刘晔等人比肩都谈不上，就更不能与荀彧、郭嘉等一流人物同日而语了。然而司马懿还不失为一个思虑深沉的政治家，他善于审时度势，在曹操父子与东汉帝室的权力斗争中，始终坚定地站在曹氏一边，并曲意逢迎太子曹丕，两人十分友善，表现了司马懿从长韬晦的见识。

司马懿之所以会发迹，乃在于促进汉魏的禅代。建安二十四年（公元219年），吴蜀联盟破裂，孙权上书向曹操称臣，劝曹操称帝。曹操害怕沾上"篡逆"的恶名，不敢称帝，却想当周文王，准备让儿子曹丕来建立新的王朝，因而早就着手替曹丕选择了几个政治上可靠的助手，司马懿是其中之一。在相府任职时，曹操就让他与曹丕"游处"，到曹丕立为魏太子后，又任命他为"太子中庶子"，与陈群、吴质、朱铄同列为曹丕的"四友"，他们都属曹丕智囊团中的主要人物。曹操死后，曹丕继位，禅代的紧锣密鼓就敲响了。司马懿被提升为丞相府长史，随后曹丕担心军队不稳，便任命司马懿为督军御史中丞，这是一种为应急临时设置的官职，就是让他以御史中丞去监视那些带兵的将领。接着，司马懿又以督军御史中丞之职率领一批朝臣参与上表劝进，过了十七天，曹丕就登上了皇帝的宝座。司马懿因翼戴有功，魏朝建立后，就成了曹丕的心腹大臣。黄初五年（公元224年），曹丕出征吴国，委司马懿以抚军将军、录尚书事留守许昌，代他总揽后方的行政和军事。此后，曹丕出巡或出征，都由司马懿坐镇。曹丕病危，他又被列为托孤顾命的辅政大臣，开始跻入魏朝的上层领导核心，这时他已四十八岁了。

一生战功，积储资本

司马懿建功立业是在他的后半生。黄初七年（公元226年）七月魏明帝曹叡继位。八月，吴国出兵围攻襄阳，曹叡令时任抗军大将军的司马懿率兵去解围。时任抗军大将军的司马懿到达襄阳时，吴将诸葛恪已退走，曹叡改封他为骠骑大将军，都督荆、豫二州军事，让他坐镇宛城，主持荆州地区的对吴作战。但在他镇宛城的四年中，魏、吴只在淮南地区打了一仗，襄樊间没有发生大规模军事冲突，司马懿的战功，乃是镇压了新城太守孟达的反叛。

孟达原是西蜀房陵郡（治今湖北省十堰市房县）的守将，于黄初元年（公元220年）献城降魏。曹丕为广招降人，特合房陵、上庸（治今湖北省十堰市竹山县西南）两郡为新城郡，用孟达为太守，让他带领旧部屯驻上庸。曹丕死后，孟达在朝中失去靠山，心不自安，诸葛亮就乘机派人去进行策反。太和元年（公元227年）冬，孟达准备起兵叛魏，配合蜀军，进攻雒阳。这时，镇守宛城的司马懿得到魏兴（治今陕西省安康市西北）太守申仪的告密，上奏朝廷，不等诏命，便先发制人，迅速出兵包围了上庸。孟达估计，司马懿在宛城上报朝廷，从雒阳返回到出兵，至少需要十六天时间。不料司马懿先斩后奏，一边上报，一边就直接从宛城迅速发兵，先锋徐晃八天就到达了上庸，连日猛攻，孟达的部将开门献城。孟达被擒，叛乱很快就平息了。司马懿的迅速行动，打乱了诸葛亮北伐的计划，立了殊勋。

在镇宛期间，太和四年（公元 230 年），司马懿还配合曹真进行过一次伐蜀。但魏军一入蜀境，即遇上连绵大雨，曹真、司马懿只得各自退回原防。这次伐蜀，可谓是劳而无功了。

太和五年（公元 231 年）三月，曹真病死，值诸葛亮进攻陇西，魏明帝曹叡起用司马懿为大将军，都督雍凉二州诸军事屯守长安，代曹真主持对蜀的战争。司马懿与诸葛亮正面交锋就是从这年开始的。这次，诸葛亮出兵围攻魏国祁山大营的守军，曹叡令司马懿率车骑将军张郃、雍州刺史郭淮等前往解围。司马懿不与诸葛亮正面交锋，只是尾随蜀兵从祁山到上邽，再从上邽到卤城，再到祁山，据险坚守，紧迫蜀军，使得诸葛亮粮尽退兵。

曹魏青龙四年（公元 234 年）诸葛亮出师斜谷，决心在渭滨建立根据地与魏持久相抗。诸葛亮总结了历次北伐失败的教训，出兵之前，先运大量的粮食贮存于斜谷邸阁，并于是年四月出兵占领了渭水南岸的五丈原（又称南原，在陕西省宝鸡市岐山县五丈原镇）。按诸葛亮的作战计划是在占领五丈原地之后再渡过渭水去占领积石原（又称北原，在岐山县西面），通过占领渭水沿岸两个战略高地，来控制水陆交通线，从而切断魏国与陇西诸郡的联系。这样，蜀军首先可以从陇西诸郡夺取十分短缺的粮食和其他物资；其次是可以将储存在斜谷阁邸和陇西诸郡的粮食沿渭水运到前线，而不受魏军的骚扰；最后便于联结羌人起来反魏。诸葛亮企图在这一地带建立根据地，然后稳扎稳打地向东推进，迫近长安。

司马懿原先对诸葛亮的战略意图认识不足，错误地认为诸葛亮兵出斜谷后，就应该去占领武功（治今陕西省咸阳市武功县西），然后向东迫近长安，而进驻五丈原就不能构成对魏国的威胁。幸有宿将郭淮识破了诸葛亮的意图，建议抢先占领积石原，不让蜀军通过占领两个战略高地来控制渭水沿岸的交通线。司马懿采纳郭淮正确的建议，并令他带兵去抢占积石原。当诸葛亮派重兵渡河抢占积石原时，由于郭淮事先做了严密的防备，蜀军只好退回渭南。

司马懿在分兵令郭淮抢占积石原的同时，自率大军扎营于马冢山，隔武功水（又名斜水，即今岐山县南的石头河）与五丈原的蜀军对垒。诸葛亮被郭淮阻绝于渭南，便积极向魏军挑战，企图击溃魏国的主力部队，再推进。但司马懿并没有上当，他绝不应战，以至咬牙忍受诸葛亮赠予"巾帼妇女之饰"的嘲弄，并千方百计压制部将强烈的不满，终于成功地将蜀军阻隔于武功以西，形成两军对峙的局势。

诸葛亮渡渭和东进的途径分别被郭淮和司马懿堵住了，只好分兵屯田，找机会再发动进攻。但就在这年的八月，诸葛亮病死于军营中，蜀军失去统帅，又退回汉中。这就结束了司马懿御蜀的战事。

在对蜀作战中，司马懿不像以前攻打孟达和以后讨伐公孙渊那样勇猛果断，而是尽量避免决战。尽管部将讽刺他畏蜀如虎，诸葛亮嘲笑他像巾帼妇女那样的怯懦，以致百姓中出现了"死诸葛吓走生仲达"的谚语，他却能咬牙忍受。因为司马懿深知诸葛亮善谋，不同于孟达、公孙渊，他决不冒险与诸葛亮打无把握之仗。司马懿在战场上打的是

第十四章 三国对峙策略权谋与人物

政治仗，他要积储资本，充分利用曹魏的军力、财力的优势拖垮诸葛亮，因为弱国对抗强国，打不起消耗仗。司马懿成功了，迫使诸葛亮欲战不能，欲退不得，呕心沥血，累死军中，饮恨五丈原。

曹魏景初二年（公元238年），司马懿平定辽东公孙渊凯旋，这是他一生战功中最后一次征战，可谓功德圆满。

奠定西晋基业

景初三年（239年）正月，曹叡病死，八岁的养子曹芳继位。曹叡临终前，原本命燕王曹宇辅政，随后又在他的宠臣中书监刘放、中书令孙资的密谋策划下，改用曹爽、司马懿辅政。但不久两人就发生矛盾，司马懿韬晦称病，欲擒故纵，放任曹爽专权，阴养死士三千，于正始十年（公元249年），突然发动政变，杀了曹爽等人。司马懿开始专擅朝政，从而奠定了魏晋禅代的基础。

政变后过了两年司马懿就病死了。在这两三年间，司马懿倾全力铲除魏室的势力，以巩固自己的权位。嘉平三年（公元251年）六月，他亲自带兵镇压了忠于魏室的都督扬州诸军事、淮南的镇将王凌的反抗，被牵连的人都夷三族，手段异常残酷。在这期间，他如同曹操的晚年一样，专注于"营立家门，未遑外事"（《三国志·钟会传》）。其孙司马炎代魏建立晋朝后，司马懿被追尊为宣帝。

人物小档案

邓芝

姓名：邓芝，字伯苗
生年：汉灵帝光和元年？（公元178年？）
属相：马？
卒年：蜀汉后主延熙十四年（公元251年）
享年：74岁？
谥号：无
继承人：邓良
最得意：使吴展英姿
最失意：箕谷失利
最擅长：口才

姜维

姓名：姜维，字伯约
生年：汉献帝建安七年（公元202年）
属相：马
卒年：魏元帝景元五年（公元264年）
享年：63岁
谥号：无
父亲：姜冏
继承人：无
最得意：受知孔明
最失意：守剑阁后路被抄
最不幸：避祸走沓中
最痛心：忠心复辟，惨遭灭门

人物小档案

满宠

姓名：满宠，字伯宁
生年：不详
属相：不详
卒年：魏齐王正始三年（公元242年）
享年：不详
谥号：景侯
继承人：满伟
最擅长：计谋

诸葛恪

姓名：诸葛恪，字元逊
生年：汉献帝建安八年（公元203年）
属相：羊
卒年：吴会稽王建兴二年（公元253年）
享年：51岁
谥号：无
父亲：诸葛瑾
继承人：无
最得意：仕途一帆风顺
最不幸：恃才傲物遭孙峻暗算
最痛心：违众出师，惨遭灭门
最擅长：机智

人物小档案

司马懿

姓名：司马懿，字仲达
生年：汉灵帝光和二年（公元179年）
属相：羊
卒年：魏齐王嘉平三年（公元251年）
享年：73岁
庙号：晋高祖
谥号：晋宣帝
父亲：司马防
继承人：晋景帝司马师
最得意：拥曹结友太子
最失意：篡魏只能做周文王
最擅长：权术

相关阅读书目推荐

（1）陈寿：《三国志》卷二十六、卷四十四、卷四十五、卷六十四有传。
（2）张大可：《三国人物新传》，华文出版社，2003年。
（3）龚弘：《三国人物》，齐鲁书社，2005年。

第十五章

一統三國人物

引言

中国历史的发展，呈现出"合久必分，分久必合"的循环格局，但统一才是主流，分裂是暂时的。因此三国归一统是历史的必然。司马氏代魏，三分归一。魏景元四年（公元263年），司马昭灭蜀，统兵大将为钟会、邓艾。晋太康元年（公元280年），晋武帝司马炎平吴，灭吴晋师有六路大军，而居首功者为杜预、王濬。

钟会建策西征

钟会是曹魏后期执政者司马师、司马昭兄弟的重要谋士。他多智善谋、文武兼备，在司马氏确立政权的过程中起了关键作用，也是统一蜀汉之役的策划者和首要军事指挥者。

建功淮南

钟会（公元225—264年），字士季，颍川长社（今河南省长葛市）人，出身世家，为魏太傅钟繇晚年所得之少子。钟会与兄钟毓均敏慧早成。当时曹魏大臣蒋济善相人。钟会五岁，蒋济观其眸子甚异，曰："非常人也。"及长，钟会勤奋好学，常夜以继日，博览群书，由于才华出众，年方弱冠就在士人中有甚高声誉，与当时另一少年才子王弼并知名于世。他"精练名理"，尝论"易无互体，才性同异"，并著有《道论》二十篇。

钟会有高才，又为名公之子，在仕途上一直顺利。他从正始年间开始，历任秘书郎、尚书侍郎、中书侍郎等清要之职，后赐爵关内侯。

曹爽被诛后，钟会在政治上积极靠拢司马氏。他与司马师、司马昭兄弟关系密切，并受他们重视和信任。正元二年（公元 255 年），忠于曹魏的镇东将军毌丘俭、扬州刺史文钦，不满司马氏专权，矫太后诏，发淮南戍兵反抗司马氏。时司马师为大将军执政，因新割目瘤未愈，不宜外出。有人建议司马师另遣将率兵出征，司马师犹豫不决。考虑到朝廷内外不满司马氏的人很多，万一战败，必成崩溃之势，故作为司马师亲信的钟会与河南尹王肃、尚书傅嘏等均力劝司马师率军亲征淮南。司马师从之。钟会随军，出谋划策，"典知密事"，很快平定了叛乱，毌丘俭被杀，文钦逃往东吴。钟会在此役中立下大功。

甘露二年（公元 257 年），司马昭欲剥夺忠于曹魏的淮南大将诸葛诞之兵权，用长史贾充策，以诸葛诞为司空，召其赴京师。诸葛诞闻诏反叛。他攻夺扬州，据寿春，发淮南、淮北及扬州兵十余万反抗司马昭，并遣子向东吴求援。东吴派将领全怿、全端、唐咨、王祚与文钦率精兵三万，进入寿春城，并复发大军以应之。

司马昭大为震惊，遂挟魏帝、太后，督诸军二十万讨诞。钟会为主要谋士，从行，司马昭军围攻寿春城半年未下。时吴将全怿弟子全辉、全仪因家内争讼，携母奔魏。钟会献反间之计，司马昭采纳之，假借全辉等名义作书，说："吴中怒怿等不能拔寿春，欲尽诛诸将家，故逃来归命。"全怿、全端等接信恐被诛，率部下数千人出降。城中震惧，军心涣散，很快发生内乱而被攻破。

这次战争，作为主要智囊的钟会谋划居多，故司马昭对其"亲待日隆"，委以腹心之任。钟会也因此被人们目为司马昭之"子房"。

钟会

第十五章 一统三国人物

建策西征

益州四塞，入蜀路途艰险。曹魏统一天下的方针是先灭吴后灭蜀。司马氏掌控曹魏政权，到司马昭之手，急欲建功受禅，钟会洞察三国鼎立形势，认为蜀汉小弱，后主昏暗，力主先灭蜀，后灭吴，深得司马昭信任。

景元三年（公元262年）司马昭欲出兵灭蜀。众人"皆言蜀不可伐"，连与蜀军作战多年，时任征西将军都督陇右诸军事的老将邓艾，也认为"蜀未有衅"，不可伐之而"屡陈异议"。独钟会劝之，断定时机成熟，"蜀可取"，并为司马昭分析形势，筹划伐蜀方略。于是，司马昭下了决心，开始了伐蜀军事行动。当年冬，任钟会为镇西将军都督关中诸军事，做攻蜀准备。为声东击西，又令青、徐、兖、豫、荆、扬诸州制造船舰，令降将唐咨作浮海大船，声称将伐吴，以迷惑蜀汉。

景元四年（公元263年）夏五月，司马昭下令按预定步骤正式伐蜀。他派邓艾与雍州刺史诸葛绪各统军三万为偏师，从陇右南攻蜀。其中，邓艾自狄道（今甘肃省定西市临洮县）攻甘松、沓中，牵制为经营陇右而屯田沓中的姜维蜀军主力，诸葛绪则由祁山直取武街桥头，截断姜维归路。钟会率主力十余万人由关中经斜谷、骆谷、子午谷三道南攻汉中。以廷尉卫瓘持节监伐蜀军事，行镇西军司，随钟会军行动。

钟会治军严整。出兵时，他令牙门将许仪在前修整道路，因桥穿，落马足，钟会追究责任，将许仪斩首。许仪为名将许褚之嗣子，褚有大功于王室，而钟会犹不宽贷，于是诸军莫不震慑。

蜀汉根据此前姜维的部署，将兵力集中于汉城（今陕西省汉中市勉县东）、乐城（今汉中市城固县东）。钟会令将军荀恺、李辅各领兵万人围之，自己亲率大军直趋汉中至巴蜀之战略要冲——阳安关口，以护军胡烈为前锋，攻破关城。沓中姜维率军突破诸葛绪军的拦阻，经桥头还至阴平（今甘肃省陇南市文县西北），欲赴阳安关。闻关城已破，遂撤向白水与廖化、张翼、董厥诸援军会合后，退守巴蜀门户——剑阁（今四川省广元市剑阁县剑阁东北剑门关）。

钟会率军猛攻剑阁，姜维列营守险，钟会久攻而不能克，但已将蜀军主力吸引至剑阁一线。

与此同时，邓艾乘蜀后方空虚之机，偷渡阴平道，袭取江油（今四川省绵阳市平武县南坝镇），接着在绵竹（今四川省德阳市黄许镇）大破蜀之大将诸葛瞻军，阵斩诸葛瞻，消灭了留守军主力，乘胜直取成都。在这种情况下，成都无兵可守，调援兵也来不及，刘禅只好投降，蜀亡。

蜀平，钟会立下首功，被封为司徒，增邑万户，二子封亭侯，邑各千户。钟会功高震主，不敢北还。景元五年（公元264年）在蜀谋反被诛，享年四十岁。

邓艾破成都

邓艾是三国时代一位杰出的军事家，他以卓越的军事才干率三万孤军一举攻灭蜀国，创造了中国军事史上的奇迹。他还是一位农田水利专家，他所著的《济河论》和为司马懿制定的分兵屯田之策使中原地区的农田水利事业得到了很大的发展。他立功受诛的悲惨结局也是中国历史上许多功臣良将的共同悲剧，暴露了封建帝王猜忌功臣、杀戮功臣的凶残本性。

家贫志高，苦读兵法

邓艾（公元197？—264年），字士载，义阳郡棘阳（今河南省南阳市新野县东北）人。曹操占领荆州时，他家迁居到汝南（治今河南省驻马店市平舆县北）。邓艾自幼就失去了父亲，家境十分贫困，为了维持生计，他小小年纪就去为人家放牛。这个贫贱的牧牛儿内心里却有着高远的志向。他十二岁时随母亲去颍川，看到汉桓帝时曾任太丘长的陈寔的碑文中有"文为世范，字为士则"二句，非常倾慕，便把自己的名改为范，字改为士则。后来因为宗族中有人已取了这个名字，他只好又改用原名。

邓艾长大后被举荐为都尉学士，由于他有口吃的缺陷，没能当上官府的低级办事员，只当了个在稻田里看守草堆的小吏。邓艾虽然身为微贱的小吏，却怀有非凡的大志，他看到当时三国鼎立，连年争战，便努力钻研兵法。每到高山大泽之处，他总要仔细察看地形，指划着说哪里可以扎营，哪里可以屯兵。周围的人看到这个贫寒的小吏指指划划，俨然像一位大将军在布置军事，都讥笑他，他也并不在意。

邓艾

第十五章 一统三国人物

料敌如神，屡建战功

邓艾是御蜀的曹魏大将。蜀将姜维是一位智勇双全的统帅，诸葛亮曾称赞他"甚敏于军事，既有胆义，深解兵意"（《三国志·姜维传》），他继承诸葛亮遗志，致力北伐，多次进攻陇右，使魏国"民夷骚动，西土不宁"。自从邓艾驻军陇右，姜维就遇上了一个可怕的对手。姜维足智多谋，善出奇兵，而邓艾总是料敌如神，先期制敌，使得多谋善战的姜维屡次败在他的手下。

嘉平元年（公元249年），邓艾与征西将军郭淮一起抗击蜀汉大将姜维的进攻，姜维率军撤退，郭淮便要向西去进攻羌人。邓艾提醒他说："敌人撤走不远，有可能重新回来，应分出一些军队防备万一。"郭淮便留下邓艾的部队驻守白水北岸。三天之后，蜀军果然折回，姜维派廖化率军从白水南岸架桥，好像要进攻邓艾。邓艾对部将们说："姜维突然回军，我军兵少，按兵法他该迅速渡河进攻才对，可是他却让廖化慢慢地架桥，这显然是有意让廖化牵制住我们，姜维一定是率兵去东边袭击洮城了。"于是邓艾连夜率军出发，赶到六十里外的洮城，果然姜维正在洮城（今甘肃省定西市岷县南）对岸渡河，邓艾抢先入城据守，使姜维偷袭洮城的计划落了空。由于战功卓著，邓艾被封为关内侯，加讨寇将军。

正元元年（公元254），姜维出兵狄道，魏雍州刺史王经兵败被围。邓艾率兵击退姜维，解了狄道之围。魏军诸将都认为姜维经此挫败，已势穷力竭，不会再出兵东进了，但邓艾却不以为然。他分析了敌我形势，认为姜维一定会再次来犯，下令全军严加戒备。果然不出邓艾所料，第二年姜维又率兵向祁山大举进攻，他看到邓艾早有防备，便回军从董亭进攻南安。邓艾据守武城山防御，双方抢夺有利地形，姜维没有得手，便连夜渡过渭水，沿山路向东面的上邽（今甘肃省天水市）进军。邓艾率军在上邽南面的段谷（至今天水市东南）与姜维激战，大败姜维，蜀军伤亡惨重。姜维遭此挫败，自请降职为后将军。段谷之战，邓艾以少击众，大破姜维，声威大振，朝廷特下诏书褒奖，委任他为镇西将军，封邓侯。甘露二年（公元257年），姜维又出兵秦川，邓艾在长城（今陕西省西安市周至县西南）抗击姜维，姜维退还。景元三年（公元262年），邓艾又在侯和（今甘肃省甘南藏族自治州卓尼县东北）击败姜维，姜维退守沓中。

出奇制胜，偷渡阴平

景元四年（公元263年）秋，司马昭调集各路兵马，大举伐蜀。魏军兵分三路，邓艾率兵三万，进攻甘松、沓中的姜维军队。从司马昭的安排来看，很明显是想把灭蜀的大功让钟会来完成，给邓艾的任务只是替钟会牵制姜维。邓艾受命之后，即派天水太守王颀等进攻姜维大营，另派陇西太守牵弘等拦截姜维的退路，又派金城太守杨欣进攻甘松。姜维得知钟会攻占汉中后，立刻率军还蜀，巧施调虎离山计，使奉命断他后路的诸葛绪扑了个空。蜀军得以经过桥头东归，与刘禅派来接应的廖化、张翼会合，据守剑阁天险。钟会率军进攻剑阁，蜀军据险坚守，钟会久攻不克，粮草又接济不上，一度打算撤军。司马昭精心制订的灭蜀计划眼看就要夭折。这时，足智多谋的邓艾提出了一个出奇制胜的计划，他上书朝廷说："现在敌人败退，正应乘胜进击。从阴平抄小路经过汉德阳亭直取涪城，离成都就只有三百多里了。这样出奇兵直捣敌人心脏，剑阁守敌必然回军救涪，那钟会大军就可长驱直入了。如剑阁守敌不还，那涪城守敌就不堪一击，我军就可攻下涪城、直取成都。兵法上说'攻其不备，出其不意'。我们奇袭敌人的空虚之处，必定能够攻灭蜀国。"邓艾决计从阴平古道奇袭蜀汉，便整训军队，挑选精锐，并邀诸葛绪一道进军。诸葛绪认为这不是自己分内的任务，拒绝参加，邓艾便率领自己的三万孤军踏上了伐蜀的征途。

从阴平到江油七百多里，都是荒无人烟的崇山峻岭、深谷绝壁，邓艾率领将士们凿山开路架桥造阁，一路上历尽艰险。粮食也接济不上，情况非常危险。六十七岁的邓艾处处身先士卒，用自己的勇气激励中下将士，在一处无路可行的绝壁前，邓艾用毡裹住身体，首先从山上滚了下去，将士们看到主帅这样，个个奋勇争先，攀木缘崖而进。经过二十多天的艰苦跋涉，邓艾终于率领自己的部队进抵江油城下。邓艾对着疲惫不堪、缺衣少食的部下大声激励道："现在我们已经没有退路了，前面的江油城中粮食很多，攻下江油就可以得生，后退只有死路一条，大家都要拼命进攻！"将士们齐声应道："愿决一死战！"邓艾便率军进攻江油。

苦战灭蜀，居功自傲

驻守江油的蜀军以为魏军还被姜维阻挡在剑阁，看到邓艾突然兵临城下，大为惊慌，江油守将马邈投降。蜀汉卫将军诸葛瞻听到邓艾兵至江油，立刻从涪城进军绵竹，准备拦击邓艾。邓艾占领江油后，迅即向绵竹进发，正遇诸葛瞻在此列阵迎候。邓艾命令儿子邓忠和部将师纂分两路进攻蜀军，结果战败退回，二人对邓艾说："敌人还很强大，现在不能进攻。"邓艾大怒，呵斥道："我军生死存亡，在此一举，还有什么不能进攻呢！"并下令欲将二人斩首，邓忠和师纂只得回身再战，拼命进攻，终于大破蜀军，蜀军主将诸葛瞻和儿子诸葛尚、尚书张遵都被魏军杀死。邓艾乘胜前进，进军雒城（今四川省广汉市北），蜀汉都城成都已经遥遥在望了。

蜀汉后主刘禅听到诸葛瞻战败、邓艾兵临雒城的消息，大为震惊，慌忙召集群臣商议，刘禅采纳了谯周的建议，派使者带着降书和自己的印玺、绶带到雒城向邓艾请降。这年十一月，邓艾率军进入成都，割据巴蜀四十二年的蜀汉灭亡了。

邓艾灭蜀后，立刻采取了一系列措施来安抚蜀国君臣百姓。他严格约束军队禁止掳掠，对降顺的蜀汉百姓都让他们各安旧业，蜀地百姓都称颂不已。邓艾仿效东汉刘秀的大将军邓禹平定河东时的做法，承制拜刘禅行骠骑将军，刘禅的太子拜为奉东都尉，蜀汉诸王拜为驸马都尉。对蜀汉的官吏们也都按其官职高低任命为魏国的官吏，或用为邓艾自己的僚属。邓艾下令在绵竹筑台为京观，以显扬自己的战功，将战死的魏兵和蜀兵一起埋葬。邓艾一举灭蜀，不免有点居功自傲，他对蜀汉的降官们说："你们幸而遇到了我，才得有今天。如果遇上吴汉这样好杀的人，早都被杀光了。"又说："姜维本为一代雄才，但他碰上我就无计可施了。"有见识的人都暗暗讥笑他的矜夸。这年十二月，朝廷下诏书褒奖邓艾，进封他为太尉，增邑二万户，并封其二子为亭侯，各食邑千户，邓艾的功业达到辉煌的顶点。

功高震主，蒙冤受诛

深谋远虑的邓艾在平定蜀汉之后，又开始考虑灭吴的大计了。他建议司马昭"因平蜀之势以乘吴"。为使吴国早日归降，他主张在灭吴之前先不要把刘禅送往京城雒阳，以免给吴国造成归降之君要遭流徙的印象，不利于吴国的归降。他上书司马昭，请求封刘禅为扶风王，封其子为公侯。司马昭对邓艾在蜀地凡事自作主张很不高兴，便让监军卫瓘告谕邓艾说："凡事都必须先请示，不应自己随便处置。"邓艾受到这个指责后，不但没有认错，反而再次上书司马昭，说自己承制拜刘禅等事都是为了安抚降附者之心，并为自己的做法辩解说："《春秋》之义，大夫出疆，有可以安社稷、利国家，专之可也。"这就招致了猜忌成性的司马昭更深的疑忌。这时，一直忌惮邓艾的钟会便乘机向司马昭进逸言，诬陷邓艾谋反。司马昭立刻下令收捕邓艾。司马昭怕邓艾反抗，便命钟会进军成都，监军卫瓘先到邓艾军营，向邓艾的军队宣读了司马昭的手令，邓艾等人全部都放下了武器，表示服从。于是邓艾被关进囚车。邓艾被捕之时，不禁仰天长叹道："艾忠臣也，一至此乎？白起之酷，复见于今日矣！"（《三国志·邓艾传》裴注《魏氏春秋》）邓艾和儿子邓忠都惨遭杀害。功勋盖世的一代名将，落得个如此悲惨的结局。

杜预策谋灭吴

西晋咸宁六年（公元280年），晋军一举灭吴，结束了三国鼎立的局面，作为一个多民族的中国，又获得了暂时的统一。在这次统一的战争中，西晋名将杜预发挥了举足轻重的作用。

才华横溢，时人之冠

杜预（公元222—285年），字元凯，京兆杜陵（今陕西省西安市）人。出身于世家望族，他的祖父杜畿在魏时为尚书仆射，父亲杜恕任幽州刺史，妻子是司马懿之女。杜预少有大志，又博学多通，于经济、政治、军事、历法、律令、算术、工程诸方面均有造诣，几乎无所不知，无所不能，时人美称其为"杜武库"。

杜预是西晋时代的经学大师，他注释的《春秋左氏传》，人称杜注，流传至今，保存在《十三经注疏》中。司马氏代魏，杜预先守河南尹，参与《晋律》的修订并进行注释，又对官吏的考课制度改六年一评为每岁一考，时人称善。后任度支尚书管理财政，提出五十多条措施，都被采纳实施，效果显著。他在朝为官七年，补偏救弊，损益万机，朝野无不称美。

计除敌将，力主伐吴

晋武帝咸宁四年（公元278年），首创伐吴大计的名将羊祜病卒，

杜预

死前举荐一贯力主伐吴的杜预自代。杜预继羊祜为镇南大将军，都督荆州诸军事后，他杰出的军事才华得到了施展。杜预接替羊祜坐镇襄阳，一上任就以迅雷不及掩耳之势，派遣精兵出其不意，进攻西陵。东吴名将张政猝不及防，吃了败仗，一大批将士被俘。张政怕受到吴主孙皓严责，不敢把败绩如实上报。杜预却特地派人把俘虏押送到建业归还孙皓，孙皓对张政隐瞒军情一事大发雷霆，将张政调离西陵，另派了一个能力不强的留宪来镇守西陵，这正中了杜预的离间之计，为灭吴搬掉了第一块拦路石。大军压境的前夕，孙皓误换边将，表现了他的昏庸，由此杜预深感伐吴的时机已经成熟，他决心上表请战，力主伐吴。

连上奏书，六路伐吴

晋武帝咸宁五年（公元 279 年）八月，杜预伐吴心切，主张坚定，旬月之内，连上两表，终于坚定了晋武帝伐吴的决心。

晋武帝雄心勃勃，很早便"密有灭吴之计"，但因以太尉录尚书事贾充为首的保守派竭力反对，多方阻挠，所以他伐吴的决心迟迟未下。杜预在表中认为，东吴内部极不稳定，力量薄弱，及时伐吴，"有万安之举，无倾败之虑"，如或迟疑，恐坐失良机，孙皓也会怖而生计，加强战备，修固城池，坚壁清野，疏散百姓，到那时伐吴，自会困难更大，阻力倍增。杜预还指责那些干扰和破坏伐吴的人，说他们完全是出于私心，考虑的是个人的功过得失，而不是国家的长远利益。杜预再次请战的奏疏送到时，适值中书令张华与晋武帝在下棋，武帝读毕奏疏，心已被打动；这时张华推开棋盘对武帝说："陛下圣明神武，朝野清晏，国富兵强，号令如一。吴主荒淫骄虐，诛杀贤能，当今讨之，可不劳而定。"这样，晋武帝终于下定决心，在公元279年的十一月，部署六路兵马，全线出击，大举攻吴。命镇军将军司马伷出涂中，安东将军王浑出江西，建威将军王戎出武昌，平南将军胡奋出夏口，镇南将军杜预出江陵，龙骧将军王濬、广武将军唐彬率巴蜀之众，作为奇兵，顺江而下，声势浩大的灭吴统一战争，从此全面展开。

出师告捷，乘胜追击

太康元年（公元280年），杜预出兵江陵，一路上战无不捷，攻无不克，旬日之间，累克城邑，大获胜利。这时，王濬的水军也连战连胜，先打下了东吴军事重镇西陵，杀了都督留宪；接着又拿下荆门、夷道，一路顺风地直逼东乡、江陵，来和杜预会合。在王濬的部队来到东乡之前，杜预先派部将周旨率领八百精兵，绕道而行，于深夜偷渡长江，在巴山虚张旗帜，燃起大火，好似千军万马占领了江防要地。吴军为之丧胆，都督孙歆咂舌惊叹："北来诸军，怕不是飞渡长江的吧！"紧接着吴军仓促迎战晋军，被晋军打得一败涂地。在溃退回城时，周旨他们乘乱混进了城里，直入军营，活捉了孙歆并占领了东乡，截断了江陵守敌南逃的归路，为全歼江陵吴军做好了准备。因为杜预足智多谋，出奇制胜，军中称赞他"以计代战一当万"。

杜预的大军包围江陵后，坚守江陵的吴军都督伍延假说要投降，实际把精兵埋伏在城楼上的矮墙里，企图等晋军入城时袭杀杜预。不料杜预不为所骗，急令继续攻城。不久城破，伍延被杀，江陵落入晋军手中。由此，杜预军威大振，沅水、湘水以南，零陵、桂阳、衡阳，直到广州，守令皆望风归降。杜预持节安抚，秋毫无犯，继而又挥师挺进，攻战武昌。

杜预攻克武昌后，毫不迟疑，当机立断，指挥大军径趋秣陵，步步进逼吴都建业。最后攻取建业，迫降孙皓的是王濬的水军。而王濬能趁胜进击，一鼓作气灭了孙吴，和杜预的支持及鼓励分不开。起先，晋武帝命令王濬攻下建平以后受杜预节制，杜预主动推诿说："如果王濬攻克建平，沿江东下，声威大震，不宜让他再受制于我；如果攻不下建平，也就无法受我节制。"攻下江陵后，杜预又分兵给王濬，以壮大他东下的实力。在王濬拥舟东下、直指建业途中，晋武帝又令王濬受安东将军王浑节度。王浑屯兵江北，并不准备前进，杜预知道后，写信鼓励王濬说："将军已经攻破了东吴西边的防守，应当顺流而下，直接向建业进军，去征伐几辈子的叛逆，去拯救吴人脱离火坑。将来得胜还朝，也是一生的大好事。"王濬见信大喜，修表向武帝呈上杜预的信，随即顺流放棹，麾师东下，不听王浑节度，举帆直奔建业。在强大的攻势面前，吴主孙皓不得不肉袒面缚，衔璧牵羊，衰服舆梓，率兄弟子侄二十一人，出门拜降。至此，魏、蜀、吴三国分立的局面彻底终结，晋王朝的全国统一胜利实现。

灭吴之功，杜预居首

在整个伐吴战役中，杜预在关键时刻都发挥了重要作用：伐吴之始，晋武帝举棋不定，是杜预连上战表，再三恳求，加上张华的力谏，使伐吴之役得以提前进行；战争进行之中，杜预先出奇兵，配合王濬攻下东乡，占领江陵，后在众将犹豫彷徨、不敢继续进兵，眼看伐吴之业要毁于一旦之际，他力排众议，一面上表武帝，据理力争，指明平吴已是旦夕之事，不可中道停止，促成武帝下了进一步进兵的命令；一方面又不失时机地指挥大军趁势进击，激励王濬直捣建业，终成大事。论功行赏，杜预被封为当阳县侯。

晋武帝太康五年（公元 284 年），杜预被征为司隶校尉。闰十二月（已是公元 285 年初），杜预在赴任途中因病而卒，年六十三岁，死后追谥征南大将军。

王濬楼船万里平金陵

咸宁五年（公元 279 年），晋武帝司马炎兵分六路，一举灭掉了三国中最后一个偏安政权东吴，实现了中国的统一。六路大军中最西一路是来自巴蜀的水军，其统帅便是才兼文武的王濬。

志大才高羊公许

王濬（公元 206—286 年），字士治，小字阿童。弘农湖县（至今河南省灵宝市西北）人。王濬生在"家世二千石"的世家大族，故自幼便"博涉坟典",具有较广博的知识和较全面的才能。不过,他也习染了一些当时纨绔子弟的放荡习气,为人"美姿貌"而"不修名行",被乡里鄙视。他好在后来浪子回头,养成了"疏通亮达,恢廓有大志"的优秀品质。

曹魏时,王濬通过征辟步入仕途,一开始便以清正廉洁著称。初为河东郡(治安邑,在今山西省运城市夏县西北)从事官,治下的"守令有廉洁者,皆望风自引而去",深得司隶校尉徐邈的赏识。据说徐邈有女才貌双全,性情娴淑,正待字闺中。一天,徐邈大会僚佐,要女儿在帘内自选一个如意郎君,结果王濬当选,成为徐邈的东床快婿。这说明王濬声名广播,闻于闺闼。

另一个对王濬有知遇之恩的是西晋重臣羊祜。羊祜博学能文,身为将军。武帝为了灭吴,特委羊祜都督荆州诸军事,累迁为征南大将军。王濬入幕作参军。

造舰灭吴"水中龙"

王濬镇蜀,"怀辑殊俗,待以威信,蛮夷徼外,多来归降",一时间外境亦被怀柔。由于王濬在蜀颇有治声,因而朝廷征之拜右卫将军,除大司农。羊祜素知王濬有大志奇略,又认为伐吴大业,必借长江上流高屋建瓴之势,因而密奏,请留王濬继续镇蜀。晋武帝从之,并令王濬在蜀中修造战舰,做顺流东下的准备。羊祜这一建议,是使王濬将功业推向顶点的重要契机,也是后来西晋灭吴之役中最波澜壮阔的重要谋划。

王濬既领命，不负朝野重望，发挥聪明巧思，七年之间，建造了大量的船只。长江水急浪高，行船颠簸多险，王濬便多造大船，并两两相连，构成复体巨舰，宽百二十平方步（六尺为步），可容二千余人。这种双体船，保证了在长江舟行的平稳。王濬又在船上用木头筑城，起楼橹，四面开门，可骑马出入，俨如水上堡垒一般。他还在船首画鹢鸟怪兽以壮声威，史称"舟楫之盛，自古未有"！

于是民间盛传"阿童复阿童（王濬小字阿童），衔刀（谓益州）浮渡江。不畏岸上兽，但畏水中龙"的童谣（《晋书·羊祜传》）。可见王濬盛名，深入民间。

不久，朝廷拜王濬为龙骧将军，监梁州、益州诸军事，正式委以伐吴方面的重任了。

楼船万里平金陵

西晋六路大军伐吴，东吴人心涣散，晋军所向披靡。杜预、王浑一路克捷。水路的王濬，进军更为凌厉。当时，吴军在西境长江险要处，布下铁索以阻拦晋军战船；又暗中设置一丈余长的铁锥，以刺破万一越过铁链的战舰。这严重地威胁着晋军舟师的顺利行进。不过战前羊祜已得吴间谍，俱知吴人江防情状。有鉴于此，王濬造大木筏数十方，上缚草人，披甲执杖，立于周围，令善水者乘筏先行，吴兵见之，以为活人，望风而逃，暗锥着筏，尽提而去。又在筏上做巨型火炬，长十余丈，大数十围，以麻油灌注，置于大筏前面，遇锁链，燃炬烧之，须臾皆断。于是船无所阻，乘风破浪而前，吴军"土崩瓦解，

王濬

第十五章 一统三国人物

靡有御者"(《孙皓传》)。一路上,王濬势如破竹,"兵不血刃,攻无坚城"。他又与胡奋、王戎,水陆齐进,克夏口,拔武昌,顺流鼓棹,直逼建业(今南京市)。

当时,东吴宰相张悌率领的御敌主力已被晋中路军王浑部所破,悌亦战死。张象所率迎战王濬的水师万人,又望旗而降。晋东路军也进逼建业。孙皓穷蹙无计,又闻王濬水师"旌旗器甲,属天满江,威势甚大,莫不破胆",只得派遣使者,赍书乞降。咸宁六年(公元280年)三月,王濬率师八万入驻石头,孙皓"备亡国之礼",乘着素车,驾起白马,"肉袒面缚,衔璧牵羊",士大夫穿起丧服,抬着棺材,请降于王濬营门之下。正如刘禹锡《西塞山怀古》所咏:

王濬楼船下益州,金陵王气黯然收。
千寻铁锁沉江底,一片降幡出石头。

王濬接受孙皓的投降,并送他到雒阳,晋武帝封他为归命侯。濬又"收其图籍,封其府库,军无私焉",接管了东吴国库的财产。于是,割据江东五十九年,传位四帝三世的东吴政权,至此宣告结束。中国终于又归于统一。

王濬因首入石头第一功,拜辅国大将军,领步兵校尉,并封襄阳县侯食邑万户。

王濬后来转任镇军大将军,又迁抚军大将军。太康六年十二月(288年1月)卒,享年八十,谥曰武。

人物小档案

钟会

姓名：钟会，字士季
生年：魏文帝黄初六年（公元 225 年）
属相：蛇
卒年：魏元帝景元五年（公元 264 年）
享年：40 岁
谥号：无
父亲：钟繇
母亲：张氏
继承人：无
最得意：仕途一帆风顺
最失意：钟会谋反，当断不断
最痛心：灭蜀不善终
最擅长：应变将略

邓艾

姓名：邓艾，字士载
生年：汉献帝建安二年？（公元 197 年？）
属相：牛？
卒年：魏元帝景元五年（公元 264 年）
享年：68 岁？
谥号：无
继承人：无
最得意：孤军入蜀，一举灭蜀
最不幸：邓艾忠信蒙冤
最痛心：灭蜀不善终
最擅长：应变将略

人物小档案

姓名：杜预，字元凯
生年：魏文帝黄初三年（公元222年）
属相：虎
卒年：晋武帝太康五年末（公元285年初）
享年：63岁
谥号：成侯
父亲：杜恕
继承人：杜锡
最得意：得遇伯乐，年少知名
最擅长：应变将略

姓名：王濬
生年：汉献帝建安十二年（公元207年）
属相：猪
卒年：晋武帝太康六年末（公元286年初）
享年：80岁
谥号：武侯
继承人：王矩
最得意：得遇伯乐，年少知名
最擅长：应变将略

相关阅读书目推荐

（1）陈寿：《三国志》卷二十八有传。
（2）房玄龄：《晋书》卷三十四、卷四十二有传。
（3）张大可：《三国人物新传》，华文出版社，2003年。
（4）龚弘：《三国人物》，齐鲁书社，2005年。

372　　三国创世英雄记